Maria Peters

Antonia
UMA SINFONIA

Tradução:
Mariângela Guimarães

Copyright © Maria Peters and Meulenhoff Boekerij bv, Amsterdam, 2019
Copyright © Editora Planeta do Brasil, 2021
Copyright © Mariângela Guimarães, 2020
Publicado em acordo especial com Meulenhoff Boekerij bv em conjunto com seu agente 2 Seas Literary Agency e coagente Villas-Boas & Moss Agência e Consultoria Literária.
Todos os direitos reservados.
Título original: *De Dirigent*

Preparação: Fernanda Guerriero Antunes
Revisão: Mariana Rimoli e Mariana Cardoso
Diagramação: Márcia Matos
Capa: Adaptada do projeto gráfico de Synapse Distribution

Dados Internacionais de Catalogação na Publicação (CIP)
Angélica Ilacqua CRB-8/7057

Peters, Maria
　Antonia, uma sinfonia / Maria Peters ; tradução de Mariângela Guimarães. -- São Paulo : Planeta, 2021.
　256p.

ISBN 978-65-5535-281-8
Título original: De dirigent

1. Ficção holandesa 2. Brico, Antonia, 1902-1989 - Ficção biográfica I. Título II. Guimarães, Mariângela

21-0055　　　　　　　　　　　　　　　　　CDD B839.313

Índices para catálogo sistemático:
1. Ficção holandesa

2021
Todos os direitos desta edição reservados à
Editora Planeta do Brasil Ltda.
Rua Bela Cintra, 986, 4º andar – Consolação
São Paulo – SP – 01415-002
www.planetadelivros.com.br
faleconosco@editoraplaneta.com.br

Para minha neta Yuna.

"Um sonho não é ensaiado."
Yehudi Menuhin

"Vistos da Lua, todos nós temos o mesmo tamanho."
Multatuli

"Porque nós, mulheres, somos apenas uma pequena porcentagem de regentes.
É como se estivéssemos todas sob um microscópio."
Marin Alsop

Willy

1

Nova York, 1926

— Lugar errado. Preste mais atenção. — O sr. Barnes me pega pelo cotovelo e me lança um olhar repreensivo.

Sigo seu olhar assustada. Não percebi nada da confusão que ocorreu na fila. Vejo o casal de idosos, a quem acabei de indicar os assentos, voltar aos tropeços pro corredor. Abaixo a cabeça envergonhada.

— Me perdoe — digo da maneira mais subserviente possível, pois ele é meu chefe e eu conheço o meu lugar.

O sr. Barnes nem olha mais pra mim e vai ele mesmo ajudar o casal. Fico ali meio perdida, mas me recomponho e vou até os próximos espectadores que procuram seus assentos.

Digo pela enésima vez:

— Bom espetáculo.

Levar as pessoas até os seus lugares é a minha ocupação noturna. Durante o dia, trabalho como datilógrafa num grande escritório. Talvez seja loucura ter dois empregos, mas já estou acostumada. Minha mãe quer que seja assim. Ela também permite, impassível, que meu pai trabalhe dois turnos consecutivos. Precisa do dinheiro, é o que ela diz.

Bem lá no fundo, fico aliviada de estar fora de casa com frequência. Minha mãe não é exatamente a pessoa mais agradável do mundo. Quando ela ri, a boca faz no máximo um traço; normalmente, os cantos de sua boca ficam voltados pra baixo. Quando fui pra escola pela primeira vez, por azar fiz um desenho dela. Mostrei pra minha mãe, toda orgulhosa. Seria melhor não ter feito isso. Passei dois dias sem poder sentar no traseiro. Eu admito, o desenho não era nenhuma obra-prima, talvez ela tivesse razão.

A partir daquele momento, ensinei a mim mesma a colocar um sorriso na boca toda vez que me olhava no espelho, mesmo quando não havia nenhum motivo pra sorrir. Embora eu ainda não seja naturalizada, vivo, sim, o sonho americano, com sorrisinhos e tudo.

Esta noite o concerto inicia com a Terceira Sinfonia de Beethoven. Aqui na América chamam essa composição de "Sinfonia heroica". Nós, holandeses, dizemos simplesmente "Heroica".

Ludwig van Beethoven escreveu a sinfonia em homenagem a Napoleão Bonaparte quando ele mesmo se proclamou imperador da França. Pra mostrar quem é que mandava, Napoleão não admitiu que o papa colocasse a coroa em sua cabeça; coroou-se ele mesmo. Homens podem facilmente fazer esse tipo de coisa.

Beethoven, que viveu na mesma época, cantou os feitos heroicos desse ditador. Eu acho Beethoven mais heroico que qualquer Bonaparte. Ele sabia que ficaria cada vez mais surdo, mas isso não diminuiu sua vontade de lutar. "Quero agarrar o destino pela garganta, com certeza não vou me curvar", foi sua reação (ou algo do gênero). Em seguida, encerrou com sua música o período clássico e abriu um caminho totalmente novo, o do romantismo. Veja só, isso sim é de tirar o chapéu.

Está morto há noventa e nove anos e olhe como as pessoas ainda se aglomeram pra ouvir sua obra-prima. Faço uma pequena reverência. Os dois senhores a quem acabo de indicar seus assentos pensam que é em respeito a eles, mas em meu coração agradeço a Beethoven pelo que está por vir. A movimentação dos membros da orquestra indo para os seus lugares me distrai. O som da afinação de seus instrumentos me entusiasma. Olho para os pelinhos no meu braço. Arrepiados, desde já.

Me sento meio escondida no corredor, com uma marmita no colo. As portas do auditório estão fechadas. Não podemos mais entrar. Mexo com os palitinhos o macarrão oriental já frio.

É sempre uma correria quando saio do meu emprego diurno pro noturno. No escritório só tem um relógio de ponto e, se eu não tiver sorte, tenho que esperar numa fila enorme. As datilógrafas não têm muita pressa – quem demora a bater o ponto, é como se tivesse trabalhado por mais tempo. Então, quando pego o fim da fila, fico em maus lençóis.

Não tenho tempo pra ir pra casa entre um emprego e outro. Minha mãe me dá todos os dias uma marmitinha, mas eu não como. Nunca é comida do dia anterior, pois essa ela mesma come. Também não é de dois dias atrás, porque essa ela dá pro meu pai. Os restos que ela reserva para mim têm pelo menos três dias. Demorou um pouco pra que eu entendesse o sistema dela; no começo, eu até passei mal algumas vezes. Por isso, agora eu jogo logo fora a comida estragada. O problema é que não posso dizer isso a ela. Minha mãe teria um ataque. Jogar comida fora é um pecado mortal.

O caminho mais curto entre o escritório e o teatro atravessa Chinatown. Consegui, por pouco dinheiro, fazer um arranjo com um pequeno restaurante, um desses que também têm um balcão dando pra rua. O sr. Huang já deixa a minha refeição pronta. Ele sabe da minha pressa. Geralmente vou comendo na rua, e, quando estou atrasada, ele empacota pra mim pra que eu possa levar para o teatro. No começo, ele ria de como eu me atrapalhava com os palitinhos, mas, quando viu como aprendi rápido, ganhei seu respeito.

O macarrão está todo grudado, e tenho cada vez menos vontade de colocar mais uma porção na boca. Me pergunto se o concerto já começou há tempo suficiente pra que eu vá até o banheiro masculino. Ninguém à vista. Tudo tranquilo. No caminho, jogo a comida numa lixeira. Guardo um palitinho escondido na prega da saia do meu uniforme cinza.

Não posso fazer nada, o banheiro masculino deste teatro me atrai como um ímã. Fica num andar mais baixo, exatamente sob o palco. Teria facilitado bastante se fosse o banheiro feminino, mas de lá não se escuta nada. Este é o lugar onde tenho que estar.

Com cautela, entro no grande espaço quadrangular, recentemente azulejado num bonito estilo moderno que chamam de *art déco*. Numa passada de olhos, vejo que não tem ninguém nos mictórios. Depois de me certificar de que também não há ninguém usando um dos vários toaletes, ouso me posicionar bem no centro, fecho os olhos e ouço. Escuto a música, que, por causa de um vazamento acústico, se pode ouvir tão bem que parece que eu mesma estou diante da orquestra.

A música de Beethoven preenche cada fibra do meu corpo. Este é o primeiro dos quatro movimentos que compõem a sinfonia. O *Allegro con brio*, o que quer dizer que deve ser tocado com vivacidade e energia. É lógico, um verdadeiro herói sempre tem energia. Eu ergo o palitinho e imagino de tudo, mas principalmente que sou a regente dessa orquestra. Que uma centena de homens segue os movimentos da minha mão, todos inspirados por mim a tocar "Heroica" como eu acho que deve soar. O palitinho se mexe pra cima e pra baixo em compassos de três por quatro. É inacreditável quanto isso me faz feliz. Me sinto viva ao quadrado. Essa explosão de intensa felicidade é simplesmente viciante.

Mesmo assim, tento não ceder a ela com muita frequência. Me permito a isso apenas uma vez por semana, em dias alternados. As outras funcionárias, que se juntam cochichando baixinho no foyer, não podem perceber. E sempre faço isso no começo do concerto. A primeira meia hora é segura, sei por experiência que uma bexiga comum pode aguentar por esse tempo. Meu pai pode aguentar por não sei quanto tempo – às vezes vai ao banheiro só duas vezes por dia –, mas sempre tem aqueles senhores mais idosos que vão ao banheiro durante um concerto. Então, preciso tomar cuidado pra não estar aqui. Por enquanto, ainda tenho um tempinho.

Aponto pros primeiros violinos imaginários: mais forte. Segundos violinos: contenham-se. Cada naipe de instrumentos recebe uma indicação. Me envolvo tanto que me esqueço de mim mesma. Pode-se dizer que é uma espécie de transe. Mas uma espécie de transe bem diferente daqueles de que minha mãe se vale nas sessões espíritas que faz com seu clube de mulheres. Não me interesso nem um pouco por aquilo, pois não acredito naquela bobagem. Mas foi bom pra mim que Beethoven e Liszt tenham aparecido uma vez pro clubinho dela pra dizer a minha mãe que eu me tornaria uma grande musicista. De outra maneira ela jamais teria me mantido nas aulas de piano. Mas que ela e suas amigas pudessem reconhecer Ludwig van Beethoven e Franz Liszt, como espíritos, *nota bene*, não me convence.

A porta se abre e eu levo o maior susto. Abaixo os braços rapidamente. Ouço o palitinho quicar no chão. Um jovem entra e fica me olhando admirado. Escondo a sensação de ter sido pega em flagrante, levanto um pouco o queixo e olho pra ele tão destemida quanto possível. Afinal, eu trabalho aqui e ele não.

— Este é o banheiro masculino — ele diz.

Pelo jeito, ele acha necessário explicar a sua chegada. Demora um instante até que eu recupere a fala.

— Eu, ah... estou verificando aqui.

Seu olhar passeia pela minha roupa. Com certeza, perceberá que estou vestida como funcionária.

— Está verificando o quê?

— A higiene. — Abro algumas portas e inspeciono os toaletes. — Os toaletes masculinos sujam mais rápido, por isso fazemos um controle extra.

Ele fica me observando. O intruso não deve ser muito mais velho que eu. Vinte e tantos anos, no máximo. Não posso suportar que ele tenha boa aparência, que suas roupas de qualidade demonstrem requinte. Não posso suportar, porque isso faz com que eu me sinta ainda mais desconfortável.

— E você já terminou?

Faço que sim com a cabeça.

— Está tudo limpo, senhor.

Seguro a porta de um dos toaletes aberta, de maneira convidativa, na esperança de que ele desapareça pra sempre ali dentro. Mas ele continua parado, enfia as mãos nos bolsos da calça, indolente, como se tivesse todo o tempo do mundo, e continua a me olhar.

— O senhor está perdendo o concerto.

— Já vi várias vezes — ele responde.

Olho fundo em seus olhos castanhos, bonitos demais, como se assim pudesse forçá-lo a fazer alguma coisa. Mas não. Ele continua parado na porta. Não tenho opção a não ser sair. Ele precisa dar um passo para o lado para que eu possa passar, mas não desvia o olhar.

Já estou no corredor quando o ouço dizer pelas minhas costas:

— Está esquecendo uma coisa.

Me viro e ele olha pro palitinho, que ele também ouviu cair. Está diante dos seus pés, mas ele não faz nenhum gesto para pegá-lo. Tenho que me curvar.

Naquela noite, todos os funcionários são enfileirados. Arrogante, o diretor Barnes distribui os envelopes com o pagamento. É noite de sexta-feira, nosso dia de pagamento semanal, e como de costume ele informa os concertos que virão nas próximas semanas. Fico de ouvidos bem abertos; acho aquela parte ainda melhor do que receber meu salário.

— E então teremos sucessivas performances da Quadragésima Sinfonia de Mozart, da Centésima de Haydn, da Terceira de Schumann, o Concerto para violino de Mendelssohn...

Minha colega Marjorie se inclina pra mim e sussurra:

— Estou morrendo de tédio. Quer um pedaço de goma de mascar?

Marjorie e sua goma de mascar são inseparáveis. Ela tem sempre consigo vários pacotinhos no bolso. Chiclete Adams' New York nº1, estica e estala. Ela com certeza faz a goma estalar quando ninguém está vendo. Como ela consegue eu não sei, mas ninguém parece perceber que ela está constantemente com aquele negócio na boca. Uma vez, tinha goma de mascar até grudada nas tranças grossas que ela sempre enrola em volta da cabeça. Contou que tinha acontecido enquanto dormia. Levou dias pra que conseguisse tirar.

— Fico enjoada com goma de mascar — sussurro de volta.

— Sei. — Marjorie pensa que estou brincando. Não sabe que é verdade.

Enquanto isso, continuo escutando.

— E também estamos, é claro, excepcionalmente honrados porque no próximo mês o famoso maestro holandês Mengelberg será nosso convidado...

Mengelberg!

— ... com uma execução da Quarta Sinfonia de Mahler — conclui Barnes.

— Tenho que assistir — sussurro pra Marjorie. Estou tão animada que fico a ponto de explodir.

Marjorie me olha muito surpresa, mas, quando vê em meus olhos que pra mim é sério, e o sr. Barnes está a apenas dois passos de distância, ela cochicha:

— Peça pra ele!

O diretor para na minha frente e me olha da cabeça aos pés. O odor penetrante de suas axilas se aninha em meu nariz. Penso em sua repreensão no começo daquela noite, ou que o homem do toalete talvez tenha reclamado sobre a minha presença no banheiro masculino, e a coragem de pedir o que quer que seja cai por terra. No fim, seu olhar se fixa no meu colarinho puído.

— Compre uma blusa nova. Esta está muito gasta.

Mantenho os olhos voltados diretamente para a parede e assinto com a cabeça. Ele entrega meu envelope de pagamento e continua andando até Marjorie.

— Sr. Barnes? Ela quer ir ao concerto — ela diz.
— O quê?
— Willy quer ir ao concerto deste Mengelen.
— Mengelberg — corrijo depressa.
— Foi o que eu disse.

Barnes volta os olhos para mim.
— Impossível.
— Mas...
— Os ingressos para esse concerto se esgotaram em um dia.

Barnes continua andando. Engulo meu desapontamento e fico frustrada pela enésima vez com o fato de os funcionários não poderem ter acesso ao auditório durante os concertos.

Alguns minutos mais tarde sinto o cheiro do diretor no corredor, pego um caminho diferente do da saída de funcionários e vejo quando ele entra em seu escritório. Bato na porta aberta e espero no degrau de entrada.

— Sr. Barnes, será que o senhor então poderia me colocar na lista de espera? Por favor?! Só desta vez?

Ele se surpreende por eu tê-lo seguido, posso perceber imediatamente.

— Por favor? — digo novamente.
— Estou ouvindo você implorar? — Ele me olha com curiosidade.
— O lugar mais barato custa um dólar.

Como se eu não soubesse disso. O lugar mais caro custa dois dólares e setenta e cinco, e se eu fosse estudante poderia entrar por vinte e cinco centavos. Começo a tirar o dinheiro do envelope de pagamento, mas ele me faz parar.

— Você só precisa pagar se tiver lugar. — Então, pega sua caneta-tinteiro e põe meu nome na lista de espera com letras floreadas.

Assobiando, subo as infindáveis escadas do cortiço onde meus pais alugam um apartamento. Sei que mocinhas não devem assobiar, mas hoje eu nem me incomodo. Me sinto leve por dentro.
  Quando entro em casa, vou direto pro meu quarto e tiro uma das partituras que escondi embaixo da cama. Sento na beirada do colchão. Leio com admiração o nome na capa: Gustav Mahler, Quarta Sinfonia. Meus olhos deslizam ansiosos pela partitura e pelas anotações que rabisquei com lápis vermelho e azul. Olho pra parede onde tenho toda uma coleção de retratos dos meus dois ídolos. Meu olhar se firma nas fotos de Mengelberg.
  — Willy?
  Ouço minha mãe tropeçando no corredor. Fecho depressa a partitura e quero colocá-la de novo embaixo da cama, mas não dá tempo. Minha mãe entra no quarto. Sempre faz isso sem desculpas, mesmo agora que já tenho vinte e três anos. Ela estende a mão.
  — Seu salário.
  Entrego os envelopes de pagamento dos meus dois empregos e, enquanto ela começa a contar o dinheiro, empurro a partitura com os pés pra debaixo da cama. Ela não faz ideia de que meu quartinho abafado tenha uma série de esconderijos. O melhor fica atrás do painel, sob meu piano surrado. Mexendo em dois pininhos, consigo soltar e retirar a face de madeira. Guardo ali o dinheiro que suei para economizar e com o qual, entre outras coisas, pago o sr. Huang.
  — Preciso de uma blusa nova.
  — Não reclame. Essa está boa.
  — Eles me advertiram…
  — Você pode consertar.
  — … que vão me dispensar — termino a frase. Isso estraga o seu humor, porque a última coisa que ela quer é ver menos dinheiro entrando. Minha mãe hesita. Depois tira dois dólares do envelope.
  — Acho que não é o suficiente — eu tento, mas ela não se convence.
  — Mais que isso você não vai ter. — E me deixa sozinha com essas palavras.

No dia seguinte, por ser sábado, não preciso trabalhar no escritório. Minha mãe não está. Foi ler folhas de chá pra um cliente. Com essa artimanha ela ganha uns centavos aqui e ali. Pego agulha e linha na caixa de costura e conserto o colarinho puído da minha blusa de trabalho.

Naquela noite não preciso evitar o sr. Barnes.

— Veja — digo quando cruzo com ele no foyer. Aponto pra minha blusa e sorrio.

— Um pouco melhor — ele avalia. — Fico feliz que tenha me escutado.

Willy

2

Deixo minhas mãos repousarem um instante nas teclas da máquina de escrever e espreito o relógio grande na parede. Mais quinze minutos e será tempo de parar. Mal posso esperar; o concerto de Mengelberg é esta noite.

Quando vejo as sessenta mulheres que trabalham na minha repartição, fico nervosa. Será que vou conseguir ser a primeira no relógio de ponto? Minha bolsa já está pronta embaixo da escrivaninha, só tenho que terminar esta carta. Vejo a minha chefe vindo pela fileira. Abaixo o queixo e remexo os dedos sobre as teclas. Não quero que ela pense que já terminei. Mas dou azar. Ela para bem na minha escrivaninha.

— Você pode fazer um teste? — ela pergunta.

Deus do céu, por que ela sempre vem atrás de mim? Mas ouço a mim mesma respondendo comportadamente:

— Agora?

— Sim, agora.

Ela acena pra duas candidatas que estão um pouco mais adiante.

Me levanto a contragosto. Minha chefe não é alguém com quem se possa discutir. É uma solteirona que só pensa em trabalho. Algumas vezes ficava imaginando como ela passa as noites, mas nos dois anos que trabalho aqui fui aos poucos deixando isso pra lá. Agora já sei que ela não tem ninguém; a solidão está marcada em seu rosto. Ela mascara isso muito bem agarrando-se ao trabalho.

Pelas costas, as datilógrafas a chamam de Pit Bull, porque ela nunca cede, mas eu jamais a chamo assim. Acho injusto retratar mulheres dessa forma. Já ouviu falar de algum homem ser chamado de pit bull? Ou de vaca ou cobra? Claro que não. Homens também não são chamados de bruxos, vagabundos ou cachorros. Conheço vários homens aqui no trabalho que são até piores que nossa chefe e que também nunca cedem, mas eles não recebem esses apelidos idiotas.

Aliás, pro chefão ela vale ouro. Correm boatos de que ela já teve um caso amoroso com ele, mas até onde eu sei o fulano é bem casado e não posso imaginar que seja verdade.

Enquanto minha chefe sai, as candidatas se apresentam pra mim. Seus nomes me entram por um ouvido e saem pelo outro. Uma delas tem uns quarenta anos e apresenta uma aparência muito austera. Seu cabelo escuro está bem puxado pra trás num coque e ela usa óculos. Segura um jornal embaixo do braço.

Tiro minha carta da máquina, dou a ela uma folha em branco e aponto pra minha cadeira. Enquanto ela se senta, coloca o jornal de lado. Meus olhos batem num artigo que anuncia o concerto de Mengelberg. Por mim, ela já ganharia vantagem, não que eu tenha alguma influência nisso.

A outra candidata me parece ser uns dez anos mais nova. Tem aquelas sobrancelhas assustadoramente finas, artificialmente altas. Seus seios saltam pra fora do suéter, apertado demais pro meu gosto, e ela não consegue dar um passo em seus saltos altos sem rebolar, toda coquete. Por que ela fez uma volta tão grande pra ir até a escrivaninha vazia ao meu lado, é um mistério para mim, pois não tem nenhum homem por perto.

O teste que aplico é simples. Elas precisam apenas datilografar uma carta.

— Vocês têm dez minutos — digo pouco antes de dar início. Aperto o cronômetro. Os segundos passam tão rápido como no relógio.

Imediatamente se percebe que a candidata austera datilografa com uma velocidade incrível e sem olhar pras teclas, mais rápido do que eu jamais havia visto. Presumo que mais de trezentos toques por minuto. Que contraste com a candidata coquete, que está preocupada com suas unhas longas com esmalte vermelho. Se alcançar cem toques, é muito. Analiso seu cabelo platinado. As raízes escuras, aparecendo de forma pouco lisonjeira, me intrigam. Me pergunto quanto ela deve sofrer por esse penteado, tanto financeira como fisicamente.

Ouço a campainha tocar e vejo todos ao meu redor indo embora. Só a chefe continua entronada em seu elevado. Ela ainda tem que verificar toda a pilha de cartas que as datilógrafas entregaram.

— Parem — grito depois de dez longuíssimos minutos.

Puxo o papel das máquinas e corro pela sala, agora vazia, até minha chefe. Na minha presteza, esbarro em sua escrivaninha. Uma garrafa térmica cai. Irritada, ela olha pro café frio que escorre por seus papéis. Tento enxugar a bagunça, mas só pioro as coisas. Minha chefe me dá um olhar lancinante quando entrego as duas cartas.

A averiguação é feita em um instante.

— De quem é esta? — Ela levanta a carta mais curta e mostra pras duas mulheres que chegam perto de mim.

— Minha — responde a candidata coquete.

— Lenta demais, unhas muito compridas, erros demais. E você... — Ela agora levanta o texto mais longo. — Dedos rápidos, unhas curtas e nenhum erro.

A candidata austera aprecia o elogio, mas então vem o resultado.

— Você pode começar amanhã — diz minha chefe resoluta à candidata coquete.

Hã? Estupefata, a candidata austera desliza seu olhar da chefe para a concorrente, que se desfaz em agradecimentos bajuladores. Abaixo os olhos, envergonhada, e quase esqueço que tenho que ir embora, de tanto que sinto por ela.

— Não compreendo — ela diz à minha chefe, enquanto sua oponente deixa a repartição rebolando.

— Era de se pensar que escolheríamos a melhor — minha chefe argumenta sua decisão. — Mas meu chefe não quer mulheres que ele não acha atraentes e eu não quero alguém que me sobrepuje.

A perdedora sai insatisfeita e eu quero segui-la. Mas minha chefe levanta uma pilha de cartas pingando. Daria tudo pra acordar deste pesadelo, no qual não consigo ir em frente, mas o ponto é que ainda não acabou.

Datilografo como uma louca refazendo as cartas que molharam. Do meu lado está o jornal que a candidata austera esqueceu. O retrato de Mengelberg a me encarar. Pego o jornal e me levanto num salto. Já basta pra mim.

— Já terminou? — pergunta minha chefe surpresa do alto de seu elevado, uns vinte metros mais adiante.

Abençoada distância.
— Não, mas tenho que ir a um concerto.
— Isso tem que ser terminado.
Começo a correr.
— Amanhã.
Ela levanta a voz às minhas costas:
— Se for embora agora, está despedida!
Fico parada como uma estátua e considero seriamente essa consequência. Pra ganhar tempo, me viro lentamente.
— Ainda bem que a senhora contratou uma datilógrafa tão rápida.
— E então saio chispando da repartição. Por sorte, não preciso mais bater ponto.

Não me pergunte como consegui chegar a tempo. Devo ter empurrado impiedosamente os pedestres que estavam no caminho. Atravessado no sinal vermelho. Saltado perigosamente entre automóveis que buzinavam pra cruzar a rua. Só sei que corri, e corri e corri, como se minha vida dependesse disso. A única coisa que consegui registrar foi o anúncio do concerto na fachada do teatro.

Ofegante, arremesso meu dinheiro na bilheteria e só consigo dizer que estou na lista de espera. O bilheteiro nem se dá ao trabalho de procurar meu nome.
— Sinto muito, Willy, você chegou tarde demais.
— Mas o diretor... o diretor... — Tento tomar fôlego.
Ele balança a cabeça condoído.
— Você conhece as regras. Tem que chegar meia hora antes.
Indignada, pego meu dinheiro de volta.

Vou até o vestiário e ponho meu uniforme. Nem sei por que me dou a esse trabalho, mas voltar pra casa não é uma opção; quero estar no mesmo lugar em que Mengelberg está.
Passo por Marjorie com o olhar retesado em meio ao aperto no corredor. Ela chama meu nome. Eu nem me viro. Também evito o contato com as outras funcionárias que estão trabalhando duro nos

últimos minutos antes do início. Elas não se importam com a raiva que estou sentindo.

— Por que está aí parada? Por que não está trabalhando? — Marjorie aparece do meu lado e estala sua goma de mascar no meu ouvido. Já se esqueceu de que pedi a noite livre.

Meu coração salta na gaiola das costelas. Tenho que me recompor.

Faço de conta que estou indo até um grupo de pessoas. Mas não consigo agir como se fosse uma noite de trabalho comum. Não podem esperar isso de mim. Correndo o risco de bater numa luminária, busco refúgio no banheiro masculino. Graças a Deus não tem ninguém. Inquieta, fico andando de um lado pro outro até que vejo minha imagem no espelho. Paro, vou até o espelho e olho bem pro meu rosto. Sem sorriso desta vez.

Frank

3

O homem que organiza concertos para maestros e solistas, é como posso descrever meu trabalho. No meu cartão está resumido: *Concert Manager*. Esta noite a honra é de Willem Mengelberg.

O teatro está uma loucura. Todo mundo quer vê-lo. Tenho dificuldade para sair da sala do maestro, onde Mengelberg está se preparando, e seguir até o meu camarote. Sou parado o tempo todo por amigos e conhecidos que me cumprimentam pelo sucesso da turnê. Agradeço e digo sorrindo minha resposta padrão, que sempre ajusto ao país de origem do maestro:

— Tudo que é bom vem da Holanda. — Com esse elogio a Mengelberg, desvio a atenção de mim mesmo. E não estou nem mentindo: nós, americanos, adoramos exibir nossas raízes europeias.

Ninguém precisa saber a dor que tento exorcizar com este comentário. As pessoas não têm a menor ideia de que a música é o único remédio que pode abafar para mim o insuportável barulho das memórias de guerra que vivi naquela maldita Europa. Se não viesse tanta beleza de lá, eu baniria o continente da minha vida para sempre.

Eu era jovem demais para ser mandado para aquela guerra sangrenta. Muito jovem e muito ingênuo, assim como tantos outros. Tive o privilégio de não precisar entrar naquelas trincheiras infernais, mas vivenciei a carnificina nos hospitais de campanha por trás do fronte. Pude trabalhar ali como *medical officer*, porque tinha estudado na América para ser médico. Recebi esse título unicamente porque minha mãe era descendente da nobreza britânica, pois na prática eu fazia o trabalho de um enfermeiro. O que eu não podia saber no início era que desempenharia essa função no que mais tarde entrou para a história como o "ano da tragédia do gás". Mas, bem, ainda estou vivo.

Nove milhões de militares não sobreviveram, então que direito eu tenho de reclamar?

Willem Mengelberg não teve muitos problemas na Grande Guerra, contou-me uma vez. A Holanda permaneceu neutra, algo que a América também conseguiu fazer pelos primeiros três anos. Quando a América entrou no conflito, em 1917, e eu, um rapazote de vinte anos, parti para a guerra na Europa, Mengelberg já era o maestro principal da Orquestra Real do Concertgebouw de Amsterdã por mais de duas décadas. Sua fama apenas aumentou depois disso.

Naturalmente, estou orgulhoso de ter conseguido trazê-lo para Nova York. O público na América adora estrelas, e para a música clássica só contam os que fazem sucesso na Europa.

Por fim, chego ao camarote onde meus pais já estão me esperando. Cumprimento-os cordialmente e vou me sentar, pois vejo que o spalla já se levanta. Ele faz um sinal ao oboísta para que dê o tom a fim de que os outros músicos afinem seus instrumentos.

Quando isso termina, Mengelberg entra. Ele causa sensação. Os aplausos entusiasmados me fazem bem. Mengelberg cumprimenta o spalla e então toma seu lugar no pódio.

Toda vez, sinto-me vicariamente nervoso. Um estranho fenômeno, pois eu não preciso fazer nada, apenas me recostar. Mas ainda não faço isso. Continuo sentado na beirada do assento e olho para a sala lá embaixo. Todas as pessoas que aguardam e que logo viverão uma noite única graças à singular química entre o maestro Willem Mengelberg e o agora falecido compositor judeu Gustav Mahler.

A Quarta Sinfonia, que será executada esta noite, data de 1900, quando a vida ainda sorria para Mahler. Ele compôs essa sinfonia durante as férias de verão, porque não era acostumado a ficar sem fazer nada. Poucos anos depois, o destino acometeria: perdeu sua filhinha de quatro anos, seu casamento com a esposa muito mais nova estava sob constante tensão, os médicos constataram que ele tinha uma doença cardíaca incurável, e ele perdeu sua posição na Ópera da Corte de Viena, onde tinha regido por dez anos seguidos, abolindo muitas tradições arraigadas e introduzindo novas condutas. Ainda assim, Gustav Mahler tornou-se cada vez mais famoso por suas composições, que eram reflexo de sua vida pessoal.

Onze anos mais novo, Willem Mengelberg era um ardoroso admirador de Mahler e o levou algumas vezes a Amsterdã, onde Mahler pôde reger as próprias sinfonias. Os dois se tornaram bons amigos. Com as bênçãos do mestre, Mengelberg tornou-se um dos mais conhecidos intérpretes de Mahler. Em Amsterdã, executou as obras do compositor mais de duzentas vezes com a Orquestra Real do Concertgebouw e esta noite ele está aqui, com a Sociedade Filarmônica de Nova York.

As luzes do auditório se apagam. Os aplausos arrefecem. Reina o mágico silêncio pouco antes do concerto, quando a concentração aumenta. As pessoas sequer ousam tossir.

Os guizos soam nas primeiras notas. Eles sempre me fazem lembrar da minha infância, quando meus pais contratavam um Papai Noel que vinha num trenó puxado, para variar, por seis cavalos em lugar de renas. Eu acreditava em qualquer coisa, pois ficava encantado pelos guizos no lombo dos cavalos. Agradeço a Deus de joelhos pela música ter mantido esse efeito de encantamento para mim. De outra forma, eu estaria perdido. Eu me recosto. O concerto começou.

A primeira parte desta sinfonia é uma peça alegre. Como se o sol quisesse irromper no auditório. Após uns dezesseis minutos, depois de um crescendo exuberante, o primeiro movimento suaviza. E no sempre sagrado silêncio que vem a seguir, ouço o ruído pesado de uma porta que se fecha com bastante força.

Gustav Mahler se reviraria no túmulo. Acho que ninguém aqui no auditório sabe que o próprio Mahler, *nota bene*, é responsável pelos silêncios entre cada movimento, pois, como maestro, ele fazia gestos categóricos para que seu público aprendesse de uma vez por todas a não bater palmas entre os movimentos.

Um tanto surpreso, vejo que as pessoas abaixo de mim viram a cabeça para o lado. Tem alguém andando até a frente pelo corredor central. Estranho, pois sei que os espectadores que chegam atrasados dão com a cara na porta – regra também introduzida por Mahler na Ópera da Corte de Viena.

Tento vislumbrar no escuro. Não consigo ver quem é, mas a figura feminina leva uma cadeira dobrável de madeira embaixo de um dos braços e um livro grande no outro. Ela vai até bem perto do palco. Que diabo está fazendo ali? Por que abre sua cadeira exatamente atrás do pódio do maestro, e de onde tira a audácia para se sentar naquele lugar? O auditório reage com murmúrios indignados.

Mengelberg não percebeu coisa alguma, olha tão concentrado para a partitura que está surdo para ruídos paralelos. Isso prova mais uma vez quanto nossos ouvidos são seletivos. Da parte dele, não preciso temer nada.

A mulher na cadeira dobrável abre seu livro e aguarda como todo mundo. Minha mãe se inclina em direção a mim.

— Você não vai intervir?

Não entendo por que fiquei assistindo a tudo tão paralisado.

Corro pelo tapete grosso e desço as escadas, onde o diretor Barnes vem ao meu encontro.

— Tire-a de lá — digo a ele.

— Quem?

Pelo visto ele nem percebeu toda a comoção, mas fica profundamente contagiado com minha agitação. Ele me segue até a porta lateral que dá acesso ao corredor que corre paralelo ao palco. Quando abro uma fresta, o rumor invade o corredor como uma onda. Espreito para dentro do auditório, mas vejo apenas o perfil da mulher.

— Por que os funcionários não a impediram? — pergunto zangado.

— Porque ela pertence ao quadro de funcionários — Barnes responde com voz acanhada.

E só então a reconheço. A senhorita do toalete.

Naquele instante, Mengelberg se vira para o público rumoroso. Seu olhar pousa na cadeira dobrável. Todos prendem a respiração. Fico aguardando o que acontecerá, assim como toda a plateia.

Noto que ela sorri para Mengelberg. Apesar das luzes voltadas para ele, vê-se que ele percebe o sorriso dela, pois retribui afavelmente. Isso me deixa ainda mais aborrecido.

Bem quando Barnes quer ir até lá, Mengelberg começa o segundo movimento da Quarta Sinfonia de Mahler. Não quero criar mais consternação, então refreio Barnes. Mas não consigo tirar os olhos daquela garota atrevida. Enquanto soa o misterioso *scherzo*, vejo como ela acompanha a música na partitura em seu colo e fico furioso.

★★★

— O senhor não precisa me empurrar assim, eu mesma posso andar.

Ela tenta se livrar. Aperto seu braço com mais força e as alças de sua bolsa balançam pra lá e pra cá. Embaixo do outro braço ela segura a partitura.

Eu a peguei de surpresa no saguão quando ela ia colocar a cadeira dobrável na pilha ao lado do banheiro masculino. E agora a levo comigo até a saída de funcionários.

— Deviam prender pessoas como você — eu a afronto.

— Não posso nem pedir desculpas? — ela pergunta um pouco mais tranquila.

— A quem? A toda a plateia?

— Ao maestro Mengelberg.

Era o que me faltava, ainda quer dar uma de esperta. Nego com um movimento de cabeça.

— Você acha que vou deixar que chegue perto dele? Um grande músico deve ser tratado com respeito!

Abro a porta da saída de funcionários.

— Você está demitida — digo ao colocá-la para fora.

Ela quase cai da pequena escada, mas se recupera e se vira feroz para mim.

— O senhor não é o meu patrão — ela grita.

— Seu patrão me deu permissão — eu digo. E é verdade. Naturalmente, consultei Barnes sobre isso.

Suas súplicas de que necessita deste emprego são em vão. Vejo que ela está desesperada, mas não tenho pena. Quando reclama que ainda não recebeu o salário da última semana, pego minha carteira e meto o dinheiro em sua mão. Ao ver a quantia ela finalmente fica quieta. Deve ter sido demais.

Willy

4

Morri de nervosismo sentada ali. Verdade seja dita. Mas mantive a coluna ereta e continuei olhando pra frente de maneira estoica, ainda que sentisse as flechadas dos olhares indignados atravessando as minhas costas. *Está vendo*, pensei. *Você consegue ser intrépida, desde que tenha coragem de ousar.*

Giro pela rua e tomo todo o tempo pra andar pra toda parte, menos pra casa. Gostaria de ter falado com Mengelberg sobre seu concerto e sobre a música. Sobre sua interpretação da peça e sobre a qualidade da nossa orquestra. Assim, de um jeito descontraído, em holandês. E quem sabe tivesse tido coragem de dizer a ele o que eu teria feito diferente.

Se tudo isso não fosse possível, então gostaria de me misturar à multidão que saía do teatro. Ouvir quietinha as opiniões e continuar me deliciando com aquela noite em meus pensamentos. Mas o homem do toalete tinha que estragar tudo. É uma lei da natureza: bolhas de sabão sempre estouram.

Paro junto do mendigo cego que está sentado em seu lugar de sempre. Quando tem vontade, toca melodias que ele mesmo inventa no acordeom, mas agora está em silêncio. Acho que já tocou o suficiente por hoje. Olho pros seus olhos, cobertos por uma neblina azulada; não se vê as pupilas. *Sempre pode ser pior*, eu penso. Ele percebe que estou ali, pois estende a mão.

Meu olhar desliza para o chapéu de feltro com furinhos de traça que está do seu lado. Vazio. E, depois, para a placa de papelão com os dizeres: *Good luck to people who can share.*[1]

Maldita sorte. Apalpo o dinheiro em meu bolso.

Tive vontade de dizer para aquele sujeito arrogante que era demais, mas me contive bem a tempo. De qualquer forma, ele não parecia aberto a nenhum diálogo. A quantia era equivalente ao salário de três

---

1. Em tradução livre: Boa sorte às pessoas que podem compartilhar. (N. E.)

semanas. Considero dois terços como indenização. Ou como pagamento pra sumir de vista. Depende de como se queira chamar.

Pego a mão áspera do mendigo e ponho nela algumas cédulas. Aviso que deve guardar bem. Ele agradece e diz que Deus vai me abençoar. Detesto quando metem Deus no meio, mas desta vez não digo nada. Talvez seja hora de Ele fazer o que tem que fazer. Estou aguardando.

A cada degrau vejo subir uma nuvem de poeira. Cada inquilino limpa o próprio apartamento, mas a escada é domínio público. Ninguém se dispõe a fazer algo pelos outros e por isso a sujeira se aglomera nos degraus.

Nem sempre foi assim, mas é assim que ficará pra sempre.

É um dos muitos motivos que fazem minha mãe economizar todas as moedinhas pra uma casa própria. Como nós, holandeses, somos conhecidos como asseados, minha mãe assumiu durante anos a tarefa de "manter" a escada. No início isso era apreciado pelos outros moradores, mas gradualmente seu esforço foi sendo visto como não mais que uma obrigação. Até que um dia ela não aguentou mais. Esvaziou a lixeira sobre a escada que tinha acabado de limpar e disse:

— Muito bem.

Então tirou o avental, vestiu o casaco e saiu como uma rainha pisando no lixo. Em momentos assim, minha mãe é um exemplo notável.

A primeira coisa que vejo são as cebolas em cima da pia. Imediatamente sei que horas são.

— Teve um dia puxado? — minha mãe pergunta quando me vê.

Pelo visto, ainda não foi puxado o suficiente.

— Correu tudo bem — me ouço dizer. Não vou esfregar no seu nariz que tive dupla demissão. Tenho que digerir isso sozinha primeiro.

Ela me entrega a faca com a qual estava cortando a primeira cebola.

— Termine.

Vejo que ainda tem outras seis.

Tento não chorar. A faca se move pra cima e pra baixo. As rodelas de cebola se desmantelam sobre a tábua. Tenho que tomar cuidado com meus dedos, pois mal consigo enxergar. Pelo menos vejo mais que o mendigo, me dou conta.

Minha aversão a cebolas começou durante a travessia pra América, que fiz com minha mãe quando criança. Meu pai já tinha partido antes, pra arrumar as coisas. No navio, tínhamos que comer no refeitório e um dia serviram cebolas melecadas com algo que devia ser carne moída. Olhei pra aquela porcaria no meu prato e me recusei a comer.

Mas, se por azar você tiver uma mãe como a minha, aquele prato tinha que ficar vazio. Ela me forçou a comer, fechando o meu nariz e enfiando as garfadas na minha boca. Senti ânsia de vômito, mas, quando há uma batalha a ser vencida, minha mãe não desiste. Pouco mais tarde, vomitei. Em cima da mesa, na frente de todo mundo. O fedor era horrível. As pessoas que estavam perto viravam o rosto cheias de nojo. Em nossa cabine, ela me deu um croque na cabeça, como de costume. Nunca vou esquecer.

Meu pai acaba de chegar em casa de seu emprego noturno. Ele trabalha pro serviço municipal de coleta de lixo. Não num escritório ou algo assim, mas na mais baixa das mais baixas posições: como lixeiro. Não ganha nada bem, mas meu pai é muito bom em escavar tesouros. Ele encontra de tudo no lixo. A maior parte minha mãe leva imediatamente ao penhorista, pra depois nunca mais resgatar.

Meu pai vem ficar do meu lado, vê as lágrimas pingando em meu rosto e olha pra minha mãe.

— Você sabe que ela chora com isso — ele diz baixinho. Não há sequer um tom de reprovação. Mas minha mãe entende assim.

— Ela com certeza não vai morrer por um punhado de lágrimas — ela retruca.

Não esboço nenhuma reação. Não vou lhe dar o prazer de me atingir, que se dane.

Como de costume, salto da cama às quatro e meia. Normalmente, lá por esse horário já dormi algumas horas, mas hoje fiquei todo o tempo acordada. Remoendo pensamentos na minha cabeça.

Quando todos os dias são preenchidos com trabalho desde cedo até tarde da noite, podemos nos enganar por muito tempo que estamos bem ocupados. Mas esse não é nem um pouco o meu caso. Eu estava, sim, ocupada, mas não bem. Não é surpreendente que isso tenha se revelado para mim, só que me incomodou a noite inteira. O mais irritante é que a gente logo sente um impulso sobre o qual não pode agir.

Me sento ao piano e deito minha cabeça cansada sobre a tampa. Acaricio a madeira. Quantas vezes busquei consolo neste instrumento que meu pai encontrou no lixo. A madeira era fosca, trincada aqui e ali. O revestimento de marfim de algumas teclas, um pouco quebrado. Milagrosamente, tinha uma chave na tampa e isso dava uma sensação de segurança.

Minha mãe não queria o monstrengo – como ela o chamava – em casa, mas meu pai pela primeira vez na vida bateu o pé.

— É o meu presente pra Willy — ele disse.

Quando minha mãe perguntou o que eu tinha feito pra merecer, ele respondeu:

— É aniversário dela.

Fiquei surpresa em saber que aquele dia era meu aniversário, porque em casa não comemoramos aniversários. Nenhuma festa, pra ser mais precisa. Mas esse dia eu nunca mais vou esquecer. Ganhei meu piano em 26 de junho de 1912, meu aniversário de dez anos, e foi o melhor presente da minha vida.

Abro a tampa e toco algumas notas. Mal sai qualquer som, pois as cordas são abafadas com firmeza por um bastão comprido coberto de retalhos de feltro, especialmente feito por mim, que fica no alto da caixa de ressonância, encostado nas cordas. Eu sempre pratico entre quatro e meia e sete da manhã. É o único horário que tenho.

Depois de tocar por um bom quarto de hora, paro abruptamente. Está vendo como não consigo mais pensar com clareza? Não preciso ir pra lugar nenhum mais tarde! Mas não volto pra debaixo das cobertas. Não quero que minha mãe perceba que algo mudou comigo.

Risco o anúncio do jornal da candidata austera. Ela deveria saber que na minha busca por emprego estou usando as vagas selecionadas por ela. Até agora sem sucesso. Só tem mais um anúncio marcado.

Olho para o teatro de variedades no beco onde desembocam diversas escadas de incêndio. "In the Mood" está escrito na fachada. Uma pequena escada de pedras leva até a entrada. Lá em cima tem um porteiro corpulento. Hesito se devo subir, mas afinal já estou ali.

— Estou aqui por causa da vaga para... — dou uma espiada no jornal — ... atendente de chapelaria. — Tenho que levantar o olhar para vê-lo.

Ele me olha do alto.

— Já foi preenchido. Mas você não seria selecionada.

— Por que não?

— Nós aqui trabalhamos pelas gorjetas... Por isso. — Ele me olha de maneira depreciativa.

Não levei nenhuma pancada na cabeça e compreendo muito bem que ele está zombando da minha aparência, mas não tenho mais energia pra entrar em conflito com ele. Minhas pernas estão cansadas e tem uma pedrinha perversa no meu sapato. Dou um passo pro lado em direção ao beco. Num chute, tiro o sapato pra sacudir a pedrinha de dentro e vejo que tem um furo na sola. Ainda mais isso.

— Recusada?

Viro a cabeça e percebo que sou observada por um homem de uns trinta e cinco anos de idade que está fumando meio escondido atrás da escada. Ele deve ter escutado o porteiro. Faço que sim com a cabeça e deixo por isso mesmo.

— Se quiser ter sucesso nesta área você tem que chamar atenção. — Sua voz soa um tanto divertida.

Olho um pouco melhor pra ele. Está usando um terno largo e desalinhado, mas que lhe cai bem. Parece um homem distinto e amigável, com seus cabelos loiros e olhos azuis.

— Se eu não encontrar nada, vou ter um grande problema — respondo.

— Gostaria de ajudá-la, mas não precisamos de ninguém, a não ser de um músico.

Eu me aprumo.

— Um músico? Eu toco piano.

Robin

5

Ela tem qualquer coisa. Não sei o que é. Algo não ortodoxo, talvez? Quem pode saber. O modo como chutou seu sapato baixo, tão deselegantemente, não se vê toda hora. Mocinhas gostam de ser mocinhas. Ela não.

Está sentada ao meu piano e posso examiná-la mais demoradamente, pois percebo de imediato que sua música não me entusiasma. Ela disse que era uma peça de Grieg, algo a ver com "dia do casamento". *Resta saber se você alguma vez viverá esse dia*, logo pensei, mas deixe isso pra lá. As notas soam agradavelmente. No entanto, é música clássica. Eu sou do jazz. É isso que tocamos aqui no clube. Jazz e ragtime. Música com suingue. As pessoas vêm aqui para se divertir. A vida já é dura o bastante.

Ela me surpreendeu quando disse que era pianista. Quer dizer, pelas estatísticas, a chance de isso acontecer seria praticamente nula.

Procurar emprego nestes tempos é tarefa difícil. Eu mesmo, após a Grande Guerra, quando quis ganhar meu pão como músico, não consegui emprego nenhum. Os soldados que voltavam inundaram o mercado de trabalho e fiquei maravilhado de ver quanta gente achava que podia tocar um instrumento. A qualidade não contava muito, ou, pelo menos, os pobres soldados traumatizados tinham preferência em caso de aptidão equivalente ou mesmo não equivalente.

Compaixão pode ser uma bênção, mas o excluído era eu, pois não vinha do fronte e não tinha servido ao meu país. Depois de ouvir não uma centena de vezes, a gente se torna automaticamente criativo. Tomei medidas drásticas, das quais o primeiro passo foi sair da minha cidadezinha em Kansas e me mudar para a Costa Leste; o segundo, me desligar da minha antiga vida.

Em Nova York a competição era ainda pior, mas ali a qualidade podia, sim, fazer a diferença. Em um mês as ofertas começaram a surgir.

Meu ego ficou lisonjeado ao ver clubes brigando por mim. Finalmente eu podia fazer o que mais gosto. Podia até escolher.

Olhando bem, ela até que tem um rosto bonito. Uma boca atraente, com dentes bem alinhados. Um queixo um tanto pontudo, talvez, mas que combina com seu rosto. Cabelos castanhos e fartos, que caem cacheados até os ombros. E tem uma bela voz (sempre reparo nisso).

Mas são principalmente seus inteligentes olhos castanhos que impressionam. Quando ela os ergue e olha para você, você se sente... pois é, como? Nu talvez seja a melhor palavra. Como se nada lhe escapasse. No meu caso, espero que ela não veja demais. Paro por aqui com meu fluxo de pensamentos. *Não devo começar a fantasiar. A menina está fazendo o melhor que pode, preste um pouco de atenção.* Por outro lado, tenho curiosidade de saber como ela reagirá às pessoas daqui. Pena que a sala esteja vazia. Sempre fica mais divertido quando as dançarinas da revista se apresentam.

— Você está numa camisa de força.

Peço que se afaste um pouco quando me sento ao seu lado no banquinho largo. Toco os mesmos temas do seu "dia do casamento" de um jeito *jazzy* e fico olhando para ver se ela acompanha. E ela consegue acompanhar, mas de maneira muito comportada.

— Solte-se — eu a desafio.

E por sorte ela ousa fazê-lo. Tocamos a quatro mãos e ela se diverte.

— Por que procura um pianista se você mesmo toca tão bem? — ela pergunta um pouco depois.

— Porque eu prefiro tocar contrabaixo.

Dennis sai do camarim e vem para o palco. Ainda não está todo arrumado. Traja um vestido de gala vistoso e usa pesada maquiagem feminina, mas está sem a peruca. É sempre uma visão estranha, assim, pela metade, inacabado. Dennis é nossa atração principal. Seu nome artístico é Miss Denise. Se Hollywood conseguisse pegá-lo em suas garras, ele poderia ser tão grande quanto Julian Eltinge, o mais famoso imitador feminino do mundo.

Li na *Variety* que Julian é atualmente o ator mais bem pago de Hollywood. Os filmes em que ele representa tanto personagens masculinos como femininos fazem enorme sucesso.

Conheço o homem que trabalha como seu assistente de figurino, pois não dá para colocar sozinho um espartilho até ficar com cintura de vespa. Esse indivíduo me contou que sempre leva consigo um canivete, para o caso de Julian desmaiar por falta de ar. Então, não há tempo a perder e o canivete afiado garante que o artista possa se livrar com um só golpe de sua tortura autoimposta. Na mesma hora, perguntei se isso já tinha acontecido alguma vez, o que o fez começar a rir e responder enigmaticamente:

— Bem que você queria saber, não é?

Aposto que Willy nunca viu um travesti. Vejo sua boca se abrir e não fechar mais.

— Robin, você tem um cigarro? — pergunta Dennis normalmente, com sua voz masculina.

Ofereço a ele um cigarro e o fogo. Willy erra algumas notas. Só então Dennis percebe que ela está ali. Ele a olha por baixo de seus longos cílios postiços. Sei exatamente o que ele está fazendo. Um julgamento. Nós sempre temos que julgar; é cara ou coroa. Estou tão curioso quanto Dennis, que respira fundo e em seguida caminha de maneira bem feminina até o camarim. De minha parte, quero saber.

— Isso a deixa nervosa?

Sem comentários.

— As pessoas vêm de longe para vê-la.

— Vê-lo — ela me corrige.

Não posso deixar de dar uma de filósofo.

— Você tem que pensar assim: nascemos nus, e todo o resto é disfarce.

Recebo minha resposta. Ela se levanta. Sua expressão diz mais do que livros inteiros.

— Sinto muito, não posso trabalhar aqui — ela diz.

— Pensei que você estivesse desesperada.

— Não tão desesperada.

Quer ir embora o mais rápido possível. Eu a observo. Quando me viro, vejo Dennis parado na coxia. Viu a reação dela.

Willy

6

Meu pai se inclina pra mim.
— Vamos. Mamãe está começando a sentir enxaqueca.
É domingo. Dia de descanso. Até mesmo pra mim. Dependendo da estação, com frequência há concertos ao ar livre no coreto do parque. A entrada é franca, então meus pais e eu sempre vamos. Gosto de escutar a banda sinfônica, mas é seu maestro titular que realmente me entusiasma. Ele é bom. Já aprendi muito com ele. Tem a destreza para equilibrar a força dos metais de tal forma que nunca vire um "rumpa-pá". A não ser que a peça demande, é claro, então ele solta as rédeas. Como agora, em "The Liberty Bell", de John Philip Sousa.
Não estou conseguindo relaxar. Tenho que encontrar logo um emprego, não vou conseguir enganar minha mãe pra sempre. Na última sexta-feira, entreguei pra ela meus supostos envelopes de pagamento, que comprei por um trocadinho numa papelaria. Em lugar de cédulas, coloquei mais moedas dentro. Elas sumiram imediatamente no bolso do seu avental. Não é à toa que ela tem um apelido em nossa rua: Mulher Tlintlim, porque sempre tem moedas tilintando em seu bolso.
Cuido pra sempre sair a tempo de manhã e voltar à noite no horário certo. Preencho meu dia com entrevistas de emprego e visitas à biblioteca. Esta última parte não é nenhum castigo. Há anos sei perfeitamente como encontrar meu caminho na seção de música e já tem algum tempo que descobri que, quanto mais leio, menos eu sei. Esta foi a única fome que pude saciar nas últimas semanas. Enquanto isso, vou gastando o dinheiro que o homem do toalete botou na minha mão.
A temperatura na verdade está muito alta pra abril. Os instrumentistas, que fecharam seu uniforme azul com botões dourados até o alto,

tocam na sombra de um alpendre, mas nós estamos sentados em bancos de madeira embaixo do sol a pino.

Eu já tinha percebido que minha mãe estava sofrendo com o calor. Ela se abanava ferozmente com um leque pra se refrescar, mas agora se levanta. Meu pai segue seu exemplo. Eu fico sentada e mantenho o olhar fixo nos músicos. A marcha alegre que estão tocando me dá ânimo. Sei o que é esperado de mim. Na metade da fila minha mãe se vira e faz um gesto dizendo que eu também tenho que ir. Afronto seu olhar coercivo e faço que não com a cabeça. Meu pai percebe que algumas pessoas estão irritadas com a lentidão da minha mãe. Não têm como se desviar dela pra continuar assistindo ao concerto porque minha mãe é bastante gorda.

— Estamos atrapalhando — ele insiste pra que ela se apresse.

Sua enxaqueca deve ser grave, pois ela para de protestar.

Quando o concerto termina e os músicos começam a guardar seus instrumentos, vejo a minha chance. Subo correndo a escadinha até o palco do coreto.

— Sr. Goldsmith? — chamo.

Olho para a cabeça grisalha do regente. Ele me ignora, supostamente muito entretido em recolher suas partituras.

— Sr. Goldsmith?

Ele se vira a contragosto e passa a mão no bigodinho ralo. Quem ousa incomodá-lo agora?

Eu começo a falar.

— Meus pais e eu... faz anos que assistimos aos seus concertos matutinos.

— Com certeza porque são gratuitos — ele diz, sem disfarçar a ironia.

Eu sorrio. Ele se vira novamente.

— Naquela última parte de "The Liberty Bell"... Acho que o trombone tocou uma nota errada, pouco antes da repetição do trio. Ele tocou um mi, mas era para ser mi bemol.

Agora, sim, chamei a atenção dele. Me olha um tanto incomodado, verifica sua partitura, vai até o trombonista e tira a partitura dele da estante.

— Bem notado — ele tem que admitir. — Você sabe a parte do trombone de cor?

— Não só a do trombone, mas todas as notas — respondo.

O sr. Goldsmith fecha sua pasta e desce a escadinha. Sai com passos largos e ritmados. Tenho que me apressar pra alcançá-lo.

— O senhor não dá aulas de piano no conservatório?

— Isso mesmo.

— Também quero estudar lá.

— Boa sorte. — O sr. Goldsmith continua andando adiante. Claramente, não está com vontade de ter esta conversa.

Dou a volta em torno dele e fico bem na sua frente, de maneira que ele tem que parar.

— Posso fazer uma audição algum dia?

— Não gosto de desperdiçar meu tempo.

— Nem eu. — Sei que soo atrevida, mas tenho que fazer alguma coisa.

— Isso vai lhe custar dinheiro — diz Goldsmith. — Dois dólares.

— Isso não é problema, meu senhor. — Seu olhar desliza por minha roupa desalinhada de domingo. — Pagamento adiantado. — Contra sua expectativa, tiro o dinheiro do bolso e entrego a ele. — Por favor.

A contragosto, ele me dá seu cartão de visitas.

— Amanhã à tarde, às quatro horas. — E então me dá as costas.

Olho pro cartão: Mark Goldsmith, *Music Professor*, está escrito.

Três minutos antes da hora marcada entro no grande saguão do edifício onde Goldsmith mora. Como tenho que ir ao sexto andar, pego o elevador, localizado entre as escadarias. Não quero chegar lá ofegante.

Quando estou diante da porta certa, toco a campainha. Uma mulher bonita, de olhos um tanto cansados, atende.

— Pois não? — ela pergunta.

Vejo que está grávida.

— Tenho hora marcada com o professor Goldsmith.

Ela abre a porta e me deixa entrar. Sou quase atropelada por crianças que correm ruidosamente. Conto cinco ao todo. A menor começa a chorar. A sra. Goldsmith a pega no colo e vai até a ampla sala de estar.

O sr. Goldsmith sai de seu escritório em mangas de camisa.

— Silêncio, crianças! Estou tentando trabalhar — ele resmunga. Então olha pra sua mulher como se a repreensão na verdade fosse pra ela. — Pode me trazer uma xícara de café?

— Tem que moer — ela responde.

Só então ele me vê.

— Ela pode fazer isso. Quando o café estiver pronto, você pode entrar.

Ele desaparece de novo em seu escritório. A sra. Goldsmith me leva até a cozinha e põe o moedor de café em minhas mãos.

— Você ouviu o que ele disse.

Os filhos não ficam nem dois segundos em silêncio.

— São todos seus?

— Sim, e o sexto está a caminho.

Tento não olhar pra sua barriga, vou até a mesa da cozinha e começo a moer o café. Suspiro aliviada quando todos me deixam sozinha. Meu braço começa a doer, mas o aroma dos grãos moídos de certa maneira me tranquiliza.

Pouco mais tarde, tenho a sensação de ser observada pela fresta de uma porta um pouco mais adiante, no corredor. Uma das crianças estaria me espreitando? Quando tento olhar, a porta se fecha.

A sra. Goldsmith entrega duas xícaras de café fumegante em minhas mãos. Vou com elas até o escritório e paro desajeitada diante da porta. Como vou bater? Chuto com o pé. E, então, ninguém menos que o homem do toalete abre a porta...

Frank

7

Ela me olha como uma corça assustada. Duas xícaras de café nas mãos. Não tem para onde fugir. Também fui apanhado de surpresa quando a vi moendo café agora há pouco. Agora sinto alguma pena dela, pois Mark acabou de me contar que alguém viria por um momento para uma audição. Eu não falei nada. E, mesmo agora, finjo que não sei de coisa nenhuma.

Fico de lado para deixá-la entrar. Ela vai até Mark, que está sentado em sua enorme escrivaninha cheia de pilhas de papelada. Sento-me na poltrona onde já estava durante toda a tarde. Ouço as xícaras chacoalhando em seus pires. Me alegro quando Mark começa a falar, preenchendo o silêncio.

— Esta casa é um completo caos, por isso prefiro não convidar ninguém a vir aqui. Exceto você — faz um sinal para mim —, mas você já é parte da mobília.

O que ele diz faz algum sentido. Ele é há muitos anos um dos meus melhores amigos e venho visitá-lo com frequência. Estávamos conversando esta tarde porque ele me deixará organizar algumas aulas especiais com solistas famosos no conservatório onde leciona.

— Frank, esta é...

Não sabe o nome dela.

— Willy Wolters — ela diz, enquanto me oferece a segunda xícara de café. Evita me olhar nos olhos. Vejo que ela seca as mãos na saia, para não precisar me cumprimentar.

— Não vamos perder tempo. — Mark aponta para o piano de cauda no meio do escritório.

Willy toma seu lugar no banquinho. Hesitante, toca algumas teclas sem emitir nenhum som. Como se cumprimentasse o piano.

— Toque. — Goldsmith se reclina e mexe seu café.

Ela começa a tocar uma peça de Bach, "BWV 731: Querido Jesus, estamos aqui". Bate nas teclas com bastante força e usa demais o pedal direito. Nós ouvimos, pois nossos corações agora deveriam se abrir, mas Mark não deixa que ela se alongue.

— Pare.

Ela para. Lentamente, suas mãos abandonam as teclas.

— Que bonito — ela diz.

— Você achou? — pergunta Mark.

— Um piano de cauda assim — ela esclarece. — Eu pratico em um piano com feltro em frente às cordas.

— Por que diabo você faz isso?

— Porque, de outra forma, os vizinhos começam a reclamar. Mas é um piano velho. Meu pai encontrou no lixo.

Nossas sobrancelhas se erguem.

— No lixo? — pergunta Mark horrorizado.

— Meu pai é lixeiro.

— E quem lhe deu aulas? — Mark quer saber.

— Uma conhecida da minha mãe.

Tinha a intenção de ficar calado, mas agora acabo me intrometendo na conversa.

— E o que você sabe de Bach?

Por um instante, ela é pega de surpresa porque lhe dirijo a palavra, mas agora me olha pela primeira vez com seus grandes olhos castanhos.

— Toco as suas notas, meu senhor.

Aquela resposta não me satisfaz.

— Você não pode tocar as notas se não tiver estudado a pessoa — eu lhe digo. — Sabe quem é o maior conhecedor de Bach no mundo?

— É claro que ela não sabe — Mark intervém.

Mas, então, ela nos surpreende.

— Albert Schweitzer. Ele estudou Bach e o virou do avesso como ninguém jamais havia feito antes — responde, enquanto se levanta do banquinho e vem até nós.

Agora tenho que olhar para cima para vê-la.

— Infelizmente, ele desistiu de sua carreira brilhante para se tornar médico na selva africana — eu digo. — O que novamente dá fundamento à minha tese de que a genialidade muito frequentemente beira a insanidade.

— Então o senhor o considera insano?
— Sim, ele menospreza seu talento ao não o utilizar.
— Talvez ele tenha mais talento para ser médico.

Ela me olha de maneira desafiadora e por um momento não sei o que dizer. Tocou num ponto sensível. Será que também não menosprezei meu talento por razões que ninguém pode imaginar? Deixei um outro talento prevalecer? Então, mudo de assunto.

— Por que você toca desta maneira?
— Como assim?
— Assim... sem sentimento.

Ela aperta um pouco os olhos.

— Porque aprendi que ninguém está interessado nos meus sentimentos — diz depois de um breve silêncio.

Mark me lança um olhar de advertência. Será que ele também percebeu que os olhos dela ficaram marejados? Ok, eu compreendo, ela está sob pressão. Está aqui para conseguir algo. Mas não deve se retrair por uma discussão qualquer sobre música.

— Você, afinal, tem que interpretar o que está por trás da música, não é? — pergunto a ela.
— Ao interpretar podemos errar. Tocando as notas, não — responde.
— Isso é ciência.
— Bach foi um compositor matemático — ela argumenta.
— Mas um dos poucos que falavam o idioma de Deus — digo.
— Bem, ninguém sabe exatamente o que Deus queria dizer, não é?

Pela segunda vez, não sei o que dizer. Constato num lampejo que isso não me acontece com frequência. Olho fixamente para ela, mas ela não abaixa os olhos. Sou o primeiro a desviar o olhar. Em direção a Mark, que vem em meu socorro.

— Sua técnica é terrível. Por usar demais o pedal de sustentação, não tem sutileza. Tire o conservatório da cabeça. A chance de você ser aceita é nula.

Surge um franzido em sua testa. Então, ela dá um passo à frente e dirige toda sua energia a Mark.

— O senhor não pode me dar aulas? Estudarei arduamente. Quero fazer de tudo pra melhorar.

Mark se ergue.

— Se posso lhe dar um único conselho: case-se e cuide de ter filhos.
— Como a sua esposa.
— Sim.
Ela olha de Mark para mim e de novo para ele. Então, produz ironicamente um aceno servil com a cabeça.
— Espero que o café esteja bom. — E sai pela porta de ombros eretos.
Mark olha para mim balançando a cabeça.
— Moça estranha.
— Ela não era tão ruim assim — digo.
— Mas é uma mulher — ele objeta.
Eu concordo.
— Uma mulher bastante bonita.

Willy

8

Fecho a porta de ferro do elevador num puxão só. Talvez já fosse uma batalha perdida, digo a mim mesma. Goldsmith não tinha mesmo nenhuma intenção de me dar uma chance. Bato a mão no botão. Para baixo, por favor. O negócio se põe em movimento com muitos rangidos.

Já estava quase passando o pavimento quando Goldsmith saiu correndo de seu apartamento. Por um triz ele ainda pôde ver minha cabeça desaparecendo.

— Espere, espere! — ele grita, enquanto desce a escada que circunda o elevador pra me alcançar.

Não faço nada. *Ele que fique dando voltas*, penso perversa.

— Achei que você queria entrar para o conservatório.

— Devo ser perturbada, não é verdade?

— Posso prepará-la para o exame de admissão! — O elevador vai mais rápido do que ele consegue acompanhar. — Três aulas por semana, dois dólares por hora.

Veja, esta é uma oferta que não posso recusar. Aperto o botão pra parar.

Quando chego tarde em casa naquela noite, vejo minha mãe por trás das portas de vitral numa sessão espírita com três de suas amigas. Pra mim vem a calhar que as senhoras mantenham os olhos fechados quando estão em transe. Ao passar pela entrada, vejo suas bolsas no armário da antessala. Na bolsa mais cara, a ponta de um nécessaire está para fora. Deve ser a bolsa da sra. Brown, que nunca sai de casa sem se pintar. Abro o zíper do nécessaire e vejo itens de maquiagem que nós nunca temos em casa. Coloco o nécessaire da sra. Brown dentro da minha bolsa e prometo a mim mesma que devolverei assim que usar, pois não sou nenhuma ladra.

Entro de mansinho no quarto dos meus pais. Sei onde procurar. Na parte de baixo do armário grande estão as malas com as etiquetas de viagem da Holland America Line. Minha mãe guarda ali dentro suas roupas e sapatos antigos, de quando ainda era jovem. Fisgo seu vestido de festa, confeccionado em tecido brilhante e tule. Está com uma costura aberta, que azar. Depois pego seu único par de sapatos de salto no armário. Parecem novos. Aposto que minha mãe nunca os usou.

Na manhã seguinte, tenho sorte porque minha mãe estará fora grande parte do dia. Esqueci para onde vai, a única coisa que guardei é a que horas ela volta.

Fico no meu quarto e faço o que sempre faço: vagueio com os olhos ao longo das coisas que mantêm meu sonho vivo. Tenho-as sobre o piano, pregadas no papel de parede; recortes de retratos dos meus dois ídolos: Willem Mengelberg regendo e Albert Schweitzer tocando órgão. Ao lado, o cartão-postal com a imagem do Concertgebouw de Amsterdã e o anúncio de uma apresentação de Albert Schweitzer como organista em uma igreja na Holanda. Também estão pendurados vários artigos de jornal sobre seu hospital na selva africana. Em Lambaréné, pra ser mais precisa, uma localidade junto ao rio Ogoué, no Gabão, um pouco ao sul da linha do equador.

Li na biblioteca o livro de Schweitzer, *Entre a água e a selva*, no qual ele descreve sua aventura de construir do nada um hospital na mata. Percebi que ele tem uma visão muito diferente da dos colonizadores na África sobre os nativos africanos. Com muita frequência, eles chamam seus irmãos negros de preguiçosos, porque acham que são impossíveis de ser induzidos a trabalhar. Schweitzer inverte esse pensamento ao afirmar que eles são pessoas naturais, como ele denomina, são de fato *as únicas pessoas verdadeiramente livres*. Que não se deixam guiar pela afobação e pela ansiedade ocidentais, mas só trabalham duro quando eles próprios veem necessidade disso e sabem fazer isso extremamente bem.

Em seu livro, ele cita o exemplo de quinze negros que remaram num barco rio acima por trinta e seis horas, incansavelmente, para transportar um branco muito doente até o hospital de Schweitzer. Algo que ele não considera que um branco seja capaz de fazer.

Admiro muito esta inversão de uma opinião convencional segura em Schweitzer. Ele não se curva diante das novas roupas do imperador. Simplesmente diz o que de fato é. Me alegro em tomar isso como exemplo.

E aqueles homens pensam que eu não sei nada.

Mais alguns pontos e a costura do vestido estará fechada. Vou encostar a porta aberta do armário quando vejo a máscara de gás ali dentro. Escondi no cantinho mais escuro. "Que garota tem uma coisa tão ridícula no quarto?", eu me pergunto. Não consigo jogar essa porcaria fora. Meu pai trouxe pra mim uma vez, um dos tesouros encontrados no lixo. Eu não fazia ideia de qual era a utilidade daquela máscara, mas ele achou que viria a calhar quando eu precisasse cortar cebolas.

— Gostou? — ele perguntou.

Eu não disse nada. Já sabia o que minha mãe faria. Já na primeira vez que me fez cortar cebolas ela pegou aquele negócio no meu quarto e começou a amarrar na minha cabeça. Praticamente enfiei minha faca na tábua de corte. Mas ela não sossegou enquanto a máscara não estava no meu rosto. Claro que ficou horrível. A risada estridente da minha mãe ressoou pela cozinha. Nem achei ruim que risse de mim, já estava acostumada. Mas aquele negócio horrível foi pior do que tudo. No fim da história, eu nunca mais usei.

Vou até a janela e olho pra fora. Longos varais com roupas penduradas parecem bandeirinhas entre os edifícios, como se fosse sempre festa. O bebê dos vizinhos está tomando ar em um cercadinho tipo gaiola, pendurado pra fora da janela. As mulheres daqui não têm tempo pra levar seus bebês pra passear no parque. Mas também não querem sua prole com raquitismo. Um cercadinho assim é um achado.

O bebê está deitado de bruços em sua pequena prisão. Espero que não tenha medo de altura. Muitas vezes o acalmei tocando meu piano. Agora ele não está chorando. Melhor assim, pois estou sem tempo. Corto a linha da costura com os dentes.

A gente só sabe se tem coragem pra alguma coisa quando faz. Eu mesma não teria ficado surpresa se tivesse desistido quando vi o porteiro.

Mas ele manteve a porta aberta, como pra uma rainha, e eu entrei a passos largos. Pensei em minha mãe descendo a escada sobre o próprio lixo. Queixo pra cima, isso é o que importa.

Eles com certeza já tinham visto muita coisa na vida, mas ficaram boquiabertos quando entrei. O líder da banda, Robin Jones, olhou pro artista que estava vestido de mulher daquela vez, mas que agora está normal, vestido de homem. Eles estavam ensaiando uma canção e eu cheguei pra atrapalhar.

Those educated babies are a bore
I'm gonna say what I said many times before
Oh, the dumber they come, the better I like'em
'Cause the dumb ones know how to make love[2]

Cantavam isso em coro. Eu tinha entendido muito bem que garotas inteligentes são enfadonhas e garotas burras são melhores no amor. A letra ainda ecoa na minha cabeça enquanto tento caminhar até eles da maneira mais graciosa possível. Mais ou menos como a candidata coquete fez durante sua entrevista de emprego.

Não é tão fácil, pois meus tornozelos não estão acostumados aos saltos altos. Vacilo um pouco. Me sinto muito exposta com o vestido da minha mãe, que fica largo em mim. A pintura no meu rosto gruda e repuxa. Ainda mais quando dou um sorriso largo para causar boa impressão.

— Pois não? — pergunta Robin.

— Fiquei pensando... aquele emprego ainda está disponível?

Me olham fixamente. Não fazem ideia de quem está na sua frente.

— Estive aqui antes para uma audição — esclareço.

Percebo que me reconhecem.

— Ah, é você — diz Robin. — Não tinha reconhecido. Você está, eh... diferente.

— Tentei me adequar — digo da maneira mais convincente possível.

Fiz o que pude para parecer com aquele artista-que-a-cidade-inteira--quer-ver, mas o problema é que nunca usei maquiagem antes. Robin

---

2. Em tradução livre: Esses bebês educados são chatos/ Eu vou dizer o que disse muitas vezes antes/ Oh, quanto mais idiotas eles são, mais eu gosto deles/ Porque os idiotas sabem fazer amor. (N. E.)

troca olhares com seu colega. Respinga hesitação. Preciso deste emprego, então me esforço mais um pouco.

— Por favor, por favor, o senhor pode me aceitar? Vou trabalhar até cair.

— Então está mesmo desesperada — responde Robin.

Robin

9

Vi Dennis revirar os olhos quando sugeri que ela poderia tocar esta noite, como teste. Ele me olhou e sussurrou sem rodeios em meu ouvido:
— Eu voto contra.

Eu também poderia ter sabotado aquele momento, mas pensei: *Afinal, ela agora está aqui e esta profissão já é tão difícil para as mulheres.*

Se ela se sair bem esta noite, terá o emprego. Sou o líder da banda, mas quero que os outros também tenham voz. Apresentei-a aos músicos, ao baterista, ao banjoísta, ao trompetista e ao clarinetista. Estou atrás do meu contrabaixo e Willy ao piano.

As dançarinas da revista terminam sua coreografia de sapateado. Elas se vestem de maneira mais ousada que Willy, que está usando a roupa com que veio. Embonecada e irreconhecível. Parece uma verdadeira *drag queen*. As dançarinas sorriem para ela quando chegam às coxias. Ao menos... espero que não estejam rindo dela.

Vou até o microfone e anuncio a apresentação de Miss Denise, o famoso imitador feminino.

Nosso público é variado, mas, por incrível que pareça, são principalmente as mulheres que ficam fascinadas por Miss Denise e não se cansam de admirar o fenômeno. Como se Miss Denise lhes oferecesse um espelho dos maneirismos coquetes que assimilam.

O público enlouquece quando Miss Denise entra no palco com grande elegância feminina. Disse a Willy que Dennis primeiro conversa um pouco com a plateia antes de começar a cantar. E que ela não deve fazer nenhuma cara estranha quando, após sua apresentação, ele tirar a peruca para que o público veja que é mesmo um homem. É o ponto alto do seu show.

Vejo que ela relaxa ao piano. Mas se assusta quando Miss Denise se vira para ela de maneira solene.

— Vejam só o que temos aqui — diz Miss Denise com uma voz aguda, feminina. — Uma imitação de mulher ao piano. Está tentando me impressionar? — Miss Denise olha buscando a cumplicidade dos espectadores. — Ou será que esta imitadora é uma mulher de verdade? Difícil dizer, não acham?

Consegue arrancar risos da plateia imediatamente.

— Alguém está mesmo arriscando o pescoço por você. Andei escutando que você está sendo testada. A chance que a aceitem é pequena, pois, como todos podemos ver, esta é uma banda de homens.

Nesta hora, o malandro olha furtivamente para mim e em seguida se dirige de novo à nova pianista.

— O que você ainda está fazendo aí?

Willy olha para ele com um sorriso radiante. É o melhor que pode fazer, continuar a sorrir.

Dennis continua seu número:

— E eu também não vou votar em você, porque quero toda a atenção voltada para mim. — Ele faz um biquinho afeminado e espera até que as risadas da plateia silenciem.

— Será que você sabe tocar uma escala?

Willy faz que sim com a cabeça e toca, com um só dedo, cinco notas: Mi-Sol-Si-Ré-Fá.

Dennis, que não sabe ler nenhuma nota, tenta pressioná-la.

— Você chama isso de escala?

Willy balança a cabeça dizendo que não.

— Como chama então?

Willy responde, alto e bom som:

— *Every Good Boy Does Fine.*[3]

A plateia desaba com seu gracejo para Miss Denise. Não sei se o público leigo entendeu que ela mencionou o recurso de memorização das notas nas linhas da pauta da clave de sol, mas isso não tem importância.

Dennis, que sempre se destaca quando pode improvisar, entra na brincadeira.

---

[3]. A frase em inglês traz na inicial de cada palavra as letras que representam as notas musicais nas linhas da clave de sol: E-G-B-D-F. Em tradução livre, significa: todo bom menino se sai bem. (N. T.)

— *Every Good Boy Does Fine* — ele repete. — É claro, pois agora eles estão me vendo. — E flana garboso pelo palco. — Diga para mim, qual é o seu nome?

— Willy.

O nome provoca uma gargalhada. E Dennis também se aproveita disso. Sua voz sobe uma oitava.

— Porque você era menina e não tinha um "willy", seus pais resolveram chamá-la assim! Acho que esse nome automaticamente aumenta as suas chances esta noite.

E aí ele me olha. Sei que tenho a sua aprovação. Dou a contagem regressiva e a banda começa a tocar a introdução da canção "Oh! Boy, What a Girl", com a qual Eddie Cantor fez tanto sucesso no ano passado. A sala logo entra na atmosfera da música. Ouço Miss Denise cantando:

Oh gee, other girls are far behind her,
Oh gosh, hope nobody else will find her.[4]

E isso é exatamente o que penso sobre Willy.

---

4. Em tradução livre: Oh caramba, outras garotas estão muito atrás dela, / Oh Deus, espero que ninguém mais a encontre. (N. E.)

Willy

10

A sra. Brown quase não quer abrir a porta quando toco sua campainha no dia seguinte. Só quando vê através do vitral que sou eu, trazendo seu tesouro perdido nas mãos, corre até a porta da frente. Dá mil desculpas por sua "aparência desmaiada". E eu me sinto muito envergonhada pelo transtorno que lhe causei.

Pessoalmente, acho que ela fica melhor sem maquiagem, mas é óbvio que não digo isso. Em mulheres mais velhas, todo aquele *Pan-Cake* e *Flexible Greasepaint*, como vi em seus cremes, só deixam ainda mais visíveis os pés de galinha, o bigode chinês, o pescoço de peru (ou como quer que se chamem todas aquelas rugas). Elas pensam que parecem mais jovens, mas na verdade é o contrário. Minha mãe, que já está com cinquenta e oito, faz bem em não passar nada no rosto.

Conto à sra. Brown que tinha encontrado o nécessaire embaixo do armarinho, no vestíbulo. Ela fica alegre como uma criança por tê-lo de volta. Até pega a carteira pra me recompensar. Eu lhe asseguro que não é necessário, mas ela insiste.

— Não sou uma avarenta como a sua mãe — ela diz, e põe um dólar na minha mão.

É o cúmulo.

Na verdade, é até bem engraçado: não saber exatamente o que se pode esperar dá a sensação de uma grande aventura. Estou exultante com meu novo emprego. O único ponto que preciso superar é que meus pais teriam um enfarto se soubessem que este mundo existe, quanto mais saber que estou metida nele. Portanto, não vou contar pra eles. É uma mentirinha pro seu bem.

Aliás, minha mãe é culpada por eu não contar nada pra ela. Ela simplesmente não é confiável. Uma vez, durante uma aula de música na escola secundária, a professora perguntou pra classe se alguém sabia tocar piano. Levantei o dedo imediatamente e tive permissão de ir até o piano pra mostrar o que eu sabia.

Não sei o que eles esperavam de mim, mas certamente não que eu pudesse tocar a "Toccata e fuga em ré menor" de Bach. E ainda por cima sem nenhum erro. Meus colegas de turma ficaram olhando embasbacados. Sem hesitar, a professora pediu que eu ficasse depois da aula. Fez um apelo pra que eu continuasse estudando música e disse que iria conversar com meus pais. Já pude prever a tempestade e supliquei em pânico que minha mãe não deveria saber de nada. Ela insistia pra que eu fosse secretária, ou algo assim, já que eu, o patinho feio, jamais conseguiria um marido. Ela dizia isso com frequência pra mim. Eu não tinha como explicar o fato de que isso contradizia totalmente seu entusiasmo inicial com a previsão de que eu me tornaria uma "grande musicista". (Só muito mais tarde atinei que ela devia sentir muita inveja. Ela própria não tinha nem terminado o ensino básico e detestava qualquer forma de instrução.)

Em sua missão de me prover um futuro musical, certo dia minha professora teimosa bateu na porta pra falar com a minha mãe. Fez isso pelas minhas costas, mas por pura coincidência eu estava em casa. Pude assistir a tudo pela fresta da porta do meu quarto.

O sermão da professora durou meia hora. Minha mãe se comportou de maneira amigável, mas meus olhos experientes perceberam que ela começava a ficar verde de raiva. A professora mal tinha posto o pé pra fora e eu já estava levando bronca. E minha mãe não ficou só na falação, me deixou toda roxa e, é claro, a tampa do piano passou semanas trancada à chave.

Aí tive que usar a imaginação. Praticava sobre uma tira de papelão na qual eu havia desenhado as teclas do piano. Um método extremamente eficiente quando não se tem mais nada à mão.

Na minha festa de formatura, a professora de música não entendeu por que meus pais foram a grande ausência durante o concerto solo que pude fazer diante de toda a escola. Sabiamente, guardei pra mim mesma o fato de que eu *não dissera nada* aos meus pais.

***

Ganho mais dinheiro que com meus dois outros empregos juntos. Isso por causa das gorjetas, que são divididas por igual. Com o diretor Barnes, tínhamos que entregar as gorjetas e a maior parte do dinheiro não víamos nunca mais.

A grande vantagem é que posso entregar pra minha mãe os envelopes de pagamento a que ela acredita ter direito. E ainda fico com dinheiro suficiente pra pagar o sr. Goldsmith. O resto eu escondo atrás do painel sob o piano.

Estudo feito louca pro exame de admissão do conservatório, no qual me inscrevi. Faço lições com Goldsmith três vezes por semana; no mais, passo o restante do tempo na sala de leitura da biblioteca ou pratico na sala vazia do clube. Expliquei tudo a Robin e ele não vê problema que eu estude ali, desde que não incomode ninguém. Nunca dormi tanto na vida, porque agora não preciso mais acordar de madrugada. E escuto o que toco, o que também é bom, pra variar.

As moças da revista me veem como um complemento bem-vindo àquele mundo masculino. Eu nunca tinha ouvido falar de melindrosas. As dançarinas são um tipo de garotas mais livres do que eu jamais havia visto. Todas têm um quê provocante. Talvez porque tenham que ser assim pra entreter os homens, mas parece fácil pra elas. Dolly é uma espécie de líder entre as garotas. Usa maquiagem pesada, principalmente nos olhos, e cortou seus cachos ruivos bem curtinhos.

As dançarinas fumam e bebem bastante – bebida só quando é paga por um cliente e até onde a lei seca[5] permite. Elas também tentaram me fazer beber, mas eu recusei.

---

5. A lei seca foi criada com o objetivo de controlar o consumo de álcool, principalmente entre a classe trabalhadora, e vigorou nos Estados Unidos de 1920 a 1933. A lei proibia a fabricação, o transporte e a venda de bebidas alcoólicas, o que causou aumento no índice de criminalidade e maior consumo de álcool adquirido no mercado clandestino, produto mais forte de qualidade inferior. Informações obtidas em: Lei Seca nos EUA: como norma de 100 anos atrás ainda influencia a complicada relação dos americanos com o álcool. *G1*, 3 fev. 2019. Disponível em: https://g1.globo.com/ciencia-e-saude/noticia/2019/02/03/lei-seca-nos-eua-como-norma-de-100-anos-atras-ainda-influencia-a-complicada-relacao-dos-americanos-com-o-alcool.ghtml. Acesso em: 7 dez. 2020. (N. E.)

Uma semana atrás, me colocaram numa cadeira no camarim, de costas para o espelho. Dolly então se encarregou de mim. Me fez vestir outras roupas, tirava de tudo dos armários.

As garotas ficaram assistindo e queriam saber de onde vinha o meu nome. Quando disse que ganhei este nome em homenagem à rainha da Holanda, não pararam de rir. Pensaram que a rainha se chamava Willy. Só quando expliquei que ela se chama, muito majestosamente, Wilhelmina, e eu também, elas se acalmaram um pouco.

Só pude olhar no espelho quando Dolly tinha terminado. Não sabia o que dizer, pois não me reconhecia. Robin entrou e disse que eu estava mais bonita que nunca. Pude ver que ele falava a sério, então acreditei. Agora as melindrosas se concentram na tarefa de me ensinar como devo me pentear e me maquiar, e estou ficando cada vez melhor.

Também estou ficando cada vez mais perita no jazz. Durante uma aula de Goldsmith descobri jazz até numa sonata de Beethoven. Dei um suingue às notas, o que me rendeu uma reprimenda de Goldsmith.

— O que é isso agora? Jazz?

Mais que depressa, entrei de novo na linha.

Depois de trabalhar duro por três meses, fiz minha última aula com Goldsmith. Ele não parece estar muito bem da cabeça, não estou acostumada a vê-lo assim. Começo a me preocupar se ele realmente acha meu nível bom o bastante pro conservatório. A insegurança me afeta.

Do nada, ele coloca a mão em minha perna enquanto ainda estou tocando. Eu paro. O som desaparece. Fico olhando fixo para as teclas. Será que ele vai dizer que esta é uma aula de adeus? Ou será esta a sua maneira de mostrar sua estima?

— Você poderia viajar comigo no final de semana. Isso agora é muito difícil para minha mulher.

Ela está no último mês de gravidez, eu sei.

— Minha audição é na segunda-feira — digo abobalhada, como se ele não soubesse.

— É um círculo interessante. Tenho certeza de que muitos músicos importantes estarão por lá — ele diz. Ele move ligeiramente a mão.

Olho pra ele. Esta não é uma aula de adeus.

***

Minha mãe não pendura nem a roupa lavada do lado de fora. Bem quando penso que posso sair desimpedida, ela aparece por trás dos lençóis que está pendurando na sala. Não tinha visto que ela estava ali.

— Aonde é que você vai assim tão arrumada?
— Eh... — hesito um pouco demais. — Pro trabalho.
— E essa mala aí?
— Não vou voltar pra casa hoje à noite. Vou dormir na casa da Marjorie.
— Quem é Marjorie?
— A senhora lembra? Marjorie? Do meu trabalho?

Saio apressada pela porta levando a mala. Mas não tenho certeza se ela caiu nessa desculpa.

Willy

11

Long Island

Estou tensa do lado do sr. Goldsmith num automóvel dirigido por um chofer chinês. Entre os bancos da frente e de trás tem uma divisória de vidro, pra deixar clara a separação de classes. Nunca andei num carro tão luxuoso. Passamos por uma estrada rural, atravessando uma linda região de reserva natural. Num descampado, entre velhas árvores altas, correm dois cavalos. Por um instante eles me dão uma sensação única de liberdade. *Run free*. Só então vejo a cerca.

— Você está bonita hoje — Goldsmith diz.

— Obrigada.

Já estou arrependida de ter vindo. Tinha uma desculpa tão boa para dizer não.

Um mordomo nos dá as boas-vindas no hall. Mal me recuperei da imponente entrada de automóveis e o hall desta casa de campo já me causa um novo impacto. Quando sempre se morou em cinquenta metros quadrados, é difícil assimilar esta opulência. Que tipo de gente mora aqui? Prédios públicos, salas de concerto, museus e teatros podem ter toda a estatura que merecem. Mas isto? Me recuso a ficar admirando por mais tempo a pintura no alto do teto. Vou ficar com dor no pescoço.

Um segundo empregado vem em nossa direção e pega, impassível, minha mala puída. Um casal mais velho vem saindo do salão. A senhora esguia e cheia de pompa vem de braços abertos para Goldsmith. A cada passo seu colar de pérolas de duas voltas chacoalha sobre os seios modestos.

— Bom dia, Mark, que bom revê-lo. Acabamos de receber um telefonema de sua mulher. O parto já começou — ela o cumprimenta um tanto excitada.

Isso surpreende Goldsmith.

— Oh, eh... — ele me olha consternado. — Então, infelizmente não poderei ficar.

— Vou pedir ao chofer para levá-lo de volta — diz a senhora.

— Então volto com o senhor — me apresso em falar.

O dono da casa dá um passo à frente.

— Não, fique. Afinal, já está aqui. — Ele me olha de maneira amável.

A senhora agora também se dirige a mim. Ela arregala os olhos.

— Com quem tenho o prazer?

Goldsmith me apresenta.

— Esta é Willy Wolters, uma aluna minha.

Eu estendo a mão.

— Prazer em conhecê-la, madame...

Fico suspensa num vácuo.

— Thomsen — ela diz —, e este é o sr. Thomsen.

Ela me dá uma mão mole. Por sorte o aperto de mão do sr. Thomsen é bem mais firme. Tem aparência distinta, com cabelos grisalhos ondulados e rosto bem-apessoado.

— O criado vai lhe mostrar o seu quarto. Então, você pode se refrescar um pouco — diz a sra. Thomsen. No entanto, está bem claro que ela preferia que eu fosse embora.

O sr. Thomsen se inclina para mim.

— Mas se apresse, o programa logo vai começar.

Ele é simpático, isso me deixa um pouco mais calma. Sorrio para ele e sigo o criado pela escada monumental.

O que eles querem dizer com refrescar? Devo tomar um banho? Lavar as axilas? Ou o rosto? Devo trocar de roupa? Minha mala ainda está fechada em cima da cama de dossel. Vou ao banheiro, *the restroom*, como dizem os americanos. Não sei por que usam este nome, já que ninguém vai ali para descansar.[6] Em seguida, demoro mais que o normal lavando as mãos.

Saio do quarto pouco à vontade e espreito o longuíssimo corredor.

---

6. *Rest* em inglês significa "descanso"; *room* significa "quarto". *Restroom*, portanto, traduzido literalmente, significa quarto do descanso. (N. E.)

Portas, portas e mais portas, parece até um hotel. Aqui o teto também é muito alto, a gente logo se sente pequena num ambiente assim.

Caminho pelo tapete espesso até a escada. Tem alguém subindo. Pra minha surpresa, vejo que é aquele Frank. Num reflexo, me viro. Tarde demais.

— Aonde você vai? — ouço atrás de mim.

Me viro novamente.

— Pro outro lado — digo.

— A escada é ali. — Ele aponta pra direção de onde veio.

— Ah, ok. — Caminho em sua direção. Mantenho os olhos voltados pra baixo.

— O que está fazendo aqui? — pergunta quando quero passar.

Agora olho pra ele.

— O mesmo que você, eu acho.

— Esta é a casa dos meus pais. Eu cresci aqui.

Ele me deixa aturdida, mas procuro não demonstrar.

— E eu vim com o sr. Goldsmith — respondo.

— Ele não comentou que você viria junto.

— Não sou responsável pelo que ele diz ou não diz a você.

Seus olhos não piscam quando aproxima um pouco seu rosto do meu.

— Contanto que você não constranja os músicos que estão aqui.

— Isso seria a última coisa que eu faria — digo, ofendida pelo que ele insinuou.

— Nós todos sabemos do que você é capaz — ele fala isso baixinho.

A indignação borbulha em mim, mas mantenho a cabeça fria.

— Agora que sei que você é um cavalheiro, será que pode se dar ao trabalho de se comportar como tal?

Bem, agora está dito. Dou uma volta grande pra passar por ele.

Pouco depois, estou sentada numa cadeira no salão entre duas dezenas de convidados. Uma meio-soprano canta uma ária. Um pianista a acompanha no piano de cauda. Olho pro título no livreto com o programa. "L'amour Est Un Oiseau Rebelle",[7] da ópera *Carmen*, de Georges Bizet.

---

7. Em tradução livre: o amor é um pássaro rebelde. (N. E.)

A única parte que eu reconheço é *L'amour*. Acho a música bonita, mas não me sinto nem um pouco à vontade.

Perceber que Frank às vezes me fita com um olhar lascivo com certeza não ajuda muito. Quem sabe ele pare se eu também olhar? Me assusto com a sensação de formigamento que sinto na região do estômago quando faço isso. Comparável ao nervosismo, porém agradável. Não devo me iludir; um cara assim deixa qualquer mulher perturbada. Não quero nem pensar e não olho mais na sua direção. Também não tem sentido me concentrar no tema da música. Não entendo francês e nem entendo de amor.

Quando fazem uma pausa, depois de meia hora, me levanto o mais rápido possível. Pra evitar assistir, feito uma caipira, a como todos se relacionam com total desembaraço uns com os outros enquanto eu não conheço ninguém neste círculo, vou caminhar. Pouco inteligente, é claro, pois o que me fez ultrapassar meu limite e vir até aqui com Goldsmith foi justamente a ideia de socializar com os músicos. Mas não sei ser diferente, não cumpro meu objetivo, mesmo que esta incapacidade continue martelando minha cabeça com uma batida surda.

Só me acalmo quando vejo uma sala vazia cheia de livros. Agora já não me surpreende que os ricos deste mundo tenham até a própria biblioteca. A porta está convidativamente aberta. O cômodo é bonito demais pra ser ignorado. Entro e passo os olhos pelas incontáveis lombadas. Bem organizadas em ordem alfabética, reparo. A partir da letra S começo a prestar mais atenção. Curiosa pra saber se tem alguma coisa de Schweitzer. Tem toda uma fileira. Olha só.

Continuo andando com as mãos nas costas. Há uma pilha de livros sobre uma mesinha de leitura. O título do livro de cima chama a minha atenção. *Notable New Yorkers*, escrito em letras pretas sobre a capa verde-mar ricamente decorada. Parece bastante manuseado, então fico curiosa sobre o conteúdo.

Quando abro, me encaram oito retratos ovais de homens notáveis, fotografados em seus melhores ternos. Abaixo estão seus nomes e funções. Começo a folhear. Só tem fotos. Olhares sérios que desviam da câmera. Apenas alguns ousam me fitar diretamente nos olhos.

No início estão os prefeitos, depois autoridades eclesiásticas. Eu não sabia que existiam tantas igrejas diferentes, nem que eram consideradas tão importantes. Naturalmente, são todos homens. Vou à procura de uma mulher. Folheio por juízes, advogados, banqueiros. Nada. Talvez entre os artistas? Deve haver uma mulher ali, não é? Passo por escritores, escultores, pintores e fotógrafos, por regentes, músicos, dramaturgos e atores. Mas não. Ali também só tem homens; página após página, o livro está repleto de homens. Um calhamaço de seiscentas e dezesseis páginas.

Leio que levaram três anos para fazer este livro. Por mim, não precisariam ter tido esse trabalho, mas a sra. Thomsen deve estar contente com ele. Ao menos assim ela sabe quem deve convidar.

Eles organizaram um passeio pela propriedade. Os convidados caminham em grupo, conversando entre si. Vou andando um pouco atrás. Normalmente, detesto caminhar, mas aqui estou gostando, pois o jardim – que é como um parque – tem um lindo paisagismo.

Viro em uma passagem que me parece mais bonita do que o lugar pra onde a turba está seguindo. Há muita coisa pra ver. O canteiro de rosas, em especial, se encontra em toda a sua glória e não me canso de apreciar.

Depois de um tempinho, chego num longo túnel de álamos-brancos em forma de arco. Caminho por dentro. Neste corredor de folhagens a gente fica invisível para o mundo lá fora. Pelo visto, nestes círculos as pessoas também querem se esconder de vez em quando, pois não acredito que esta construção tenha sido feita apenas pra proteger as peles claras das madames da luz do sol.

Quando chego num laguinho, me sento na grama atrás de um grande arbusto de rododendros. À medida que o tempo passa, a água se torna cada vez mais atraente. Estou com calor. Será que devo molhar os pés? Não tem ninguém me vendo.

Tiro os sapatos com um chute, levanto um pouco a saia e vou até a água rasa. A lama escorregadia faz cócegas entre meus dedos, uma sensação com a qual não estou acostumada. A cada passo que dou, uma nuvem de lama turva a água. Patos que estão nadando mais adiante percebem a minha presença e levantam voo fazendo barulho. Gosto de ficar assim, sozinha.

Um gongo soa à distância. Demora um instante até que eu me dê conta do que se trata. Fiquei vagueando por muito mais tempo do que havia planejado. Olho ao redor. Ninguém à vista. Saio da água, pego meus sapatos e começo a correr.

Chego em disparada, sem fôlego, no hall oval. A grandiosidade me obriga a um comportamento adequado e logo me recupero. Continuo a andar tranquila e com a maior graça possível. Por sorte bem a tempo, pois, para meu horror, Frank está vindo do salão. Ele trocou seu terno claro de linho por um smoking. Infelizmente, meus pés descalços e saia encharcada não lhe passaram despercebidos. Quando está diante de mim, olha por muito mais tempo do que o necessário para a poça d'água que se forma em torno dos meus pés com os pingos que caem da bainha da saia.

Respiro fundo.

— Será que alguém pode me levar até a estação? — pergunto tão decidida quanto possível. Não me importa dar o braço a torcer e será um enorme prazer pra ele quando eu chispar daqui.

— Mas a mesa já está posta — ele diz num tom que indica que seria um pecado ir embora agora.

— Ninguém vai sentir a minha falta.

Antes que ele possa pensar numa resposta, o sr. Thomsen aparece no hall.

— Eu vou, minha menina — ele diz amavelmente —, pois você é minha convidada. Então, se puder ir se trocar...?

Não ouso dizer não. Me derreto, quase literalmente.

As garotas do teatro de revista já tinham me assegurado que eu deveria trazer um vestido de festa na mala. E, como não tenho um, elas organizaram toda uma sessão de provas. O resultado é o que estou vestindo agora; elas foram unânimes em dizer que este foi o que me caiu melhor.

Prendi meu cabelo e estou usando bijuterias que de longe até enganam – não que eu entenda alguma coisa disso. Olho no espelho. Esta sou eu?

Os sapatos de salto fazem o vestido, que já é longo, parecer ainda mais comprido. Mas por que as mulheres fazem isso a si mesmas, usar estas porcarias, é um mistério para mim. Se a natureza quisesse que nós, mulheres, andássemos na ponta dos pés, não teríamos calcanhares.

Me abaixo sem elegância pra pegar a alcinha que tenho que pôr no punho pra levantar a cauda do vestido. É pano demais pra andar normalmente, penso quando já estou com tudo no lugar. O mais estranho de um vestido assim é que a gente se sente diferente, como se fosse infiel a si mesma. Mas acho que assim estará bom o bastante pra este jantar, do qual não posso escapar.

Frank

12

Meu pai estava parado no hall esperando por ela. Ainda tentei convencê-lo a ir para a sala de jantar para se juntar aos outros convidados, mas ele não quis nem saber.

— Não é assim que se trata uma dama — foi o seu simples pretexto.

E agora ele está postado em frente à escada, enquanto o tempo passa. Fico fazendo companhia a ele. *Sempre um cavalheiro*, penso involuntariamente. O cavalheiro que, segundo a dama em questão, eu não sou. Será que ela tinha razão de me colocar no meu lugar quando não a recepcionei bem esta manhã? Penso nisto mais do que gostaria.

Durante o programa musical, de vez em quando eu a observava. A maneira como estava sentada ali, com sua saia verde e blusa listrada amarela. Com aqueles sapatos baixos de amarrar, que mais se esperaria ver num homem. Não parecia uma moça que segue as últimas tendências da moda. Comecei a me perguntar que idade ela de fato tem, onde será que mora. O que Mark saberia sobre ela? Tenho que perguntar a ele qualquer hora. Será que é tudo tão interessante como nossa conversa quando ela foi fazer a audição?

Minha fantasia sobre ela correu solta quando executaram a "Habanera". A ideia de Bizet sobre o amor rebelde. Nas primeiras apresentações, as pessoas acharam a ópera muito frívola, e Bizet não viveu para ver o sucesso que fez depois, uma vez que morreu de uma parada cardíaca três meses após a estreia mundial, ainda muito jovem. As coisas podem se reverter na música; agora, meio século após sua morte, essa peça é sempre um sucesso.

— "L'amour, l'amour, l'amour" — entoava a cantora.

Pela enésima vez, meu olhar vagava em direção a Willy. Será que ela seria uma rebelde no amor? Um pássaro que não se deixa capturar? Será que alguém a ama?

Como se sentisse que eu a observava secretamente, ela de repente olhou em minha direção, algo que até aquele momento havia evitado. Ergueu um pouco o queixo, como se quisesse dizer: "O que está querendo?". Senti-me um completo idiota.

Há certa magia em esperar por mulheres. Toda aquela espera nos coloca em um estado de tédio absoluto, e isso depois é recompensado com a aparição delas. Ela está realmente deslumbrante quando desce a escada em seu vestido de festa amarelo-ocre. Meu coração parece disparar. Não consigo tirar os olhos dela.

— Você está linda — diz meu pai. Sorrindo, ele lhe oferece o braço.

Willy o contorna com sua mão. Tem longos dedos de pianista.

Meu pai a acompanha até a sala de jantar. Sinto uma ponta de inveja por esta honra não ser minha. Procuro me recompor. Tenho que parar com este comportamento ridículo.

Vou em silêncio atrás deles até a sala onde todos os convidados se reuniram para em seguida ir à mesa. Vejo Willem Mengelberg um pouco mais adiante, conversando com minha mãe. Percebo que Willy também o viu, pois ela para de repente e me olha assombrada, como um passarinho para uma ave de rapina. É o primeiro olhar que ela me concede.

— Vamos, venha — meu pai a tranquiliza —, não precisa ser tímida. Ninguém é aqui em casa.

Tímida. Como meu pai conhece bem as pessoas. Por um momento, pude olhar direto em sua alma e vi a garota tímida e insegura, amedrontada com o mundo dos adultos.

Durante o jantar, ela se senta à minha frente. Está ao lado do meu pai, que esbanja todo o seu charme no esforço de ser um bom anfitrião. Posso ver que eles se dão bem. Eu estou ao lado de minha mãe, que está ocupada conversando com Willem Mengelberg, sentado do seu outro lado.

Minha mãe fica inteiramente à vontade quando pode reinar como anfitriã. Assegura-se de que tudo corra de acordo com o desejado, mas prefere mesmo bajular artistas e famosos. Quanto mais famoso, mais atenção ela lhes dedica, como se ela mesma não pudesse reluzir sem o brilho deles. Agora ela também envolve meu pai na conversa, que é sobre a subsequente viagem de volta de Mengelberg.

Minha mãe se pergunta se Willem poderá levar consigo todas as suas compras, pois durante suas viagens ao exterior ele adora sair à caça de antiguidades, como um verdadeiro colecionador. Não comentarei aqui em voz alta que ele tem um assistente especial para isso, que cuida de suas incontáveis bagagens e de todos os seus pós e pomadas, caso ele venha a sofrer com carbúnculos ou urticárias.

Neste instante, quando ninguém parece olhar, Willy empurra para o canto do prato as cebolas servidas com a entrada. Acho engraçado que ela faça isso. A maioria aqui é tão preocupada com a etiqueta à mesa que come até o que não gosta.

Ela leva um susto quando Mengelberg lhe dirige a palavra.

— Não me leve a mal, mas você me parece familiar. — Olha para ela inquisitivo. — Será que já fomos apresentados antes?

Willy lança um olhar para mim. Alarmado, eu me pergunto se este assunto é seguro ou não.

— Ela se chama Willy — minha mãe diz a Mengelberg, e pela primeira vez na noite ela olha para Willy por mais de dois segundos. — Talvez você possa nos contar algo interessante sobre você, Willy — conclui minha mãe com um sorriso.

— Não há muito o que contar, madame.

Minha mãe suspira e se inclina para mim.

— Eu já temia isso — sussurra um pouco alto demais em meu ouvido.

Envergonho-me e espero que Willy não a tenha escutado. Mas uma rápida inspeção me faz crer no contrário.

Entrementes, Mengelberg parece se lembrar de algo.

— Você não é aquela moça que foi se sentar bem à frente no meu concerto?

A conversa na mesa silencia. Todos os olhos agora se voltam para Willy e eu solto um gemido por dentro. Demora um pouco até que ela encontre as palavras.

— Sim, era eu.

— Você?! — pergunta minha mãe, completamente incrédula.

— Não vamos mais falar disso — eu digo, numa tentativa de evitar o perigo.

Mas Mengelberg não deixa.

— Presumo que você queria muito se sentar na primeira fila, mas não tinha dinheiro para comprar um ingresso.

— Os funcionários não podem se sentar no auditório durante os concertos — diz Willy.

— Então você trabalha lá? — pergunta Mengelberg.

— Agora não mais... — Os olhos dela me encaram.

Eu prendo a respiração.

— Fui mandada embora.

Ela não me delatou.

— Ouço um ligeiro sotaque — continua Mengelberg. — De onde você vem?

— Da Holanda, senhor.

— Ah, uma compatriota. — Mengelberg sorri. — Frank, você não diz sempre que tudo que é bom vem da Holanda?

Sequer tenho tempo de responder, pois ele se dirige de novo a Willy:

— Por que você estava acompanhando com a partitura?

Encurralada, Willy olha insegura para os convidados ao seu redor.

— Eu, eh...

Seus olhos captam meu olhar. Olho para ela afetuosamente. Tenho que admitir que também estou curioso para saber.

— É segredo? — pergunta Mengelberg.

Willy continua em silêncio.

— E então? — Mengelberg não desiste.

Agora Willy tem que responder, e o faz em uma língua que ninguém à mesa entende, exceto Mengelberg.

— O que ela disse? — minha mãe pergunta curiosa.

Mengelberg faz um breve silêncio.

— Ela quer ser maestrina — diz sem dar nenhuma ênfase, como se fosse nada de mais.

Agora todas as cabeças se viram dele para Willy. Minha mãe fica de olhos arregalados. O silêncio é ensurdecedor.

Então, minha mãe começa a rir alto. Os outros convidados a acompanham. Até eu não consigo conter um sorriso quando penso na primeira vez que a vi no banheiro masculino com aquele palitinho erguido. Só agora vejo a conexão.

Neste meio-tempo, observo atentamente a reação de Willy. Ela olha ao redor para todas as pessoas que riem dela. Que mais poderia fazer? Então, buscando ajuda, dirige seus olhos escuros a Mengelberg, o único que continua sério. O cavalheiro. Mas sei muito bem que ele faz esta pausa para causar maior efeito. E consegue.

A primeira que encontra as palavras em meio à gargalhada que se originou é minha mãe.

— Sei bastante sobre o mundo da música, mas jamais ouvi falar de uma mulher regendo — comenta com um riso desdenhoso. Mais combustível na fogueira desta conversa infeliz.

— Você já encontrou alguma? — pergunto a Mengelberg, para demonstrar que também a levo a sério.

— Devo admitir que, até onde sei, não existem — ele responde.

— Mas as mulheres não são, *per se*, inferiores aos homens — acrescenta Willy.

— Talvez ela tenha razão — diz Mengelberg. — Antes do nosso casamento, minha esposa era uma cantora muito talentosa.

— Sim, mas regente? — protesta minha mãe e olha Willy com desdém. — Isso você jamais conseguirá.

— Pensei que a América fosse a terra das oportunidades — Willy se defende.

— Não para todos — responde minha mãe, e com isso dá o caso por encerrado.

Os convidados continuam conversando sobre trivialidades. Não deixo de notar quanto Willy está magoada. Por um instante, ela me olha por baixo dos cílios. Meu Deus, como ela é bonita.

Willy

13

Assim que posso escapar, saio de mansinho pelas portas abertas do salão. Posso fazer isso facilmente, pois ninguém me olha. Me inclino sobre meus braços na balaustrada do grande terraço com vista para o jardim. A luz da lua brilha no lago e cria linhas prateadas sobre a água escura como nanquim. Dou as costas pro salão agitado onde todos estão conversando, fumando e bebendo em grupos. Respiro fundo. Embora o ar fresco me faça bem, nada pode apagar esta noite desastrosa. Se ao menos eu pudesse ir embora daqui.

— Está olhando para as estrelas?

Nem preciso me virar pra saber quem faz a pergunta.

— Não, pras flores a meus pés — digo.

Aposto que ele não sabe que esta é uma frase de Schweitzer. E o que me importa? Também é verdade. Eu não estava olhando pras estrelas. Frank vem pro meu lado. Continuo olhando pro jardim. À mesa, não fiquei indiferente ao fato de que ele me olhava de maneira um pouco mais suave do que de costume.

Vem música do salão. Eles não querem saber de parar. Há novamente um pianista tocando. Ficamos ouvindo por um instante. Por acaso, sei esta música. É uma das peças mais bonitas que conheço. "Romance para Piano e Violino", de Antonín Dvořák. A melodia vai direto ao meu coração. Frank chega um pouco mais perto. Vejo sua mão pousar ao lado da minha na balaustrada. *Dedos que podem se tocar*. E de repente sinto uma solidão tão profunda que me deixa melancólica. Odeio esse sentimento, mas me acontece com frequência.

— Willy...

Afasto um pouco minha mão.

— Obrigado por não dizer que eu... Bem, você sabe.

Olho pro lado por um átimo.
— Está tudo bem — digo.
— Já encontrou um novo emprego?
— Sim.
— Onde?
Que diabo devo responder agora?
— Ah, na área de música — ouço a mim mesma dizendo.
— Sim, mas onde? — Ele deita um pouco a cabeça e me olha na diagonal.
— Prefiro não dizer.
— Por que não?
Não posso explicar a ele porque estou evitando responder a esta pergunta.
— Ter sido motivo de riso uma vez já é o bastante — sorrio amarga, na esperança de que ele deixe este assunto de lado.
— Sinto muito. Aquilo foi rude. — Ele me olha tão cheio de arrependimento que até me comovo.

Viro rapidamente o rosto, pois de súbito sinto uma enorme necessidade de ser tocada. O que é ridículo, claro. Mas então sinto sua mão em minha face. Ele levanta meu queixo com seus dedos, de modo que devo olhar pra ele.

— Vamos dançar? — pergunta. Me puxa em sua direção e me faz deslizar em seus braços.

Uma vozinha na minha cabeça me diz que esta não é uma boa ideia, mas não posso fazer nada.

Lá dentro, o violino se une ao piano. A harmonia entre eles faz com que minha parede defensiva desmorone rápido demais. Dançamos bem pertinho um do outro por algum tempo. A sensação do calor de seu corpo através do tecido fino do meu vestido quase me tira o fôlego. Quero olhar pra ele, me afogar em seus olhos. Ele também quer isso, pois paramos de dançar. Não me lembro de jamais ter me sentido tão atraída por um homem. Ele se inclina pra mim. Meu coração toca o seu coração antes que nossas bocas se toquem. E então ele me beija. Eu deixo. Libero minha paixão...

Não pode ser esta a intenção. Não quero ser um passatempo, como os homens no clube tratam as garotas da revista, que recebem uma boa gorjeta por isso. Não que eu não esteja sentindo nada. Pelo contrário. Isso é o que me deixa ainda mais confusa, meus sentimentos. *Você não gostava dele, lembra?*

Me desvencilho dele e percebo em seus olhos que ele também está confuso. A sra. Thomsen está na porta do salão. Deve ter visto. É tudo muito complicado. Dou alguns passos pra trás e só tenho certeza de uma coisa: não pertenço a este lugar.

O chofer chinês me deixa na estação. Estou tão contente por ele não ter perguntado nada quando lhe pedi pra me levar até o trem. Quando vi que hesitava, usei algumas palavras em chinês que aprendi com o sr. Huang. Assim o convenci.

Como convém a uma fuga, não me despedi de ninguém. Me troquei o mais rápido que pude e enfiei tudo na mala. Me arrependo de não ter partido antes do jantar, o que inicialmente era meu plano. Durante a viagem de trem, olho pra fora pela janela, mas não vejo nada, só o semblante de Frank quando dançamos e ele me beijou.

Willy

14

Nova York

Minha mãe está fazendo as contas em seu caderninho de despesas domésticas. É a minha sorte, porque esta é uma de suas ocupações favoritas. Está sentada no escuro, só uma lâmpada fraquinha acesa espalha uma luz tênue. Tento descobrir se meu pai também está em casa, mas não vejo seu jaleco branco pendurado no cabideiro. Trabalhar à noite no fim de semana paga mais.

— Não vai dormir na Marjorie? — pergunta minha mãe, sem levantar a cabeça.

— Não.

— Como foi o trabalho?

— Bom.

— O que estavam tocando esta noite?

Começo a desconfiar, porque ela nunca pergunta isso e está com a boca repuxada, como no meu desenho de criança. Decido jogar verde.

— A Quinta de Beethoven — digo —, a do "Destino", como chamamos. — Sempre uma boa opção.

Só agora ela levanta a cabeça. Está sentada ali igual à minha antiga chefe, a única diferença é que seu trono é a mesa da cozinha.

— A do "Destino" — diz devagar. — Era Tchakoski. Aquela coisa patética.

Ela quer dizer Tchaikovsky, claro, a Sexta Sinfonia: a "Patética".

— Esqueci.

— Que foi despedida?

Levo um susto, coloco a mala no chão e dou alguns passos na direção dela.

— Como a senhora sabe?
— Muito simples. Fui até lá — ela responde.

Não posso nem pensar que ela foi me procurar no teatro, em meio a toda a agitação. Talvez tenha incomodado minhas colegas, ou até perguntado ao diretor Barnes tudo sobre mim. Por que está querendo se meter?

— E o que é isto?

Ela mostra dinheiro e espalha sobre o tampo da mesa. Reconheço os retalhos de feltro em que havia guardado as cédulas.

— A senhora revistou o meu quarto?
— Como você conseguiu esse dinheiro? Recebeu um aumento no escritório?

Sei exatamente com que tipo de humor minha mãe está. Sua raiva contida é a mais perigosa. Pode se transformar numa erupção vulcânica. Mas isso nunca acontece imediatamente; primeiro ela sempre dá baforadas de fumaça e um rugido profundo. Me preparo pro pior.

— Também perdi o emprego no escritório.
— Desde quando?
— No mesmo dia.

Minha mãe me olha incrédula.

— Todas as manhãs você sai de casa como se fosse trabalhar. E volta pra casa tarde. O que você faz neste tempo?
— Trabalho.
— Onde?
— Não posso dizer.
— Eu quero saber!

Ela me olha ameaçadora. Seus olhos cospem fogo. Antigamente eu achava isso angustiante. Mas a gente aos poucos se torna imune a esse tipo de coisa. Então, desafio seu olhar.

— Mas eu não vou dizer.

Agora ela põe na mesa a carta do conservatório. Também encontrou atrás do painel de baixo do piano.

— E há quanto tempo isto está acontecendo?
— O quê?
— Exame de admissão? No conservatório?

Normalmente eu agora a enfrentaria, mas depois do que aconteceu esta noite me falta energia pra isso. Minha cabeça só pensa em Frank.

— Mãe, podemos falar disso uma outra hora? Estou cansada.

Ela aperta os olhos até virarem dois risquinhos. Os cantos da sua boca descem até o ponto mais baixo. A desaprovação escorre por seu rosto gordo e sua voz desce até os registros mais graves.

— Há quanto tempo você já está mentindo?

— Não estou mentindo, só quero guardar algumas coisas pra mim mesma — me defendo. Estou ficando farta disso.

— Você mente sobre tudo! Sobre a demissão, sobre o trabalho, sobre os estudos e sabe-se lá mais o quê!

— Eu tenho vinte e três anos, mãe. Tenho que levar minha vida!

— Sem nós você não seria nada! — ela ataca furiosamente. Empurra seu caderninho de despesas e bate o indicador de maneira contundente sobre as cifras. — Eu contabilizei tudo. O que você comeu, o que bebeu, o que veste...

A lava começa a escorrer.

— Mãe...

— ... cada peça de roupa, cada aula de piano. Aqui.

Ela me mostra uma cifra sublinhada por dois riscos grossos.

— Foi isso o que gastei com você...

— Mamãe...

— ... e o que recebo de volta? Mentiras, nada além de mentiras. Por isso, vou ficar com este dinheiro, como compensação pelo que você nos custou. — Ela começa a juntar o dinheiro avidamente e a enfiar no bolso de seu avental. — E pode esquecer o conservatório! — ataca com um golpe extra.

— Mas, mãe, que tipo de mãe faz uma coisa destas?!

Ela age como se eu não existisse. De pura maldade, ainda conta o dinheiro em voz alta. Enquanto isso, vejo todas as minhas economias desaparecerem em seu avental. Estou tão chocada que ela me faça pagar por minha educação que até começo a gaguejar.

— Mas, mãe... mamãe... mãe...

— Não me chame de mãe, eu não sou sua mãe! — Essas palavras saem como uma erupção de sua garganta.

— O quê?!

— Você ouviu bem! Graças a Deus não sou sua mãe!

Ela mesma se espanta de ter dito isso, pois vejo seus lábios tremendo e ela trava a mandíbula. Quando faz isso, um músculo sempre se move em seu rosto, pertinho da orelha.

Ela se levanta num movimento brusco.

— Mentir e enganar está no seu sangue. — E aponta o dedo para mim, como se houvesse outras pessoas na sala a quem pudesse estar se referindo. — Sua verdadeira mãe é uma mulher má e ordinária. Ela me prometeu pagar pela sua educação, mas nunca vi a cor do dinheiro. — Sua voz de repente sobe. — Seu pai e eu não deveríamos nunca ter caído na armadilha daquele anúncio.

Não faço a menor ideia do que ela está falando.

— Que anúncio?

Mas fico sem resposta, porque ela sai da cozinha fora de si.

— Mãe! — ainda digo. A voz sai automaticamente, pois sei que é inútil chamar.

Ouço o odiado tilintar das moedas em seu bolso. A Mulher Tlintlim do quinto andar. Tenho certeza de que este barulho soa como música aos ouvidos de minha mãe.

Me estiro na cama perplexa, pois começo a absorver o que acabou de ser jogado na minha cara. Olho fixo pra janela. Pro nada. Só depois de alguns minutos tomo consciência do cercadinho de bebê vazio pendurado naquele nada. O bebê que agora dorme em seu berço. Com certeza coberto por sua carinhosa mãe.

Meu pai entra com tudo no meu quarto. Então ele estava em casa, sim. Minha mãe deve tê-lo banido pro quarto pra que não se metesse. Nossas paredes são tão finas que ele deve ter escutado a discussão palavra por palavra. *Casas que são como palácios têm suas vantagens*, penso involuntariamente.

— É verdade? — pergunto.

Ele confirma com a cabeça e vem se sentar perto de mim. A mola do colchão solta um rangido.

— Sinto muito, Willy.

— Por que vocês me pegaram?

— Não podíamos ter filhos e aí vimos isto. — Ele tira um recorte de jornal dobrado de seu casaco e me entrega.

Desdobro a contragosto, com medo do que vou encontrar. No papel velho e amarelado, vejo um anúncio no qual principalmente o título se destaca:

Criança para adoção
Jovem mãe quer se desfazer de sua filhinha. Vale a melhor oferta...

Demoro um pouco pra compreender o que está escrito ali.
— Fui simplesmente colocada à venda? — Sinto um desagradável nó na garganta. — Que idade eu tinha?
— Dois anos — diz meu pai baixinho. — Naquela época, você já tinha passado por vários orfanatos.
Não consigo me lembrar de nada.
— Por que ela não me queria?
Ele ergue um pouco os ombros e sua voz soa ainda mais suave:
— Temo que ela não amasse você... É o que sua mãe diz.
Começo a tremer, embora meu quarto esteja quente e abafado.
— E o meu pai?
— Não sabemos nada dele. Sua mãe não era casada quando teve você.
— Ela não tinha família?
— Eles a rejeitaram. — Ele me entrega mais um papel. — Tome, é sua certidão de nascimento.
Dou uma olhada rápida e devolvo ao meu pai.
— Não é minha. Tem um outro nome.
— Este é seu nome verdadeiro.
— Agnes? Meu nome é Agnes?
— Não, este é o nome da sua mãe. Você na verdade se chama Antonia. Antonia Brico.
O nome de uma estranha, é como sinto. Ouço minha mãe soluçando em seu quarto. Que fingida. Meu pai dá um suspiro profundo e então se levanta.
— Melhor que eu vá consolá-la.
Ele passou toda a sua maldita vida fazendo tudo o que ela queria. *Assim como eu.*
— Diga que ela não vai morrer por derramar algumas lágrimas — falo quando ele chega à porta. Isso sai com uma voz mais estridente do que eu queria. O nó em minha garganta está comprimindo toda a frustração sobre esta noite. Sinto uma dor física dentro de mim, que busca convulsivamente uma saída.
TEM QUE SAIR.

Me levanto de supetão, abro a tampa do alto do piano e arranco dali o bastão no qual tinha costurado os retalhos de feltro tão cuidadosamente. Atiro aquele negócio no chão. Depois, arranco todas cobertas que estavam entre o piano e a parede para abafar o som e me sento no banquinho. Bato com força nas teclas, o mais forte possível, principalmente nas notas graves. *Agitato, agitato, molto agitato*;[8] contanto que seja estrondoso. "O pássaro de fogo" de Stravinsky é a vítima. Ritmos estranhos, impossíveis, ressoam pelo quarto. Música sobre meninas que são mantidas prisioneiras. *Quem vai salvá-las?*

Logo em seguida, ouço os vizinhos de cima baterem no assoalho. Gritos raivosos atravessam a parede. Pedem silêncio em todos os tons.

Meu pai aparece na porta.

— Mamãe está pedindo pra você parar — diz.

Eu nem ligo. Não me importo nem um pouco que o mundo inteiro ache que eu tenha que parar. E no que diz respeito às lamúrias da minha mãe: pra mim basta, ela não é minha mãe.

---

8. Em tradução livre: agitado, agitado, muito agitado. (N. E.)

Willy

15

Estou roendo as unhas de novo, reparo quando estou no corredor esperando o resultado da minha audição. Tinha parado alguns anos atrás, mas quando criança deixava minha mãe tão irritada com isso que ela ficava louca. Eu parecia surda às ordens dela para deixar de fazer isso. Meninas não devem roer unhas.

A pior ameaça que ela me fez foi dizer que aquilo dava vermes, vermes que ficavam escondidos embaixo das unhas e assim entravam pela boca. Primeiro ela teve que elucidar o que era um verme. Uma minúscula minhoquinha, que mal se podia ver, explicou. Quando perguntei onde eles ficavam, ela sussurrou a resposta em meu ouvido. Levou dias até que eu entendesse o que ela quis dizer com aquela palavra.

Mas nem isso me fez parar com este mau hábito. Desesperada, minha mãe acabou me levando ao médico, que disse a ela que eu era "uma criança nervosa". Ele perguntou se havia alguma possibilidade de eu canalizar aquele nervosismo. Quando ficou sabendo que tínhamos um piano em casa (que minha mãe sempre mantinha trancado à chave, mas isso ela não falou), ele a aconselhou a me colocar na aula de piano.

Foi como aconteceu. Através de seu círculo de amizades, minha mãe encontrou uma professora australiana que sabia tocar umas musiquinhas. E, de posse da chave do piano, tinha o modo perfeito de me fazer dançar conforme sua música. Pois uma vez que pude tocar o "meu" piano, ninguém mais me segurava. Se eu tivesse que tirar pó, varrer, arrumar as camas, cortar cebolas ou fazer compras pra ela, a tampa do piano permanecia trancada até que eu terminasse a tarefa. Fazia tudo por amor. Em minha solidão infantil, o instrumento se tornou meu melhor amigo. Podia ficar tocando por horas e horas, mas por causa "dos vizinhos" isso não era possível. Alguns cobertores na parede e o bastão com retalhos de feltro solucionaram o problema.

Não me incomodava que o piano estivesse desafinado. Mas comecei a choramingar pro meu pai pra que conseguisse uma chave de afinação, que depois de meses procurando no lixo ele acabou encontrando no ferro velho. A professora australiana me ensinou os princípios da afinação, e pra isso foi útil descobrir que eu tinha ouvido absoluto; o resto aprendi sozinha.

Com todo o meu amor, o som do piano foi se tornando mais e mais bonito, e minha mãe não pôde suportar. Várias vezes ameaçou me tirar das aulas de piano e eu brigava muito com ela. Foram as sessões espíritas com suas amigas que me trouxeram a vitória. Mas as coisas nunca mais ficaram bem entre nós. Só mais tarde compreendi o porquê: eu gostava mais do meu piano do que dela.

Olho pra porta. Será que eles ainda não terminaram a deliberação? A comissão era formada por cinco homens, mas quatro deles eu já não reconheceria mais se cruzasse com eles na rua. O professor Goldsmith se sentou no centro, disso eu me lembro. Nem ousei olhar direito pra ele, muito menos perguntar se ele tinha tido um filho ou uma filha. Toquei minha peça e não faço ideia se fui bem ou mal.

Agora que estou no corredor, de repente me dou conta do quanto está em jogo pra mim. Se tiver estragado tudo, terá sido minha culpa? Nervosa, roo as pontinhas irregulares das unhas até ficarem lisas.

O cansaço se alastra pelos meus músculos. Quase não dormi nas duas últimas noites. Fugi de casa no domingo. Queria praticar no clube, mas as garotas da revista estavam ensaiando uma nova coreografia e Robin não estava lá; tinha saído pro seu tradicional passeio de domingo. Naturalmente, as garotas queriam saber como fora meu fim de semana e por que eu tinha voltado tão cedo. Não contei pra elas os detalhes, devolvi o vestido que tinham me emprestado e fui embora depois de duas xícaras de café.

Andei muito pela cidade. Quis comprar uma refeição do sr. Huang com o dinheiro que eu ainda tinha na bolsa, mas ele não deixou que eu pagasse. Achou uma pena que agora quase não me visse mais e aquilo me animou um pouco. Como agradecimento, fui até sua cozinha pra lavar a louça, pois o restaurante estava lotado e eu estava enfastiada.

Passei horas com as mãos na água, até que minhas unhas ficaram tão moles que quebravam. Não que eu desse alguma atenção a isso, pois estava totalmente anestesiada.

Só voltei para casa quando meus pais já estavam dormindo. Estava cansada demais pra abafar novamente o piano e continuar estudando, então fui pra cama. Mas não consegui dormir. Teria sido melhor ter ficado praticando. Aposta errada, portanto.

Frank

16

Já estou há algum tempo esperando do lado de fora. Mark me disse o horário da audição dela por telefone, após ter me contado como tinha sido o nascimento de seu sexto filho; um menino a quem dera o nome de Guy, à moda francesa, em homenagem ao compositor italiano Giuseppe Verdi. Tinha cogitado o nome Serguei, mas achou russo demais para ele. Aliás, os nomes de seus outros filhos também são em homenagem a compositores: Ludwig, Camille e Franz. Com as duas filhas teve que improvisar. Chamam-se Frederique e Johanna.

No sábado à noite, quando percebi que Willy tinha partido, senti-me perdido. Perdido e pela segunda vez posto em meu lugar. Pois fugir é uma assertiva, não é? Um não, alto e bom som. Amaldiçoei a mim mesmo por ter me envolvido tanto no blá-blá-blá rumoroso de todos aqueles artistas e não ter prestado mais atenção.

Felizmente pude interpelar meu chofer, Shing, quando soube que ele a tinha deixado na estação. Isso de certa forma me tranquilizou, era como se Shing me ligasse a ela.

Vejo Willy saindo do edifício e me afasto do meu carro, onde estava encostado. Ela fica desconfiada quando me vê, pois não vem em minha direção.

— Oi — digo e vou até ela, embora tenha decidido lidar com isso com cuidado.

— Olá — ela me cumprimenta. — O sr. Goldsmith está lá dentro. — Faz um gesto fugaz indicando a porta.

Como se eu estivesse ali por causa de Mark!

Quero tocá-la. Mas a distância ainda é muito grande. Pergunto como foi a audição. Quando conta que foi aceita, eu a parabenizo. Willy

agradece com um movimento de cabeça, mas fica quieta. Aponto para o meu automóvel.
— Posso oferecer uma carona? Para onde você vai?
— Pra casa. Mas posso tranquilamente ir de ônibus...
— É só um passeio...
— ... e não é longe — termina a frase.
— ... e em pouco tempo você se livra de mim — concluo.
Ambos ficamos em silêncio. Eu caio na risada. Ela ri junto, um pouco acanhada.
— Não nos despedimos de maneira decente, e como você disse: tenho que me comportar como um cavalheiro. — Abro a porta do carro para ela.
Depois de uma ligeira hesitação, ela entra.

No caminho, conto sobre as apresentações que ela perdeu no domingo. Mantenho a conversa amena, propositalmente. Ela apenas escuta, só abre a boca para indicar a direção.
— Moro nesta rua — diz quando chegamos ao Lower East Side após quinze minutos.
Entro com o carro em uma rua longa, com cortiços dos dois lados. Prédios altos de apartamentos, com escadas intermináveis, onde falta um elevador. Varais com roupas secando por toda parte, a única coisa limpa na rua. Pergunto-me se ela se sente envergonhada, pois de repente está me olhando intensamente.
— Você com certeza imaginava outra coisa.
— Não — eu digo.
— Ou esperava outra coisa.
Não sei exatamente o que eu esperava. Só queria vê-la, isso é tudo. Tenho que controlar a velocidade, pois há muitas pessoas circulando. Comerciantes negociam seus produtos. Alguns moleques jogam beisebol no meio da rua com um bastão improvisado. Por minha causa, eles têm que sair. E só então vejo que há muitos móveis e coisas amontoadas na calçada.
Um garotinho ruivo de uns sete anos usa o colchão de molas de uma cama de solteiro como trampolim, mas nem presto atenção. Meu olhar vai direto para uma máscara de gás descuidadamente jogada na sarjeta. Tiro os olhos dela tarde demais; em minha cabeça passam

rapidamente imagens nas quais não quero nunca mais pensar, mas que me perseguem todos os dias.

— Tem alguém de mudança — digo olhando para a frente.

Willy agora também vê a tralha. Ela se vira totalmente e olha para fora pela janela lateral. Não posso mais ver seus olhos.

— Que número?

— Eh...

Ela me deixa passar os móveis e depois de uns trinta metros diz:

— É aqui.

Paro, mas ainda não quero deixá-la. Olho para ela com todo o fervor que tenho em mim.

— Seus pais devem estar orgulhosos de você — digo.

Ela não reage. De que lhe servem as minhas observações desnecessárias. Seguro sua mão, sinto que está tremendo. O que há com ela? O nervosismo da audição? Ou do nosso passeio de carro? Com outras palavras, da minha presença? Não me lembro de já ter tido tanta dificuldade em cortejar alguém.

— Vou me ausentar por algumas semanas, preparando uma turnê de Paderewski. Você conhece?

— O antigo primeiro-ministro da Polônia — ela afirma com a cabeça.

Por que não me surpreende que ela saiba disso, além do fato de que ele também é um grande pianista?

— Posso vê-la novamente, quando retornar? — pergunto tão sem compromisso quanto possível.

— Você agora sabe como me encontrar — diz com um sorrisinho amargo, como se não fosse essa a intenção.

Antes que eu mesmo possa sair do carro para lhe abrir a porta, ela já está na calçada.

Quando saio dirigindo, vejo pelo retrovisor que ela fica parada. Como uma estátua. Não consegui descongelá-la.

Willy

17

Espero até ele ir embora. Depois ando de volta como se tivesse chumbo nos pés. Passo pelas coisas na calçada e não consigo acreditar que são mesmo as minhas coisas, mas eu as reconheceria entre milhares de outras. Minha cama, onde o garotinho salta como se estivesse zombando de mim. Meu colchão e minhas cobertas, também as que eu usava pra abafar o piano, minha luminária, o guarda-roupa e a mesinha de cabeceira e minha máscara de gás. Um outro menino da vizinhança marcha como um soldado desfilando com meu bastão coberto de feltro, como se fosse a bandeira americana.

Vejo minhas partituras no chão, que se espalharam quando Frank passou com seu automóvel. Na hora, não tive coragem de olhar pra ele; estava com medo de que visse isso. Ele não disse nada a respeito, então imagino que tenha mantido os olhos no movimento da rua. Fiz que parasse bem mais adiante da minha casa, lá onde tive coragem de sair do carro.

Meu pavor aumenta quando vejo caída na escada uma tecla solta de piano. Pego a tecla e olho pro alto pelo vão da escadaria. Algo está muito errado.

Quando entro, vou primeiro pro meu quarto. Embora eu me dê conta de que estará vazio, a visão do cômodo completamente desocupado me choca. Algumas cordas e lascas de madeira do meu piano estão no chão. No papel de parede há marcas mais claras nos lugares onde ficavam pregadas minhas fotos e recortes de jornal sobre Schweitzer e Mengelberg. O bebê está berrando no cercadinho. Sinto pena da criança, que agora nunca mais poderei consolar com minha música.

Não posso mais suportar esta visão e vou até a cozinha, passando pela sala. Minha mãe está no fogão, cozinhando. Só então sinto o cheiro desagradável.

— Onde está o meu piano? — dou um grito rouco.

Ela se vira, segurando sua colher de madeira como uma espada.

— No fogão, pra que eu possa cozinhar sopa. Sopa de cebola.

Cada fibra de seu corpo está preparada pra me magoar.

— A senhora é louca! — Me jogo pra cima dela, mas meu pai, que eu nem havia notado, impede o golpe levantando uma mala.

— Willy — é a única coisa que ele consegue pronunciar.

Percebo que ele está emocionado, mas de que isso me vale? Quero apoio.

Ele empurra a mala velha, com as etiquetas puídas da Holland America Line, pra minha mão. Minha mãe continua rígida, mexendo a sopa. Ninguém diz uma palavra. Eles têm razão. Já dissemos tudo que tinha para ser dito.

Robin

18

Minha vontade inicial é bater a porta na cara dela. Detesto bisbilhoteiros.

— Posso dormir aqui esta noite? — ela pede depois de primeiro comunicar que seus pais a tinham posto pra fora de casa.

Não é um bom plano, penso. Mas então vejo sua mala num braço e uma pesada pilha de partituras embaixo do outro. Ela me encara com um olhar desamparado. E daí eu derreto.

— Claro. — Abro toda a porta e permito que ela entre.

Enquanto preparo um chá para ela, e eu mesmo bebo algo mais forte, a história toda é contada de maneira atropelada. Faço as perguntas certas para mantê-la nos trilhos. Três xícaras de chá e uma refeição mais tarde, todas as peças do quebra-cabeça se juntam e tenho uma imagem completa de tudo que aconteceu. Principalmente a imagem que ela mesma ainda não compreendeu: que está apaixonada pelo homem do toalete, cujo nome ela, muito discretamente, não cita. Desde já eu o detesto. Os pais dela podem não ser flor que se cheire, mas esse homem é ainda pior.

Mas, como sou Robin, deixo esse assunto de lado. Em lugar disso, procuro enfatizar quão fantástico é o fato de ela ter sido aprovada no conservatório. Então vejo como ela concorda, incrédula, como se ainda não atinasse completamente. Como é mesmo aquele ditado? Que Deus sempre abre uma janela quando fecha uma porta? Algo assim.

Começo a tirar a mesa. Willy parece nem perceber que há algum movimento. Já faz um tempo que está ali olhando para a tecla de piano em sua mão com um ar tristonho.

— O piano me consolava… Sem ele eu teria enlouquecido.

— Todos nós enlouquecemos em algum momento — digo de maneira tão displicente quanto possível.

Agora consegui sua atenção. Levantou os olhos da tecla.

— Você também?

Não posso conter um risinho irônico.

— Até eu.

Ela olha me examinando.

— Não se desespere — digo enquanto começo a enxaguar os pratos sob a torneira. — Apenas espane o pó e recomece.

— O que um homem sabe sobre espanar pó? — ela pergunta.

— Mais do que você, holandesinha raquítica — eu brinco.

Tenho que finalmente fazer o que adiei ao máximo: mostrar minha casa a ela. Ainda bem que sou organizado. É minha segunda natureza; assim, nunca sou surpreendido.

— Venha, vou lhe mostrar minha casa.

Willy se levanta e me segue.

— Este é o meu quarto... com banheiro próprio. Além de mim, ninguém mais tem que fuçar ali, portanto mantenho trancado à chave. — Coloco as palavras em ação e giro a chave.

Willy está tão esgotada com todas as emoções que sequer reage. Mostro a ela o segundo banheiro do apartamento.

— Você pode usar este... E pode dormir aqui.

Abro a porta do quarto de hóspedes. Willy passa por mim e entra. Deixo que dê uma olhada enquanto vou buscar sua mala e as partituras, que trago um pouco depois e coloco sobre a cama do quarto de hóspedes.

— Não sei como posso agradecer! E vou pagar. Diga quanto.

— Isso nós vemos depois — interrompo.

Ela abre a mala. No topo estão alguns papéis e recortes de jornal. Parece ficar comovida por estarem ali. Então começa a retirar as roupas da mala e pôr no armário. Fico parado na porta, olhando como ela pendura os vestidos que possui.

— Sabe o que estou me perguntando durante todo este tempo? — diz sem olhar para mim. — Omitir é o mesmo que mentir?

Reflito sobre a pergunta, mas não penso em tentar responder.

Willy

19

Pela primeira vez em minha vida tenho a impressão de que posso respirar no lugar que chamo de lar. Robin me dá espaço pra ser eu mesma. Ele me deixa em paz, embora às vezes eu também tenha a impressão de que ele fica de olho em mim. Não tenho problema nenhum com isso, pelo contrário. Ele é simplesmente meu melhor amigo.

O fato de trabalhar pra ele poderia ser inconveniente, mas não é assim. Ele não é tão mandão. Consegue que façamos as coisas pra ele de uma maneira bem diferente do diretor Barnes ou de minha antiga chefe no escritório. Geralmente, alcança isso só pelo modo com que olha pra nós. E, quando são necessárias palavras, expõe seus argumentos num tom calmo e com poucas frases. Faz isso durante os ensaios musicais, mas também quando a gente está simplesmente conversando com ele. Foi assim que uma vez puxou assunto sobre minha mãe biológica.

— A sua mãe verdadeira... — começou. Depois ficou em silêncio.

— Sim? O que é que tem?

— Você não deveria procurar saber quem é?

Eu bufei. Aquilo não era a minha intenção, de jeito nenhum. Já que ela não me quis, eu também não precisava dela. (E isso valia igualmente pra minha mãe adotiva, que também não me queria mais e que eu, em pensamento, passei a chamar de madrasta, porque a achava tão má quanto a madrasta da Cinderela e da Branca de Neve.)

— E os seus pais? — perguntei por minha vez. — Conte um pouco sobre eles.

Robin nunca falava sobre qualquer coisa do seu passado.

Ele sorriu.

— Eu não tenho família.

— Todo mundo tem família — eu disse. — Quer goste ou não.

Ele continuou ali sorrindo e me olhando com seus olhos claros e azuis.

— Muito bem — falou por fim —, você não deve acreditar em tudo que dizem. — E então se concentrou novamente na sua *Variety*.

Piano, harpa e violino são os instrumentos de minhas cinco colegas de conservatório. Será que algum holandês já percebeu que estas são as únicas especialidades para as quais existe um termo feminino no idioma? Posso ser uma pianista, mas não existe equivalente feminino para "maestro" em holandês. Aqui na América eles simplesmente colocam uma palavra na frente: *lady pianist*. Isso até que é simpático. No entanto, os trinta e quatro homens da turma têm toda a variedade de instrumentos à sua escolha e não precisam de nenhuma palavra extra.

Desde que meu curso começou, três semanas atrás, estou me sentindo nas nuvens. As semanas de férias se arrastaram como uma lesma velha. Eu já não aguentava esperar pra comprovar meu talento no conservatório.

Agora que me aprovaram, quero mostrar aos professores que eles não se enganaram a meu respeito. Pra cada pergunta cuja resposta eu sei, levanto a mão fanaticamente. As garotas, principalmente, se incomodam com isso. Ouço quando suspiram forte, vejo quando reviram os olhos. Isso é problema delas.

Pensei um pouco sobre deixar meu fanatismo de lado em solidariedade à ignorância das meninas, mas depois me dei conta de que ninguém ganha nada com isso. Pra chegar a algum lugar, não se pode atirar no próprio pé.

A campainha acaba de soar e saio da sala de aula junto com meus colegas. Pra minha grande surpresa, Robin está ali, vestindo seu smoking.

— Você está me esperando? — pergunto.

Ele apaga o cigarro quando me vê.

— Temos que substituir uma banda que cancelou no último instante.

— Aonde vamos nos apresentar?

— Aqui.

Hã? Digo a Robin que não gostaria de ser reconhecida por meus colegas de turma. Eles já me acham tão metida. Robin me tranquiliza dizendo que é uma festa fechada no auditório e levanta um saco de roupas.

— Vá se embonecar.

Não dá pra dizer não a Robin. Eu me troco no *restroom*, prendo meu cabelo e uso os truques de maquiagem que aprendi com as dançarinas. Olho no espelho e não me vejo. Vejo uma boneca. Pronta pra brincadeira. Ah! Desta vez vou colocar meus encantos em cena.

Quando chego perto do auditório, percebo que se trata de uma recepção pra arrancar dinheiro dos bolsos dos mais afortunados. Sei disso não só porque há inúmeros cartazes promovendo este evento, mas também porque o corredor está apinhado com os distintos convidados, que conversam uns com os outros em grupinhos, desfrutando de um copo de refresco.

Claro que estou contente porque a escola receberá uma receita a mais de pessoas que têm dinheiro de sobra, mas ter que me apresentar pra isso...? Sei lá, tenho minhas dúvidas.

Estou procurando os bastidores do auditório, mas não consigo achar a entrada em lugar nenhum. Pra evitar a agitação da recepção, viro num corredor mais tranquilo. Mas logo me arrependo disso. Dou de cara com a sra. Thomsen. Ela é a última pessoa que eu queria encontrar. Ao lado dela está uma moça loira, lindíssima, que calculo ter a mesma idade que eu.

— Willy Wolters, você também foi convidada?

Poderia soar como uma frase normal, caso ela não tivesse colocado tanta ênfase na palavra *você*, como se eu fosse a convidada mais inconcebível pra estar aqui.

— Olá, sra. Thomsen.

A moça ao lado da sra. Thomsen não quer atrapalhar nosso encontro, ou eu não lhe interesso nem um pouco, também pode ser isso.

— Vou voltar lá para dentro — ela diz.

— Claro, queridinha, você tem razão — diz a sra. Thomsen.

A queridinha bem-educada faz um aceno com a cabeça e vai embora. A sra. Thomsen fica olhando pra ela.

— Emma é uma mulher tão linda! Somos amigos de seus pais. Na verdade, temos o desejo secreto de que Frank e ela um dia fiquem noivos.

Nem me esforço pra ouvir o que ela diz, pois de longe vejo Frank andando em nossa direção. Seu rosto se ilumina quando me vê ao lado de sua mãe. Mais essa.

— Willy! Como vai?

— Não podia estar melhor — minto.

— Que bom ver você. Venha conosco lá para dentro. — Sua voz soa tão amável que começo a sorrir feito boba. Repreendo a mim mesma. Tenho que manter o controle.

— Eh... eu estava procurando Robin.

— Robin? Quem é Robin? Um amigo?

— Mais ou menos. — Ele não precisa saber que Robin é meu patrão. Quero continuar andando, mas Frank não desiste.

— Você não pode ir embora sem cumprimentar meu pai. Vai partir o coração dele.

Posso ver que a sra. Thomsen não gosta nem um pouco do convite de Frank. Portanto, penso que seria muito deselegante de minha parte recusá-lo. Tenho um fraco pelo pai de Frank.

O sr. Thomsen me cumprimenta calorosamente e me apresenta aos três cavalheiros com quem está conversando.

— Uma amiga de Frank é uma amiga minha. Que bom que você está aqui.

As opiniões a este respeito não são unânimes, penso, mas fico de boca fechada. Um de seus interlocutores me pergunta o que faço, exatamente. Antes que eu possa responder, a sra. Thomsen desvia a atenção deles.

— Não são os Rothschilds ali? — ela pergunta a ninguém em particular. — Que interessante!

Todos viram a cabeça pra ver a entrada do casal milionário. Sinto uma ponta de teimosia.

— Eu estudo aqui — respondo à pergunta que me foi feita. — Piano — digo depois com ênfase.

— Acabamos de comentar que o talento musical com frequência vem à tona numa idade muito precoce — me informa o sr. Thomsen.

— Como foi com você? — Frank quer saber. Seu olhar faz meu coração perder o compasso. Deus todo-poderoso, por essa eu não esperava.

— Eu tinha cinco anos — digo. — Passei perto de uma igreja e ouvi um órgão. Nunca tinha escutado nada igual, pois jamais tinha ido a uma igreja.

Vejo seus olhares espantados. Aqui não estão acostumados a pessoas sem religião.

— As pessoas estavam escutando até do lado de fora — continuo e outra vez a sra. Thomsen me interrompe.

— Vocês ouviram falar da quantia doada pelos Rothschilds?

Ninguém responde e eu imito o comportamento dela não lhe dando nenhuma atenção.

— Entrei de mansinho e subi a escada — continuo —, o que, é claro, não era permitido. O organista ficava ali. Não fazia ideia de quem era, mas fiquei completamente encantada. Não conseguia tirar os olhos dele.

— Mais de cinco mil dólares — ouço a sra. Thomsen dizer. Ela continua me ignorando.

— Só mais tarde fiquei sabendo que era Albert Schweitzer...

Faço propositalmente um instante de silêncio, porque este nome com certeza causará impressão.

— A partir daquele momento, implorei por um piano.

E assim, quando menos esperava, ganhei a atenção da sra. Thomsen.

— Schweitzer nunca veio para a América.

— Nós ainda morávamos na Holanda — explico. — Ele tocava Bach. — Por um instante olho pra Frank, que com olhos baixos examina o refresco cor-de-rosa em seu copo.

— Seus pais também são ligados à música? — pergunta o sr. Thomsen.

— Eh... não... na verdade, não — eu digo. — Mas eles também não são meus pais verdadeiros. Eles me adotaram.

Frank levanta imediatamente os olhos e vejo seu olhar inquiridor. O que deu em mim para dizer isso com tanta ousadia?

— Ah, sinto muito. Seus pais verdadeiros morreram? — pergunta o sr. Thomsen compassivo.

— Não, não sei nada sobre o meu pai. E de minha mãe, sei apenas que ela me vendeu.

Os olhos da sra. Thomsen voam para Frank. Sua boca se parece com o risco de minha mãe. Não evoca exatamente o melhor que há em mim.

— E as pessoas com quem cresci foram as que me compraram. Quero dizer... adotaram. Ainda tenho que procurar saber quanto foi que pagaram por mim.

Vejo todos me olhando boquiabertos.

— Então, você na verdade tem outro nome — observa Frank.

— Sim — digo.

— Como?

— Isso não importa. Toda esta história foi decidida à minha revelia. Eu tinha dois anos. — Olho desafiadora pra sra. Thomsen. — Interessante o bastante pra senhora? — pergunto delicadamente. — Foi o que pensei. É tudo inventado.

O grupo explode num riso. A sra. Thomsen fica fora de si e balança a cabeça toda afetada. Mas quando olho pra Frank, vejo que ele me encara atentamente. Me desculpo porque infelizmente tenho que ir e saio dali. Na verdade, estou bastante orgulhosa de mim mesma. Quando quero, também posso dominar a conversa.

Frank me detém.

— Precisava fazer aquilo?

— Desculpe?

— Ridicularizar minha mãe desta forma?

— Então já é hora de você deixar de usar dois pesos e duas medidas — digo furiosa.

Ele fica na minha frente, uma posição perigosa. Me obriga a olhar pra ele.

— Por que você está tão brava?

— Talvez porque sua mãe me provoque?

Veja só, agora ele não tem como retrucar.

— Willy, eu não compreendo você.

Pelo canto do olho vejo a tal de Emma.

— Então por que não procura outra companhia? Com certeza encontrará aqui alguém que você pode compreender.

Deixo que ele fique pra trás. Se ficar frustrado, estamos quites.

Robin

20

Willy ainda não chegou e temos que começar. Já procurei nos corredores e agora entro no auditório. Está completamente enfumaçado, cheira a charuto e a perfume em excesso. A luz é bastante tênue. Meus olhos levam um instante para se acostumar. Mas então eu a vejo.

Aparentemente, está envolvida numa discussão acalorada com um homem muito bonito. Sei imediatamente quem é, ainda que nunca o tenha encontrado antes. Não me surpreende que ele esteja aqui. Ele é descendente de uma família muito rica, seu pai é proprietário de uma grande empresa farmacêutica. Seria sensato da parte de Willy ser um pouco mais educada com ele, mas pelo jeito ela não está com humor para isso. Seu rosto parece em polvorosa quando vem em minha direção. O homem olha para ela com expressão soturna. Ela passa reto por mim. Eu a sigo e tenho que me esforçar para acompanhar seu passo.

— Você estava brigando com aquele homem? — pergunto.

— Perguntei a ele onde era o palco.

O fato de ela mentir já me diz o bastante. Há muito mais acontecendo aqui. Quero saber do que se trata.

— Você sabe quem ele é? — pergunto.

— Sim, ele se chama Frank.

Então ela o conhece. A pergunta agora é quanto.

— Frank Thomsen, um dos maiores empresários da atualidade — completo. Armar a armadilha é sempre tão simples.

— Desde que ele me deixe em paz — ela diz mal-humorada.

Enquanto ela vai até a porta que leva aos bastidores, eu me viro para Frank Thomsen. Ele continua ali e olha diretamente para mim, com olhar ainda soturno, como se a briga deles tivesse algo a ver comigo.

Então ele se vira, como se não pudesse mais suportar meu olhar. Que traço mais masculino.

Quando chego no palco, Willy já foi para o seu lugar ao piano. Pego meu contrabaixo e a observo silenciosamente. Ela não olha para nenhum dos músicos, nem para mim.

Dou a contagem regressiva e começamos a tocar enquanto as cortinas se abrem. Diminuem as luzes da plateia e um refletor é direcionado para nós. O círculo de luz desliza por todos os membros da banda e termina em Willy.

Vejo Frank Thomsen na plateia, que parece pregado no chão quando o refletor chega a Willy. Como se um fantasma estivesse ao piano. E Willy está ali como se preferisse cair por um buraco no chão. A enorme tensão entre eles quase eletrocuta a sala toda.

E então me dou conta, como se algo atingisse meu estômago em cheio: Frank Thomsen e o homem do toalete, por quem ela está apaixonada, são a mesma pessoa. Por que diabo ele tinha que ser um homem tão bonito, afortunado no dinheiro e na aparência? Que sortudo. Fico ali assistindo, como um palerma, espectador do meu azar.

A banda toca "Who's Sorry Now?". Eu mesmo escolhi o número de abertura, mas agora o amaldiçoo.

Willy

21

— Acabou. — Tiro minhas mãos do piano na sala de aula do professor Goldsmith.

Ele sempre me deixa tocar algo mais fácil depois de uma aula puxada. Desta vez foi a "Rêverie", de Debussy. A melodia sonhadora fica grudada na minha cabeça.

Preciso mesmo da distração. Na última hora de aula Goldsmith me fez ficar repetindo uma peça extremamente difícil que eu simplesmente não conseguia tocar direito. Detesto ficar aquém das expectativas, principalmente quando Goldsmith se torna cada vez mais impaciente. Ele tinha passado a peça como tarefa de casa. Mas depois de a "Rêverie" vejo em seu rosto que ele finalmente relaxa. Respiro aliviada.

Goldsmith põe a mão em minha perna. Tento interpretar como um gesto paternal do mestre com sua pupila, mas ele deve estar sentindo minha tensão.

— Está com medo de mim? — pergunta ele.

— Ah, não, senhor. Tenho a impressão de já conhecer o senhor há anos.

— E eu tenho a impressão de que você me admira muito — ele diz. — Não é isso, Willy?

— Eu o admiro porque quero ser como o senhor.

Ele me olha espantado.

— O quê? Professora?

— Não... maestrina.

Me surpreende que ele ainda não tenha ouvido falar disso no circuito de fofocas. Coloca a mão um pouco mais para cima na minha perna.

— Você só diz isso porque está apaixonada por mim.

Por que homens confundem admiração por paixão, é um mistério pra mim. Em primeiro lugar, eu o acho velho demais com seus quarenta e cinco anos. Em segundo, caso isso acontecesse, minha solidariedade estaria com sua pobre esposa. E, em terceiro, a paixão não se deixa guiar. Percebo num choque que Frank surge em meus pensamentos. Não pode ser que ele gere o quarto argumento: este lugar já está ocupado em meu coração.

— Digo porque quero ser maestrina.
— Isso é impossível. Mulheres não são regentes. Não podem.
— Por que não?
— Não podem comandar.
— Mas o senhor pode me ensinar — eu digo.
— Uma mulher que faz gestos exagerados diante de um bando de homens com uma batuta na mão? Que horror!
— Quem se importa com aparências?
— Eu me importo. — Ele passa a mão e tira um cabelo do meu rosto. — Quero que você seja linda.

Calo a boca, frustrada.

Goldsmith se inclina e chega perto demais. Sinto em seu hálito que ele comeu queijo durante o almoço. Tento virar a cabeça.

— Você acaso quer poder? — ele geme em minha nuca.
— De jeito nenhum. Quero justamente me entregar à música.

Continuo tentado fingir que esta é uma conversa normal. Espero que ele pare logo com este jeito pegajoso.

— E eu quero me entregar a você. — Sua mão desliza entre minhas pernas.

Eu a afasto. Ele começa a me beijar o pescoço.

— E lembre-se de que mulheres ficam abaixo. Assim já vão longe o suficiente — arqueja excitado em meu ouvido.

Seus lábios deixam um rastro da minha bochecha até a minha boca. Uma forte aversão se apossa de mim e peço que ele pare. Mas ele não quer saber de parar, me inclina cada vez mais pra trás.

Vejo que põe uma mão sobre as teclas pra me prender. Tento empurrá-lo para longe de mim, me livrar. Pra manter o equilíbrio, me seguro no piano. Bang. A tampa do piano de cauda se fecha com uma batida forte.

Goldsmith solta um grito de dor. Começa a me xingar de tudo e mais um pouco e berra que quebrei sua mão. Fico olhando petrificada, até que ele grita e me manda sumir dali. Saio chispando.

Sigo pelo corredor transtornada. Quando vejo a saída, meus ombros começam a tremer. A fraqueza de uma mulher, resmunga uma vozinha na minha cabeça quando não consigo mais conter as lágrimas de jeito nenhum.

Um dia depois estou numa delegacia diante de um policial rabugento, um verdadeiro batedor de cartão, que só pelo jeito como olha já dá a impressão de que gostaria de ver você atrás das grades.
Não sei que tipo de ação Goldsmith tomou, mas no dia seguinte, quando cheguei na escola, não me permitiram entrar. Na administração me disseram que eu deveria vir aqui. Eu desconfiei, por isso trouxe Robin comigo. Ele está atrás de mim, encostado num arquivo de aço. Vejo a fumaça de seu cigarro passar por mim.
O policial olha a declaração de Goldsmith e limpa a garganta pela enésima vez. Muitas pessoas fazem isso sem motivo. Não tem um concerto em que estes tipos não fiquem rascando a garganta e tossindo na plateia, como se fosse seu próprio concerto de acesso de tosse.
Sempre bom ouvir um contraponto, mas não deste tipo.
— Ele afirma o seguinte sobre a senhora (e eu cito): "me atacou histericamente quando critiquei sua maneira de tocar piano".
— Histericamente — repito.
— Está escrito aqui. — Ele aponta pra acusação.
— Portanto, é a palavra dele contra a minha?
— Resume-se a isso. Não há testemunhas... — Ele me olha compassivo através dos óculos de aro preto.
— Ele retirará a acusação se a senhora abandonar o curso.
Faz-se um silêncio longo demais.
— Já preparei uma declaração — ele diz então.
Reprimo a cólera pela injustiça de estar no lado mais fraco. O que posso fazer? Eles jamais acreditarão em mim. Aquele maldito Goldsmith.
— Onde tenho que assinar?
O policial põe os dedos ossudos no teclado da máquina de escrever.
— Como é o seu nome, querida? — ele pergunta.
Olho pra máquina de escrever e engulo em seco. Não confio em minha voz, na verdade deveria limpar a garganta, que droga.

— Willy... — ouço Robin dizer. — Willy Wo...
— Brico — interrompo. — Antonia Brico.
O policial começa a escrever. Bate no papel letra por letra da minha nova identidade.

Antonia

22

Por insistência de Robin, uma semana depois eu mesma estou diante de uma máquina de escrever. A carta pra embaixada americana na Holanda está pronta. Nela eu explico quem sou e pergunto se podem rastrear o endereço da minha mãe biológica. Assino a carta com meu novo nome.

A-n-t-o-n-i-a espaço B-r-i-c-o ponto.

Levanto os olhos e vejo que Robin está me observando. Ele está ao piano, mas parou de tocar. No mais, o teatro está vazio, e é nesses momentos que mais gosto deste lugar. A atmosfera descontraída que paira aqui, a sensação de que somos uma grande família. Por que isso não é o suficiente? Por que tenho que jogar tudo pro alto?

Minha certidão de nascimento está em cima da mesa – emitida pela cidade de Roterdã –, mas eu seria louca de enviar o original. Vão ter que se virar com as informações e com o retrato que mandei fazer.

Meu olhar recai sobre o anúncio. "Criança para adoção... vale a melhor oferta." Que espécie de mãe faz isso? Será que quero mesmo conhecer essa mulher? Tenho minhas dúvidas. Devo mesmo fazer isso? Robin diz que, quando se toma um caminho novo, não é possível saber com antecedência aonde vai dar. É uma porta aberta, claro.

Mas e se no final do caminho eu der de cara com uma porta fechada? E se minha mãe continuar não querendo saber de mim? Meu pai ainda tinha dito: ela não amava você. Será que não devo rasgar esta carta? Deixar tudo como está? Simplesmente aceitar que sou indesejada?

Minha mão se estende pra pegar a carta na máquina de escrever, mas Robin me antecede. Tira o papel com um puxão. Não ouvi quando ele se aproximou.

— Aqui — ele põe uma partitura no meu nariz. — Para uma vida nova é preciso música nova.

Na capa está escrito "Rhapsody in Blue". E abaixo: *Um experimento em música moderna*. Uma composição de George Gershwin.

— Este sujeito compôs isso dois anos atrás — diz Robin —, em apenas algumas semanas. Teve a inspiração durante uma viagem de trem. Quer saber que idade ele tinha na época?

Eu não faço ideia.

— Vinte e cinco — ele diz.

Vinte e cinco! Eu terei vinte e cinco daqui a um ano. Fiz vinte e quatro no verão. Nós, *nota bene*, até comemoramos meu aniversário aqui. Uma festa, pela primeira vez na minha vida.

Abro a partitura. Já sou conquistada a partir da primeira nota pouco ortodoxa.

— Abertura interessante pro clarinete — digo quando vejo que tem um glissando.

— Exato, tem que ser tocado num só fôlego, ululando o máximo possível — diz Robin, enquanto coloca resolutamente minha foto e a carta no envelope e o fecha.

Até parece que ele não está falando da música, mas sobre o meu estado de espírito. Como se quisesse dizer: me poupe da sua autocomiseração, há coisas muito piores no mundo.

A manobra de desvio de Robin funciona perfeitamente, pois eu agora só consigo ler as notas. Minha mão acompanha regendo suavemente. Um pouco mais tarde estou ao piano. A música é tão diferente do que estou acostumada que me dá um ímpeto. Literalmente, pois sou tomada por uma enorme pressa, a pressa que também está na música, de saltar no trem em movimento, ir em frente e nunca mais parar.

Na minha cabeça, vai tudo bem mais rápido do que meus dedos conseguem acompanhar no piano. Paro de pensar em Goldsmith, que se livrou de mim. Paro de pensar em meus pais, que se livraram de mim. E paro de pensar em Frank, de quem eu me livrei.

Naquela noite, ponho a carta endereçada à embaixada na caixa de correio. Compreendo que esperar seria uma forma de estagnação.

Frank

23

Vinte nomes estão me encarando. Não vejo em lugar nenhum uma plaquinha com o nome Wolters. Talvez o nome estivesse em algum dos espaços sem plaquinha, onde agora só se veem os buraquinhos dos parafusos.

Já faz um mês que a perdi de vista. Liguei para Mark para ouvir dele, mas ele disse que também não sabia onde Willy estava. Sugeriu que ela talvez estivesse doente. Com certeza voltaria quando estivesse melhor. No entanto, o reitor me disse que ela tinha cancelado a matrícula.

Comentei isso com Mark e ele também ficou surpreso por ela, de um dia para o outro, abandonar o curso que tanto tinha almejado. Atribuiu isso à inconstância das mulheres. Pensei seriamente se esse poderia ser um motivo plausível.

Espero fervorosamente que ela logo esteja sã e salva diante de mim. Que fique feliz com a *masterclass* que consegui organizar para ela com o famoso pianista Zygmunt Stojowski. Ele é um grande amigo de seu compatriota Paderewski, com quem trabalhei muito no verão passado.

Stojowski vai dar aulas durante um fim de semana a pianistas de nível avançado, que já tenham diploma do conservatório. Era um requisito impreterível, mas eu lhe pedi como favor se Willy poderia estar presente como ouvinte. Inicialmente, ele não aprovou a ideia, mas, quando lhe contei a história de Willy ter levado sua cadeira dobrável para se sentar na primeira fila do concerto de Mengelberg, ele disse que alguém que admira tanto Mengelberg certamente é muito bem-vindo em sua *masterclass*. Omiti, por conveniência, o fato de que demiti Willy por isso.

Tudo aqui está em ruínas. No entanto, tenho certeza de tê-la deixado aqui, diante desta entrada e diante desta porta. Um garoto magro e sardento está descendo a escada. Quando abre a porta da rua, pergunto se ele conhece Willy Wolters.

— Quem?

Repito o nome dela. Ele ergue os ombros.

— Não conheço — diz desinteressado.

Ele já foi embora quando me dou conta de que era ele o ruivo que pulava na cama como um trampolim. Eu o sigo e vejo que vai ao encontro de um grupo de moleques que olham boquiabertos para o meu carro, que está estacionado na rua. Talvez um dos garotos conheça a família Wolters. Vou até eles.

— Carro bonito, não é? — eu digo.

— O que você quer? — pergunta o mais atrevido do grupo. Ele tem o cabelo raspado bem curto, o que faz suas orelhas de abano parecerem ainda maiores. — Não se meta. — Ele estufa seu peito de frangote e tenta me encarar, valente. A juventude nunca muda.

— Ah, já entendi. Pena que vocês não queiram ganhar nada — digo. — Estava procurando alguém para tomar conta.

Como era de esperar, deixam imediatamente de lado todos os seus princípios.

— Por quanto? — pergunta o orelha de abano.

Falo um valor baixo, concedo-lhes o triunfo de uma boa negociação, o que logo começam a fazer. Eles afinal se contentam com um dólar e vinte e cinco, o que significa vinte e cinco centavos por criança. Percebo que eles acham uma maravilha. Casualmente, pergunto se conhecem o nome Wolters. Estão tão eufóricos com seu triunfo que esquecem que poderiam negociar também isto.

— Não é a Mulher Tlintlim?

— Mulher Tlintlim? — eu pergunto, com uma vaga suspeita de que isso talvez se refira ao som do piano de Willy.

— É, a que sempre tem moedas no bolso. A gente escuta de longe. — O orelha de abano olha para seus companheiros.

Todos confirmam com a cabeça.

Não tenho a menor ideia do que eles estão falando, mas o moleque aponta a entrada de um prédio um pouco mais adiante. Quase penso em dizer que ela não pode morar lá, mas decido tirar a prova.

Prestativo, o garoto de orelhas de abano vai comigo e aponta para o nome na plaquinha ao lado da porta. Meu coração dá um pulo. Encontrei. Ele abre a porta e aponta para o alto. Diz que ela mora lá em cima.

— Em que andar? — pergunto.

Ele ergue os ombros.

— Lá em cima.

O resto eu mesmo terei que descobrir.

Subo a escadaria correndo e procuro nas várias portas pelo apartamento certo. Quando não há uma plaquinha com o nome, bato na porta.

— Um andar mais pra cima — diz uma velhinha de voz rouca quando chego ao quarto andar. Seu dedo reumático enrugado aponta para o alto.

Subo o último lance de escada de dois em dois degraus. Tem que ser aqui. Bato um pouco forte demais na madeira. Uma mulher gorda atende a porta sem abrir nem um centímetro a mais que o estritamente necessário. Ela não se parece nem um pouco com Willy, eu logo noto, mas ouço as moedas tilintando em seu bolso.

— Sra. Wolters? — pergunto para ter certeza.

— Sim? — reage grosseira. Só por esta única palavra já constato o forte sotaque holandês. Ela me lança um rápido olhar da cabeça aos pés.

— Estou procurando Willy.

— Ela não mora mais aqui. — E já começa a fechar a porta novamente. Por pouco ainda consigo pôr meu pé na fresta.

— A senhora por acaso sabe onde ela está? Não consigo encontrá-la em lugar nenhum.

— Se você não consegue encontrar é porque ela não quer ser encontrada. — E com estas palavras bate a porta na minha cara.

Robin

24

Nova York, 1927

É maravilhoso como o mundo fica silencioso após ser coberto por uma espessa camada de neve. Os ruídos da cidade soam abafados, como se estivessem confusos com este novo mundo branco.

Estou fumando com Dennis sob a marquise do nosso pórtico e olho para os grossos flocos de neve que rodopiam até o chão. Sinto o frio penetrar em meu casaco de lã de camelo. Dennis se cuida um pouco melhor, levantou a espessa gola de pele de seu casaco.

Acaba a paz quando a porta de repente se abre e as garotas da revista saem correndo aos gritinhos, perseguidas pelos músicos da banda. Antonia é a última a sair. Assim como as outras, ela afunda na neve fresca e num piscar de olhos começam a voar bolas de neve por toda parte.

Dennis e eu ficamos olhando como dois velhotes, balançando a cabeça para tanta criancice, vez ou outra pulando para desviar de uma bola de neve que passa raspando. Gosto de me imaginar inatingível. Mesmo nesta ofensiva gelada.

Mas não posso evitar tudo. Plaft, um golpe direto na minha cara. Quando a neve escorre dos meus olhos, vejo através dos cristais de gelo nos meus cílios que Antonia corre em minha direção.

— Vamos, Robin! Não seja molenga, se defenda — ela me desafia enquanto para bem na minha frente. Sua bochecha está rosada e seus olhos brilham de alegria. — Desmancha-prazeres — me diz rindo quando percebe que eu nem me mexo.

Dennis dá uma baforada de fumaça na minha cara. Faz isso com frequência quando quer me atormentar.

— Você não sabe que Robin teve um acidente no passado?

— Não, eu não sabia — diz Antonia enquanto desvia seu olhar dele para mim com um jeito perscrutador do qual não gosto nem um pouco.

Olho para Dennis advertindo, mas ele decide ignorar.

— A coluna dele é ruim. Usa um espartilho... como eu. — Ele solta uma risadinha malandra. — Nunca viu?

Antonia balança a cabeça dizendo que não.

Dennis se inclina para mim, dissimulado:

— Esqueci que você é sempre tão reservado sobre este assunto.

Eu poderia esganá-lo. Mas não faço isso, é claro. Em lugar disso, jogo meu cigarro no chão e vou embora pelo beco.

Estou a caminho de casa. A distância não é grande, normalmente faço em dez minutos. Mas agora que tenho que meter o pé na neve demora duas vezes mais. Isso me dá um tempo para acalmar, porque, caramba, como eu estou furioso.

Reservado? Até parece. Por que eu deveria sair por aí anunciando a história daquele acidente? Não teria nenhum motivo. Que importa se eu conto ou não que fui atropelado por um ônibus escolar enquanto andava de bicicleta? Que fiquei caído no chão, paralisado, e todas as crianças do ônibus em volta de mim. Algumas não entenderam a gravidade e ficaram rindo.

Se alguém realmente quiser saber, também posso contar sobre a minha longa reabilitação, na qual tive que reaprender a andar. Infelizmente minha coluna ainda é um problema. Nem todo mundo encarcera seu corpo de maneira voluntária; às vezes, é obrigado. Ninguém nunca pensa nisso. Eu estou nesta categoria. Tenho sorte por haver espartilhos em profusão, exatamente do tipo que me ajuda a sobreviver.

Está na moda para as mulheres ter aparência de menino. Chamam de *garçonnes*. O corpo é reto, a cintura desaparece e o busto deve ser chato. Essa imagem da moda é uma consequência da guerra, quando as mulheres pela primeira vez puderam trabalhar para substituir os homens que foram para a batalha. Após a guerra, a moda começou a reagir a isso.

A indústria de espartilhos, que antes advogava que apertar a cintura e empurrar os seios para cima era o mais alto ideal de beleza para as mulheres, teve que mudar. Tudo pelo dinheiro, é claro, porque o novo vende. E são exatamente esses espartilhos os adequados para mim. Mas Miss Denise não precisa gritar isso aos quatro ventos. Aquela bicha dissimulada não podia ter feito isso. E Antonia está enganada. Não sou nenhum molenga, sou o heroísmo em pessoa.

Estou pelado no banheiro quando ouço a porta do apartamento se abrindo. Escuto através das paredes que Antonia chama meu nome. Será que ela veio atrás de mim? Vou simplesmente fingir que não estou em casa. Ela não pode mesmo entrar aqui. Este lugar é meu único porto seguro, graças à tranca.

A voz dela se move do corredor para a sala e depois volta. Ela bate na porta do quarto.

— Robin?

Fico quieto. Mas quase tenho um ataque cardíaco quando ouço a porta se abrir. Será que esqueci de trancar? Ela entra. Imagino que ela esteja olhando meu quarto. Minha cama está bem arrumadinha. Nas paredes há fotos minhas. Como artista, com músicos de jazz. Nada de antigamente. E tem pôsteres do nosso teatro de variedades. Tudo de que me orgulho.

Enquanto visto minha roupa o mais silenciosamente possível, ouço o barulho de papel sendo rasgado. Um envelope sendo aberto? Não consigo adivinhar. Depois há um longo silêncio. Quando acho que ela foi embora, saio do banheiro de calça e camisa. Mas ela ainda está ali, de costas para mim.

— O que você está fazendo aqui? — eu soo bem mais duro do que planejava.

Ela se vira e me fita com olhar perdido enquanto mostra uma carta.

— Uma carta da embaixada — ela diz.

— Más notícias? — Pergunta estúpida, pois o rosto dela está encharcado de lágrimas.

— Eles a encontraram.

— E você não está feliz com isso?

— Não... ela está morta.

Ela começa a soluçar. Mal posso testemunhar a tristeza dela. Buscando consolo, ela se encosta em mim. Sua cabeça repousa no meu peito, contra a minha camisa. Ela nunca me viu antes sem um blazer, mas ele está pendurado na cadeira aos pés da cama. *Por que estou tão sem jeito? Porque ela deve estar sentindo meu espartilho.*

Após uma ligeira hesitação, ponho desajeitado meus braços em torno dela. Ficamos assim por um tempo. E, enquanto dura, sou egoísta o bastante para desfrutar do amor que sinto por ela. Meu Deus, algum dia ela terá que saber.

Pouco depois ela encosta a mão em meu espartilho e me olha.

— Dói? — pergunta preocupada.

— Todos os dias — digo baixinho. E não é mentira.

Antonia

25

— "Can you tame wild wimmen?"⁹ — Miss Denise canta a plenos pulmões enquanto eu dedilho o piano animada acompanhando.

Dennis incluiu de novo alguns números hilários em seu repertório. Esta canção é sobre um pedido desesperado a um domador de circo, que consegue ensinar todo tipo de truques a animais selvagens, e indaga se o artista circense também saberia domar mulheres selvagens. A graça da canção é que domar mulheres é considerado o grau mais difícil da arte do domador. Ah, a gente tem que levar tudo aqui na brincadeira.

Olho pra plateia e reflito sobre minha partida iminente pra Holanda. Desde que fiquei sabendo que minha mãe morreu, Robin vinha me encorajando, de forma intermitente, a ir em busca de minhas origens. De vez em quando ele soltava que também havia conservatórios na Holanda. Eu já tinha pensado nisso?

No início não me animei, mas ele tinha plantado a sementinha. Em solo fértil, ao que parece, pois comecei a economizar como uma louca. Tinha calculado exatamente quanto eu precisava pra viagem e pra alguns meses na Holanda. Guardava todo o dinheiro que eu ganhava no clube. Minha madrasta afinal tinha me dado um bom exemplo, haha.

Mas também tem o outro lado da moeda. Tenho certeza de que vou sentir muita saudade das pessoas daqui. Principalmente de Robin. O próprio Robin não demonstra seus sentimentos sobre isso. (Ou quer se livrar de mim, também pode ser.) Duas semanas atrás ele me arrastou com ele até o balcão de passagens da Holland America Line, onde adquiri o bilhete pra viagem. Só ida, a conselho de Robin, pra que eu não ficasse presa a uma data. Pelo preço não fazia diferença. A companhia

---

9. Em tradução livre: você pode domar mulheres selvagens? (N. E.)

marítima transporta principalmente imigrantes, que só vão em uma direção. Agora que está quase chegando a hora, fico contando os dias.

You made a tiger stand and eat out of your hand.
You made a hippo do the flippo, honest it was grand
But can you tame wild wimmen,
So they'll always lead a sweet and simple life?[10]

De repente meus olhos focam num rosto conhecido na plateia. Fico tão perplexa que minhas mãos param de tocar. Robin percebe imediatamente e segue meu olhar. Por entre o sobe e desce das pernas das dançarinas, vejo Frank se aproximando e parando quando me vê.

Logo começo a tocar de novo, mas meu coração quase salta pra fora do peito. Os pensamentos disparam em mim. O que ele está fazendo aqui? O que será que ele vai pensar de mim? Todos estes meses sem vê-lo parecem evaporar. A presença dele tem o mesmo impacto de antes.

— "Can you tame wild wimmen?" — canta Miss Denise. — "If you can please tame my wife!"[11]

Essa é a frase final. Graças a Deus, o número acabou. Posso ir embora. Enquanto estoura o aplauso e as dançarinas ainda fazem a reverência, me apresso e saio correndo do palco pros camarins.

Me sento na frente de uma penteadeira com o único objetivo de me acalmar, pois a última coisa em que eu pensaria agora seria em retocar a maquiagem. No espelho, vejo Frank entrar fazendo estrondo no camarim. Ele é bem atrevido, devo dizer. Esta área é proibida pro público e isso está inclusive escrito bem grande numa placa na entrada. Ele vem até mim, me olha pelo espelho. Neste espaço invertido ele vê o próprio reflexo por toda parte, o que certamente vai fortalecer sua autoimagem.

— Você tem ideia de quanto procurei por você? Você desapareceu da face da Terra, sem deixar uma mensagem nem nada, e agora foge de novo.

— Nos intervalos vamos pros camarins — digo sem alterar o tom.

---

10. Em tradução livre: Você fez um tigre ficar em pé e comer na sua mão/ Você fez um hipopótamo dar pirueta, certeza que foi ótimo/ Mas você pode domar mulheres selvagens,/ para que elas sempre levem uma vida doce e simples? (N. E.)
11. Em tradução livre: Você pode domar mulheres selvagens? Se pode, por favor, dome minha esposa. (N. E.)

Soa como uma desculpa esfarrapada, e é.

— Você não pode simplesmente deixar as pessoas para trás, como se ninguém se importasse — ele continua de um fôlego só. — E por que você não está mais fazendo o conservatório?

— Talvez você deva perguntar isso pra Goldsmith — tenho a resposta na ponta da língua.

— Pensa que eu não fiz isso?

— E o que ele disse? — Não consigo evitar o tom insinuador em minha voz.

Frank balança a cabeça como se a conversa estivesse indo pra uma direção que ele não quer. Anda pra lá e pra cá exasperado. Me lembro a tempo de que Goldsmith é seu amigo. Que sentido tem difamá-lo? O dano já está feito, mesmo.

Robin entra. Ele nos olha pelo espelho. Frank se contém um pouco.

— Eu agora encontrei você, é isso que importa. — Seu olhar se torna mais suave. — Como vão as coisas?

— Vão indo. Vou viajar daqui a uns dias — respondo.

Vejo certo pânico passar por seu rosto. *Seria o mesmo pânico cego que eu mesma estou sentindo desde o momento que ele entrou?*, me pergunto involuntariamente.

— Para onde?

— Pra Holanda.

— Quando você parte?

— Daqui a uma semana.

— Você não pode ir embora. — Ele me olha de um jeito tão intenso que quase não ouso retribuir o olhar.

— Por que não?

— Porque não posso ficar sem você.

Olho pra ele incrédula. Devo ter entendido errado. Robin, sempre o salvador, dá um passo à frente.

— Antonia, nós já vamos recomeçar.

Me levanto pra segui-lo. Quando passo por Frank com os olhos baixos, ele me segura pelo braço.

— Antonia? — ele pergunta.

— É como eu me chamo.

— Então toda aquela história de adoção é verdade?

Pela primeira vez olho diretamente em seus olhos, e não mais por um dos malditos espelhos.

— É, Frank, eu sou uma bastarda. — E com isso me solto de sua mão.

Robin

26

Mulheres que domam homens, isso faria muita diferença, penso quando ela esfrega na cara dele que é uma bastarda. O filhinho de papai não vai ter resposta pra isso. Ela puxa o braço da mão dele e sai do camarim atrás de mim.

Isso tem que acabar. Vai ser melhor para todo mundo. Pois de uma coisa eu tenho certeza: naqueles círculos, um bastardo é um escândalo. Eles agem como se tivessem um sangue especial ou algo assim, e isso não pode ser maculado. É o mundo às avessas, pois se tem um ambiente onde nascem crianças bastardas é a nobreza. Ele vai largá-la como um tijolo.

Pego meu contrabaixo e estou indo para o meu lugar entre os músicos quando vejo Frank vindo pela coxia atrás de Antonia. Pouco antes de ela pisar no palco, ele a segura de novo pelo braço. Ela dá meia-volta.

— Por que está fazendo isto? — ela sussurra com aspereza. E então ele puxa Antonia e a beija.

Quando volta a si, ele a solta. Ambos estão ofegantes. Eu espero que ela lhe dê um tapa na cara. E com razão, ele jamais poderia ter feito isso. Ele a olha como se estivesse arrependido, mas mesmo assim desejando-a apaixonadamente. O que ela acha de tudo isso é um mistério para mim. Até que ela joga os braços em seu pescoço e se entrega num beijo. A paixão deles é mútua. Não existe sensação pior que esta.

Naquela última semana antes de sua partida eu quase não a vejo. Cada minuto de seu tempo livre vai para aquele Frank. E tenho que admitir que isso a faz feliz. Ela tem um brilho sonhador nos olhos e a boca parece estar num sorriso constante. Quando acha que não tem ninguém à espreita, anda por aí assoviando, algo que nunca fez. O fato de eu estar sofrendo lhe escapa totalmente. Pelas dançarinas, ouço, sem que tenha perguntado, tudo que ela faz com ele. Pois o abraço de amor nos bastidores também não passou despercebido a elas, que especulam alegremente a respeito.

Frank a leva para toda parte, a restaurantes, parques, museus, para sua casa de campo. Ela mantém o horário de trabalho o mais restrito possível. Só então posso novamente olhar para aquele sorriso, mas logo em seguida ela se vai outra vez. Para ele. Ficam juntos até altas horas. Então ouço quando ela chega em casa de mansinho e vai na ponta dos pés para o seu quarto. Que piada, ela com certeza pensa que eu durmo.

Uma vez a encontrei quando chegava em casa, enquanto eu estava fumando no escuro sentado na poltrona perto da janela. Tinha deixado a luz apagada para olhar a chuva, que caía do céu aos baldes. Ela parou junto à mesa de jantar e ficou olhando um tempão para o tampo. A ponta incandescente do meu cigarro denunciou minha presença.

— Robin — ela disse. Nada mais.

Foi se sentar num banquinho de madeira. Meus olhos já estavam acostumados à escuridão; ela parecia um gato encharcado e pude ver que estava abatida. Não falamos nada. O que deveríamos dizer? Acho que o silêncio durou uns cinco minutos. Depois apaguei meu cigarro no cinzeiro.

— Acabei de ver meu pai.... — sua voz soou grave. — Ele estava trabalhando na chuva... Varrendo todo o lixo da rua. Droga de cidade imunda.

Eu sabia como nenhum outro quanto ela era apegada a esta cidade.

— Aproveitou para apresentar Frank a ele? — perguntei vagamente.

— Não... meu pai não me viu.

— Você poderia ter ido até ele.

— É... poderia.

Ter renegado o pai a incomodava. Conheço esse sentimento. Sei mais do que ela sobre renegar. Renego minhas origens há anos.

Caso alguém precise mesmo saber: sim, eu tenho um pai. E uma mãe. Tive que me distanciar dos dois porque não pude confrontá-los com o que eu faço. Minha mãe era uma simples dona de casa, que assava biscoitos e tinha uma horta, lavava toda segunda-feira a roupa que tinha posto de molho na sexta. Meu pai não achava necessário que uma máquina de lavar – ou qualquer outra máquina – facilitasse as tarefas dela. Então ela fazia tudo à mão, mas com um sorriso no rosto.

Além disso, ela cuidava das galinhas e dos bezerros, que logo depois de nascerem eram afastados da mãe para que o leite da vaca pudesse ser vendido. Minha mãe consolava os bezerros, que berravam pela mãe, como sempre consolava a todos que tinham alguma tristeza. Até que a própria tristeza se tornou grande demais. Já faz uma eternidade que não a vejo, mas suspeito que sua risada deixou de existir.

Meu pai era um agricultor que também possuía algum gado. Ele sempre tinha que levantar antes do amanhecer para ordenhar as vacas. Depois subia no trator para trabalhar a vasta propriedade. Pois que ele precisasse da máquina era para ele uma certeza absoluta. Afinal era preciso arar, gradar, semear, regar e colher.

Meu pai tinha o rosto bronzeado e seus antebraços eram escuros, mas sob o macacão azul sua pele era tão branca quanto o leite das vacas. Às cinco da tarde as vacas eram ordenhadas de novo e em seguida ele ia para a mesa, onde minha mãe já tinha a comida pronta para ele.

Meus velhos nunca saíam de casa; cuidar das vacas não permitia isso. Só iam à igreja e esse era o ponto alto da semana. Presumo que ainda façam isso, mas não acredito que rezem por mim. Não me importo, estou acostumado a ser preterido em relação a meu irmão mais velho, a quem eles devem dirigir todas as suas preces.

Para eles, ele era o filho ideal, assim como Ray era meu irmão ideal. Era o favorito de todo mundo, não só dos meus pais, mas também das pessoas do vilarejo – dos membros da igreja, dos seus professores, dos seus colegas de classe e principalmente das meninas da escola. Quando a gente olhava para ele, via seu futuro: este vai longe. Era alto e musculoso, bonito, com seus cabelos loiros e olhos azuis, e quando ria, o que fazia com frequência, mostrava uma linda fileira de dentes brancos.

Além de todos os seus atributos físicos, era charmoso e cativante e – talvez o mais importante – tocava violão como ninguém. As meninas são loucas por isso, rapazes que tocam violão.

Quando descobrimos juntos o jazz, ele trocou o violão por um contrabaixo e me ensinou – depois de muito pedir e implorar – alguma técnica. Eu era tão fanático quanto ele, mas só podia tocar seu contrabaixo quando ele mesmo não estava praticando. É lógico que ele estava muito mais adiantado e tocava muito melhor que eu. Um pequeno consolo para mim era ser melhor que ele no piano, uma herança de minha avó.

Ray era meu irmão incrível, especial, bonito e animado, a quem eu punha num pedestal. Eu já era feliz por poder ficar em sua sombra.

Então começou a Grande Guerra. E ela se revelou boa para a agricultura americana. Para compensar a escassez de alimentos nos países Aliados de além-mar, as fazendas produziam a todo vapor. Meu pai não queria perder o barco do dinheiro e tinha grandes planos para Ray. Ele teria que assumir seus negócios e ampliá-los.

Os navios de abastecimento eram uma presa fácil para os submarinos alemães; muita comida foi parar no fundo do oceano. A necessidade da América de realmente participar da luta naquela guerra podre se aproximava cada vez mais.

Ainda posso ver a expressão de meus pais quando seu Menino Maravilhoso veio contar que tinha olhado demais para os olhos hipnotizantes do pôster de Tio Sam pendurado na agência do correio do nosso vilarejo.

"Quero você para o Exército americano", dizia Tio Sam, e seu dedo indicador apontava para Ray.

Meu irmão tinha se alistado no posto de recrutamento mais próximo.

Ray partiu e eu tive todo o tempo para praticar em seu contrabaixo e recuperar o meu atraso. Eu fantasiava sobre o que ele diria a respeito da minha evolução quando voltasse da guerra. Ao nosso redor, víamos famílias chorando ao receber a notícia de que seus filhos tinham sido mortos ou feridos.

Ficávamos com o coração apertado, torcendo para que nosso Ray estivesse em segurança. Mas lá no fundo eu sabia que Ray era imortal. E eu estava certo. Ray voltou, trazendo na bagagem uma experiência terrível, mas fisicamente intacto – ou ao menos era o que parecia.

Como ele ficou orgulhoso quando mostrei a ele quanto eu tinha melhorado no contrabaixo. Ele me abraçou e me fez prometer, solenemente, que eu continuaria a me dedicar à música. Era o que ele mesmo também queria, ainda que papai estivesse enchendo sua cabeça para que assumisse os negócios.

Enquanto Ray tentava reencontrar seu eixo nas semanas após seu retorno, eu o vi algumas vezes cobrindo os ouvidos. Ele não parecia se incomodar, mas eu reparei. Antes ele nunca fazia isso. Perguntei se havia algo errado.

— De vez em quando não escuto nada, só um zunido forte — ele disse.

— Um zunido forte?
— Na minha cabeça.
— Como assim?
— Porque os disparos não paravam nunca... e eu tinha que carregar os obuseiros.
— Os o quê?
Ray explicou que o obuseiro era um tipo de canhão que pode atirar projéteis com uma trajetória curva e que, por sua função, sempre tinha que estar ao lado. Então ele me olhou com muita intensidade. Vi o medo em seus olhos.
— Robin, o que eu vou fazer se ficar surdo?
— Você não vai ficar surdo — tranquilizei-o. — Você ainda escuta tudo, não escuta?
Ele desviou os olhos e ficou olhando para fora da janela, onde nossa mãe estava ocupada com sua horta.
Um músico e sua audição.

Aconteceu algumas semanas depois. Ainda sei a data exata. Meu pai estava no trator e deu marcha a ré. Gritou para Ray que ele devia ir para o lado, mas Ray não escutou. Ray com certeza ouvia seu zunido; nunca mais pudemos perguntar. Meu pai atropelou o próprio filho. Meus pais não conseguiram suportar as terríveis consequências disso. E eu não suportava que eles não pudessem suportar. Mas a única vítima de verdade foi Ray, é claro. Acidentes acontecem quando menos se espera.

Ainda vejo Ray. Todos os domingos. Eu o visito no asilo onde ele passa seus dias como uma planta na estufa. Ele não me reconhece mais, poderia receber a visita de um estranho e daria no mesmo. Então nos sentamos um em frente ao outro, ele em sua cadeira de rodas, eu numa cadeira normal. As enfermeiras me trazem chá e ajudam Ray a beber quando o chá esfria um pouco.
Quando o tempo permite, dou um passeio com ele pelo jardim do asilo, ou vamos – muito de vez em quando – para a rua. Um pouco de ar fresco. Ele ainda tem boa aparência, só seus olhos estão turvos, e às

vezes um pouco de saliva escorre de sua boca. Daí tenho que limpar com um lenço. Ele não consegue fazer isso, seus músculos não respondem. Depois o levo de volta para o seu quarto. Coloco a cadeira de rodas de maneira que ele fique com o rosto voltado para a parede onde está pregado um pôster que eu comprei especialmente para ele quando vi em uma loja.

É um pôster parecido com o anúncio de recrutamento do Tio Sam, mas na versão britânica. Um homenzinho gordo, de cartola, com uma bengala e a bandeira inglesa no colete, aponta o dedo e olha o espectador direto nos olhos, como se estivesse falando com a gente: "Quem está faltando? É você?".

Por mim, Ray pode olhar para este tipo de coisa. Ele não entende mesmo. Mas o velho Ray teria considerado o meu achado genial.

Antonia

27

Long Island – Nova York

Fiquei arrasada quando vi meu pai ontem. Acabávamos de voltar do espetáculo *Castles in the Air*[12] e estávamos a caminho de casa quando caiu uma tempestade de verão. Por sorte Frank tinha um guarda-chuva que manteve nossas cabeças protegidas. Frank abaixou o guarda-chuva algumas vezes, pra que ficássemos escondidos embaixo, e me beijou fora da vista das pessoas que passavam na rua.

Tudo correu bem, até que esbarramos num homem mal-humorado, que nos disparou mil e um xingamentos. Não deixamos que aquilo nos abatesse. Continuamos rindo pela chuva.

Eu notava o tempo todo quanto nós dois nos divertíamos juntos. Sentia uma leveza em meu coração que nunca tinha sentido antes. E gosto de imaginar que ele sentia o mesmo. Se eu entendesse tanto de homens como entendo de música, não seria tão insegura a este respeito.

Ele fazia com que eu me sentisse especial. Escolhida por ele. Quando um homem nos faz a corte de maneira tão intensa, isso mexe com a gente. Nós também tínhamos pressa, pois teríamos apenas uma semana juntos.

E foi então que eu o vi. Meu pai. Em seu uniforme branco de lixeiro, totalmente encharcado. Ele estava ali, com alguns colegas, varrendo o lixo da sarjeta. Como se já não fosse o suficiente, automóveis que passavam pelas poças barrentas espirravam a água da chuva neles mais uma vez.

A respiração ficou engasgada em minha garganta. Não sabia como devia reagir. Eu não teria me agarrado a castelos no ar? Será que eu não

---

12. Em tradução livre: castelos no ar. (N. E.)

estava me iludindo com Frank da mesma forma que os personagens do espetáculo a que tínhamos acabado de assistir?

Eu nem sequer havia percebido que tinha ficado parada e que a chuva jorrava sobre mim, porque Frank já havia andado alguns passos adiante. Ele imediatamente retornou e estendeu seu guarda-chuva para me proteger. Peguei seu braço e me deixei conduzir. Ele perguntou por que eu tinha parado e eu pensei em uma desculpa qualquer, nem sei mais o que disse. Quando me deixou na porta do prédio de Robin, me beijou, sussurrou coisas amáveis em meu ouvido, e a única coisa em que eu conseguia pensar é se eu era mesmo a pessoa certa pra ele.

No dia seguinte, eu ainda não tinha conseguido me livrar desse pensamento. Estou no jardim da casa de Frank e olho pro mar. Sua casa fica um pouco fora da cidade, na área verde de Long Island. Fico feliz por não ter as dimensões gigantescas da casa de seus pais, mas mesmo aqui a diferença de origem me incomoda.

Minha cabeça parece um metrônomo descontrolado. Tique-taque, tique-tique-taque, taque-taque-tique. Meus pensamentos vão pra lá e pra cá como um pêndulo. De um lado o pêndulo bate no meu possível futuro com Frank; do outro, bate exatamente no oposto: meu impossível futuro com Frank. Meus sentimentos balançam com tanta força de um lado pro outro que não consigo controlar. Nesta última semana, o "possível" venceu com mais frequência o "impossível". Minha paixão pesou mais. O amor foi o fator decisivo.

Até ver meu pai e não ter coragem de apresentá-lo a Frank. Robin tinha colocado o dedo bem na ferida. Eu sentia vergonha do meu pai. Embora Frank já saiba que meu pai é lixeiro. Que diferença faz? A resposta é: toda. Agora a vozinha do "impossível" também ecoa na minha cabeça.

Frank caminha sobre o gramado em minha direção. Olho pra ele.

— É bonito aqui, não? — digo.

— Sim — ele diz enquanto vem se sentar do meu lado na grama —, ainda mais agora que você está aqui.

Ficamos um pouco em silêncio, olhando pra água. É um lindo dia de sol, mas acho que nós dois percebemos que esta água do oceano Atlântico logo vai nos separar.

— Antonia, não quero me despedir. Quero ficar a seu lado.

— Também quero isso — eu digo, e nós nos olhamos como se nosso desejo fosse a única coisa existente. — Impossível — fica em silêncio.

Então ele diz alto e bom som o que eu venho pensando durante a semana inteira.

— Esqueça a viagem e fique.

Não consigo dizer nada de significativo. Só sei que quero beijá-lo e não parar nunca mais.

Tudo começa ali, sobre a grama quente nessa paisagem linda. Termina no quarto de Frank, onde passamos a noite toda na cama. Sem dormir. O que fazemos ali é algo que nunca fiz antes. Experimentamos o amor mais profundo, tão cantado nas músicas, descrito em poemas, pintado em telas, esculpido em pedra, pra nunca ser esquecido. Sinto meu corpo e espírito se tornarem um, em mim mesma, mas ao mesmo tempo nele. E sinto que acontece o mesmo com ele. Como se nossas almas saíssem de nossos corpos e se unissem pra nunca mais se separar. Estamos completamente absorvidos um pelo outro. Não podemos agir de outra forma. Pois o que acontecerá quando a distância entre nós for grande demais? Ele na América, eu na Europa. É agora ou nunca.

No dia seguinte eu faço a minha mala. Coloco o que restou dos meus sonhos por cima: os livros, recortes de jornal e fotos de Albert Schweitzer e Willem Mengelberg. A última coisa que ponho na mala é a tecla solitária que sobrou do meu piano destruído. Aquela tecla inutilizada ainda é meu bem mais precioso.

Frank me leva em seu automóvel, mas a caminho do navio acabamos em meio a uma grande confusão. Tínhamos tantas outras coisas na cabeça que esquecemos totalmente que o aviador Charles Lindbergh seria homenageado na cidade – bem no dia da minha partida.

Parece que ninguém quer perder aquilo. A cidade inteira saiu pra poder avistar esse herói que voou sozinho, sem parar, de Nova York até Paris. A travessia com seu aviãozinho durou trinta e três horas. Com o navio vou levar dez dias. E isso porque vou num navio rápido, existem aqueles que levam quatorze dias.

O trânsito anda com a lentidão de uma tartaruga. Fico com medo de perder o navio e sugiro pegar o metrô. A princípio Frank não quer nem ouvir falar, mas, quando pensa que pode cruzar para a 7ª Avenida de forma inteligente e a chuva de papel picado na Broadway cai sobre nós como uma tempestade de neve, ele percebe que essa é a melhor opção. Quando alcançar o rio, com certeza consigo chegar ao píer em que o navio da Holland America Line está atracado.

Desço rapidamente do carro. Frank me ajuda com a mala. Nós nos olhamos. Teremos que nos despedir aqui. Por toda parte rodopiam pedacinhos de papel que caem dos arranha-céus como confetes sobre nós. E então Frank me segura pela cintura e me abraça intensamente. As pessoas estão delirantes de alegria e ovacionam seu glorioso herói Lindbergh, mas por um instante fantasiamos que aquilo tudo é pra nós, que é pra nós que acenam com suas bandeirinhas. É uma situação tão absurda que nós dois começamos a rir quando nos damos conta: cedo demais pra voar, tarde demais pra navegar, agitado demais pra uma despedida, muito festivo pra ficar triste.

Tenho mesmo que andar. Quando já estou quase sumindo no subterrâneo da estação de metrô, olho mais uma vez pra cima. Vejo Frank parado ao lado de seu automóvel enquanto me observa sorrindo. Meu coração perde o compasso, e então ele desaparece de vista.

Quando o navio sai em direção ao mar e passamos pela Estátua da Liberdade, finalmente consigo recuperar o fôlego. É inacreditável como um homem como Frank tenha conquistado meu coração e minha mente de uma só tacada. Estar apaixonada é uma sensação deliciosa, mas a gente deixa de pertencer inteiramente a si mesma.

Me encosto no guarda-corpo e olho fixo para o horizonte, onde os dois azuis, do mar e do céu, se tocam. Eu esperava que depois daquela noite infindável fosse estar morta de cansaço, mas estou totalmente alerta.

Estou partindo pra uma aventura.

Me lembro de que já cruzei o oceano uma vez como Willy, mas não faço ideia de como se chamava aquele navio. Agora estou como

Antonia no *S.S. Rotterdam IV* e navego de volta para o lugar de onde vim. O navio, de duzentos metros de comprimento, está levando mais de três mil passageiros. A maioria viaja na terceira classe, como eu. Ficamos na parte de baixo; as passagens são as mais baratas.

Olho pra fumaça que sopra pelos dois canos amarelos da chaminé. Um jornal voa e bate em minha perna. O vento faz o que pode pra assoprar o papel pro mar. Pego o jornal e vejo que há um artigo sobre a jornada de Charles Lindbergh na primeira página. Meus olhos voam sobre suas façanhas; tudo está descrito em superlativos, é demais. Ele tem até um apelido evocativo: A Águia Solitária.

Mas o que mais me impressiona é a sua idade. Não sabia que esse homem, que já é tão legendário, tinha nascido no mesmo ano que eu. Só tem vinte e cinco anos! Eu ainda vou completar daqui a duas semanas. Mais que depressa, controlo a minha ansiedade.

Antonia

28

Amsterdã

Chego à cidade de Amsterdã no dia do meu aniversário. Não é a cidade onde o navio atracou; ele chegou no porto de Roterdã. Sei que nasci naquela cidade, então seria lógico começar a minha busca ali, mas quero tanto ver o Concertgebouw de Amsterdã que pensei que este poderia ser meu presente de aniversário. Além disso, pela carta da embaixada ficou claro que minha mãe era de Amsterdã, então eu tinha um duplo pretexto.

Depois de chegar com o trem à Estação Central, pego o bonde. A rota cruza todos os canais famosos e eu fico maravilhada. Desço um pouco antes de propósito, pra poder caminhar. Quero ver tudo lentamente.

Passeio pelo canal Prinsengracht, onde aprecio os edifícios históricos dos dois lados da água. Depois de algumas centenas de metros, vejo à direita o Rijksmuseum, onde parecem estar expostas as pinturas do mundialmente famoso Rembrandt. Aqui é tudo cultura, não importa a hora.

No meio do museu, tem uma galeria por onde passa uma rua e o trânsito pode seguir por baixo do edifício. Quando cruzo o pórtico escuro, a luz do dia brilha pra mim do outro lado. A rua se abre pra esquerda e pra direita, mas na minha frente tem um gramado enorme. No final dessa praça gramada fica o Concertgebouw. Meu coração começa a acelerar, mas isso também pode ser porque meus braços estão cansados de se revezar no carregamento da mala.

Descanso um pouco e me deixo induzir por aquela imagem. Infelizmente, de onde eu estou só se pode ver o triângulo superior da fachada; um prédio largo que está na frente atrapalha a vista.

Quando dez minutos mais tarde passo por aquele edifício, vejo que é o Clube do Gelo de Amsterdã. Nas vitrines estão fotos de como a praça fica no inverno. A grama é coberta de água e dezenas de pessoas patinam no gelo. Numa pista de gelo natural de quatrocentos metros, leio. Parece muito atraente. Eu nunca patinei na vida.

Mas agora é verão e minha atenção está inteiramente voltada pro Concertgebouw, diante do qual não há mais nenhum obstáculo. O estilo da construção é inspirado no dos gregos e romanos da Antiguidade clássica, o que se vê principalmente pelas seis colunas que sustentam o telhado frontal.

Ao lado do Concertgebouw tem um café-restaurante. Estou morrendo de sede e decido convidar a mim mesma pra um café. Um pouco mais tarde, estou sentada junto à janela que dá pra entrada de artistas na lateral do Concertgebouw. Infelizmente, só posso admirar pelo lado de fora, mas acho que se ficar sentada aqui bastante tempo conseguirei ver Mengelberg quando ele entrar ou sair do Concertgebouw. O grande Mengelberg: meu ídolo! É aqui que ele vive e trabalha.

Meus pensamentos vagueiam pra Frank e uma densa saudade toma conta de mim. Por que diabo estou pensando em Mengelberg? Tenho que completar minha missão aqui o mais rápido possível, então posso voltar pra América.

Depois de um tempinho, pago meu café e saio à procura de um endereço pra passar a noite. Pergunto a uma mulher na rua onde posso encontrar uma pousada barata. Ela diz que devo evitar o bairro novo atrás do Concertgebouw, é caro demais. Me manda para o De Pijp, um bairro popular ali perto. Que bênção dominar a língua e entender as pessoas. Perambulo pelas ruas estreitas daquele bairro.

Os prédios têm algo dos cortiços de Nova York, então me sinto totalmente em casa. Aqui e ali também há fábricas escondidas. Em uma daquelas ruas passo por uma grande loja de pianos e, naturalmente, paro um instante diante da vitrine. A loja é muito bem abastecida com pianos de cauda e pianos de armário. E então vejo a plaquinha pendurada atrás da vidraça: PRECISA-SE DE AFINADOR.

Estou entretida com uma carta pra Frank. O que devo escrever? Que estou em um hotel muito bonito e que tenho uma vista linda do meu quarto? Olho ao meu redor. Minhas roupas de baixo estão secando em um varal que eu mesma fiz. Acima da bancada, na parede, tem uma pintura de uma paisagem com um fazendeiro juntando feno. Essa é a vista que tenho da minha cama de campanha. No mais, a oficina de restauração está repleta de peças de piano. Um paraíso pra mim. Estou tão feliz porque o proprietário da loja me deixou dormir aqui. Economizo o custo de um hotel e ao mesmo tempo ganho um pouco, ainda que não seja muito.

Frank insistiu para que eu ficasse num bom hotel. Queria até me dar dinheiro pra isso, assim como pra uma passagem de primeira classe. Recusei. Disse que tinha economizado o suficiente, o que era mais ou menos verdade, mas o real motivo é que não quero ser uma aproveitadora, de jeito nenhum. Imagine só se ele pensa que eu estou interessada no seu dinheiro. E, aliás, eu acredito que o simples também pode ser bom. E quão simples pode ser um lugar se eu tiver pianos o suficiente pra praticar? Afinal, ainda posso decidir seguir uma educação musical na Holanda.

Sinto um choque percorrer meu corpo. Não tinha colocado esse plano em fogo brando? Não conversei com Frank a esse respeito. Não tinha cabeça pra isso – e ainda não tenho, digo a mim mesma. Minha visitinha ao conservatório, que não fica longe daqui, não significou nada. Fui apenas dar uma olhada pra saber se eles ofereciam aulas de regência, o que tem de mais? O reitor tinha me olhado como se eu fosse uma praga saída do esgoto.

— Regência de orquestra se aprende apenas na prática — mal conseguiu falar com seus lábios carnudos. Pfff.

De qualquer forma, vou escrever a Frank dizendo que estou ocupada tentando descobrir onde minha mãe está enterrada e se ainda tenho algum parente. O nome Brico não é comum aqui, já constatei. Meu chefe me pediu pra ir ao correio buscar uma encomenda e aproveitei enquanto estava lá pra olhar a lista telefônica de Amsterdã, procurando o nome Brico. Esse sobrenome só apareceu uma vez! O endereço – que eu anotei imediatamente – era na rua Kalverstraat.

Não sabia exatamente como lidar com isso. Será que eu deveria simplesmente telefonar para aquele número? Poderia fazer isso de uma das cabines telefônicas do correio. Mas também poderia ligar da loja. Num fim de tarde. Também podia pular o telefonema e ir direto ao endereço. É mais difícil mandar alguém embora do que bater o telefone. Além disso, perguntando, descobri que aquele endereço ficava a um pulo da agência do correio. Eu tinha que arriscar, pensei. Tinha certeza de que, do contrário, eu ficaria de caraminholas e perderia a coragem.

Após uma caminhada de cinco minutos eu estava no destino certo, na rua longa e estreita cheia de lojas, com apartamentos nos pavimentos superiores. Demorou um pouquinho até que eu criasse coragem de tocar a campainha. E então ainda tive que esperar uma eternidade – eu estalava de nervosismo –, mas ninguém abriu a porta. Em retrospecto, foi bom assim. Meu chefe já estava controlando o relógio quando voltei com sua encomenda.

Agora vou toda noite até o telefone da loja e disco o número que nesse meio-tempo já sei de cor. Fico tremendo como uma folhinha, em parte esperando que ninguém atenda. Afinal, o que eu devo dizer? Meu padrasto não tinha dito que minha mãe havia sido rejeitada? Mesmo assim, sempre coloco o telefone novamente no gancho desapontada. Ninguém atende.

Dou um suspiro profundo. Quero tanto causar boa impressão a Frank. O que mais posso dizer sem que se torne uma história tão patética? Não tenho como escrever pra ele que aqui posso estudar piano à vontade porque ninguém me escuta e tenho a noite inteira pra isso. E não direi que sempre toco o "Romance para Piano e Violino", de Dvořák, só que sem o violino. Tornou-se minha peça preferida, porque posso sonhar acordada, apaixonada, com essa música.

Também não quero escrever pra ele que durmo com minha tecla de piano na mão porque tenho medo de perdê-la no meio das outras coisas que lotam esta oficina de restauração.

E com certeza não escreverei pra ele contando que nas horas livres frequento o café em frente à entrada de artistas do Concertgebouw na esperança de avistar Mengelberg. Soa muito deprimente.

No entanto... uma vez tive sorte porque Mengelberg atravessou a rua junto com alguns cavalheiros pra almoçar no café. Quando se aproximou eu estava ali, com meu sorriso americano, pronta pra abordá-lo, mas ele passou reto por mim.

Frank

29

Long Island

Estou na escrivaninha de meu escritório trabalhando quando minha mãe entra com a correspondência. Ela olha os remetentes um por um, um mau hábito que tem e não desaprende. Fixa-se principalmente na carta que está por cima e a entrega à parte das outras.
— Quem é essa mulher? — pergunta curiosa.
Olho para o nome da remetente e meu coração dá um salto de paixão. Eu não deveria ter escondido isso de minha mãe, por isso abro o jogo.
— Você a conhece... Willy.
— Ela agora tem um nome artístico? — ela quer saber.
Mas eu já abri a carta de Antonia e sou absorvido pelo conteúdo, que começo a ler com um sorriso.

Meu querido Frank, estou hospedada em um hotel muito bonito, em um quarto com uma bela vista. Você não precisa ter medo de me perder para a música. Não há nada para ouvir e não tenho dinheiro para ir a um concerto. Não me importa. Agora tenho você. Eu amo Amsterdã. Examino cada rua e cada beco. À procura de quê? Não sei. Não conheço ninguém aqui. Entretanto estou reunindo coragem para investigar melhor minhas origens...

— Frank, estou fazendo uma pergunta.
Minha mãe incomoda como um mosquito inconveniente zunindo em tom agudo em meu ouvido. Tinha me esquecido dela completamente.
— Ela agora tem um nome artístico? — pergunta impaciente. Se ela não tivesse tantos modos, subiria nas tamancas.

No passado, tive grandes conflitos com minha mãe. Principalmente quando ela descobriu que eu iria para o fronte lutar contra os alemães. O medo da morte estava em seus olhos, e agora, tantos anos depois, percebo que não posso levá-la a mal. Sou seu único filho e imagino que a notícia de que eu iria partir era, para ela, quase a mesma coisa que receber a notícia da minha morte.

Ela moveu céus e terras para conseguir que eu fosse colocado por trás da linha de frente, numa posição que ela considerava um pouco mais segura. Não era o que eu queria, mas certo dia ela veio anunciar que tinha conseguido que, graças aos meus estudos de medicina, eu pudesse ir para a Cruz Vermelha. O fato de esses estudos não terem sido completados não fazia nenhuma diferença para ela. Tivemos uma briga enorme sobre isso, com minha mãe finalmente irrompendo em lágrimas.

— Quero que você continue vivo.

No fim, concordei, e seu instinto materno talvez tenha salvado minha vida, tenho plena consciência disso, mas nunca disse a ela. A guerra era suja demais para se falar a respeito.

Deixo a carta de Antonia de lado por um instante e conto a ela, da maneira mais sucinta possível, que a história de adoção de Antonia afinal era verdadeira. Minha mãe remexe em seu longo colar de pérolas, que balança sobre seu vestido rosa. Reparo que ela não toca mais no assunto, embora seja sempre a primeira a comentar quando se trata de mulheres em quem eu possa ter algum interesse.

Decido que não deixarei nada se interpor entre mim e Antonia, certamente não minha mãe. Levanto-me e saio pelas portas abertas em direção ao jardim. Meus olhos devoram o resto da carta de Antonia e sinto que um sorriso de orelha a orelha atravessa meu rosto.

Uma semana mais tarde, minha mãe me convida para jantar. Checo minha agenda e vejo que tenho um compromisso. Mas ela choraminga até que eu prometa solenemente que irei transferi-lo.

Visto meu smoking e peço a Shing para dirigir o automóvel. Durante todo o trajeto meus pensamentos vagueiam para Antonia. Nunca estive tão apaixonado.

Minha mãe convidou um pequeno grupo para um jantar íntimo esta noite. Normalmente, pode-se confiar em seu bom senso na disposição dos assentos, mas vejo com horror quem ela colocou ao meu lado desta vez: Emma.

Antonia

30

Amsterdã – Nijmegen

Mexo um pouco no fundo da xícara branca cujo conteúdo eu já tomei cerca de meia hora atrás. O restaurante está movimentado e mantenho uma mesa ocupada há bastante tempo só com aquela xícara de café. Percebo os garçons olhando; já me perguntaram três vezes se quero mais alguma coisa. Eu disse que estava esperando uma pessoa. O que nem é mentira. A distância, fico espreitando Mengelberg, que está almoçando com alguns cavalheiros, e aguardo até que uma hora ele se levante.

Na minha mesinha tenho um papel de carta no qual escrevi apenas uma frase: que em breve irei até o mosteiro onde está o túmulo de minha mãe. Alguns dias atrás descobri que ela está enterrada em Nijmegen.

Quero justamente escrever pra Frank contando como consegui isso, quando vejo que Mengelberg finalmente se levanta da sua mesa e vai pra saída. Largo a caneta e levanto num salto.

— Sr. Mengelberg? O senhor ainda me reconhece? — digo enquanto me posiciono à sua frente e praticamente o impeço de seguir adiante. — Antonia Brico. — Sei muito bem que este nome não diz nada a ele, mas acho que ele já esqueceu meu outro nome há muito tempo.

Eu lhe estendo a mão. Demora um instante até que ele se lembre.

— Como é que eu poderia me esquecer de você? — ele diz.

— Eu esperava que o senhor dissesse isso. Pois quero lhe pedir um favor. O senhor poderia me dar aulas de regência?

Ele fica de queixo caído.

— Aulas de regência?

— Pra que eu possa aprender.

— Você está pedindo muito.

Noto que ele tenta ganhar tempo. Então preciso acelerar.

— Compreendo que o senhor é um homem muito ocupado, mas não sei de que outra forma eu poderia começar. Pensei que... — e agora jogo meu trunfo na mesa — ... como o senhor também conhece Frank Thomsen... e eu tenho amizade com ele... eu tinha esperança...

— Posso refletir a respeito?

— Naturalmente. — Sorrio subserviente.

E ele sai dali o mais rápido possível. Isso não me dá muitas esperanças. Pago meu café e vejo o alívio dos garçons por eu finalmente ir embora. Está bem claro pra mim: todo mundo prefere me ver indo embora do que chegando.

Um dia depois, caminho com um buquê de flores ao longo da infindável cerca gradeada que separa o mosteiro católico do mundo exterior. Estou procurando a entrada. Sei que estou quase chegando quando vejo um sino de longe.

Puxo a corrente e ouço o sino tinir. Uma freira meio velha, com um rosto cheio de ranhuras, se aproxima. Ela não tem nenhuma pressa e quando já está perto de mim não faz nenhum movimento pra abrir o portão.

— O senhor esteja convosco. O que a traz aqui? — ela diz, parcimoniosa com as palavras. Talvez esteja tentando esconder dentes ruins.

— Eu, eh...

Como é que se pergunta algo assim? Levanto meu buquê de flores.

— Gostaria de visitar um túmulo.

— De quem?

— De minha mãe, Agnes Brico.

A freira me olha por um instante com atenção. Será que conheceu minha mãe? Minha mãe já está morta há dezoito anos. Por outro lado: as freiras não ficam pra sempre num mosteiro assim? Então até poderia ser. Decido ainda não perguntar sobre isso, primeiro tenho que conseguir entrar.

Do nada ela faz aparecer um grande molho de chaves de dentro de sua vestimenta preta de freira, que com certeza tem um nome, mas eu não entendo nada disso. Então, ela destranca o portão que se abre com muitos chiados e estalos, como se também ele quisesse deixar claro que não é a intenção que ninguém entre ou saia.

As freiras gostam de ficar secas quando chove, penso enquanto sigo a irmã sob uma longa cobertura abobadada, apoiada em pilares, que se abre para o jardim. Estamos a caminho do cemitério, eu suponho, pois a freira não diz uma palavra.

Vejo outras freiras caminhando ao longe. Seus rostos parecem enfaixados com tiras brancas de ataduras hospitalares e o interior de seus capuzes também é de tecido branco, em contraste com o exterior rígido, preto, que lhes tira parcialmente a visão. Será que elas lavam os cabelos? E o que será que usam por baixo dessas roupas? Só a roupa de baixo? Ou anáguas? Será que usam sutiã? E onde é que compram? Pois elas não podem sair daqui.

Em seguida, começo a me perguntar o que elas fazem o dia inteiro em seu cativeiro voluntário e chego à conclusão de que realmente não faço a menor ideia.

Depois de termos passado por um campinho com dezenas de cruzes idênticas, onde suspeito que as irmãs são enterradas, longe da vista das pessoas, chegamos a um cemitério de aparência mais secular.

A freira aponta para um túmulo muito bem cuidado, com flores desabrochando junto ao tampo. Leio o texto simples na lápide: AQUI JAZ AGNES BRICO. 1880-1909.

Comovida, me agacho pra pôr minhas flores no seu túmulo. Jamais chegarei mais perto de minha mãe do que agora. Seco uma lágrima que rola pelo meu rosto e me levanto. Quando já estou ali há algum tempo, percebo que seu túmulo está cercado por outros cobertos de ervas daninhas. Aponto para o túmulo da minha mãe:

— Quem cuida tão bem dele?
— A irmã Louigiana. Irmã de sua mãe. — responde a freira.
Fico totalmente surpresa por ter uma parente aqui.
— Onde ela está? Posso falar com ela?
A freira aperta ainda mais sua boca parcimoniosa.
— Não vai dar. Ela fez voto de silêncio.
— Posso ao menos vê-la?
— Não.
— Por que não?
— Os caminhos de Deus são inescrutáveis.

Pode até ser, mas não é preciso se contentar com isso.
— Posso falar com a sua superiora?
Ela me olha com desaprovação.
— A madre superiora?
— Sim, é a ela que me refiro.
Vejo que a irmã titubeia.
— Por favor? Não sei como vocês se chamam.
— Você não recebeu educação religiosa?
Sabiamente, fico quieta. Não acredito que ela queira saber sobre as sessões espíritas da minha madrasta.

Um pouco mais tarde, a freira me leva por um dos corredores do mosteiro. Penso que estamos indo até a madre superiora, mas não é este o caso. Com seu grande molho de chaves, a freira abre uma cela do mosteiro onde uma irmã está rezando de olhos fechados diante de um crucifixo.
— Dez minutos, em silêncio absoluto.
Eu entro. Uma treliça de madeira me separa da irmã Louigiana, que se vira e leva um susto comigo, como se visse um fantasma.
— Agnes — emite rouca, com uma voz que há muito tempo não é usada. Ela faz um sinal da cruz.
A freira com o molho de chaves eleva os olhos pro céu.
— Meu Deus, perdoe-a — ora em voz alta.
Mas não dou a mínima pra ela. Não consigo tirar os olhos da irmã ajoelhada. Absorvo seu rosto em mim, sabendo que ela é minha tia, a primeira parente de sangue que vejo em minha vida consciente. Me dou conta de que devo me parecer muito com minha mãe, se ela pensou que eu era Agnes.
— Sou a filha dela... Antonia — digo.
A freira nos deixa a sós, mas ouço quando ela vira a chave na fechadura. *Poucos segundos aqui dentro e já estou trancada.*

Irmã Louigiana escreve algo numa pequena lousa com um pedaço de giz e me faz ler. *Onde você estava?*
— Na América — digo em voz alta.

Ela escreve impetuosamente e depois me mostra: *Não conseguimos encontrá-la em lugar nenhum.*

Dou um passo pra chegar mais perto, seguro na treliça.

— Então ela me procurou? — pergunto.

Irmã Louigiana começa a rezar pra si. Seus dedos passam nervosos pelas contas do rosário.

— A senhora por acaso sabe como meus pais se encontraram? — indago.

Irmã Louigiana continua a rezar impassível.

— Entendo que a senhora deve se manter em silêncio, mas esse voto já foi quebrado — digo.

Ela não reage. Olho ao redor da cela. A visão desta vida de asceta me deixa revoltada.

— Por que ela quis se desfazer de mim? Tenho curiosidade sobre isso.

Irmã Louigiana continua se dirigindo a Deus. Ela está a apenas três metros de mim, mas a distância parece intransponível.

— Talvez a senhora possa perguntar a Deus se alguém pode responder a minhas perguntas?

O crucifixo pendurado em seu rosário agora também é sufocado em suas mãos fechadas. Ninguém aqui consegue respirar. Percebo que não faz sentido me meter entre ela e Deus e chego a uma única conclusão:

— Silenciar é mentir.

Vou até a porta e começo a bater, ainda que os dez minutos não tenham se passado. Então, ouço a voz suave da irmã Louigiana atrás de mim.

— Ela nunca quis se desfazer de você. Sabe quais foram suas últimas palavras antes de morrer? "Pelo amor de Deus, encontre Antonia."

Antonia

31

Nijmegen

Perco a noção do tempo. Não sei quanto fiquei ali dentro quando a freira vem me buscar. Ela havia dito dez minutos. Irmã Louigiana insiste em me dar mais alguma coisa. A freira com o molho de chaves protesta, mas irmã Louigiana deixa claro que o fará de qualquer maneira, porque vim da América especialmente pra isso. Pela primeira vez reconheço algo de mim nela.

Ela me leva até sua cela de dormir, que fica num labirinto de dezenas de cabines de madeira, construídas numa gigantesca sala do mosteiro. As divisórias mal chegam a dois metros de altura.

Nas cabines de madeira de dois metros por três tem uma cama, um armário alto e estreito, uma cadeira dura de madeira e um penico esmaltado branco no chão. Na cabeceira da cama há um crucifixo simples pendurado.

Estas celas devem ser muito barulhentas. Quando alguém tem que fazer xixi, as outras freiras podem escutar. Como fazem quando têm que defecar? Ou quando estão menstruadas? O que fazem quando o penico está cheio? Elas também devem sentir o cheiro de todos aqueles penicos. Não vejo tampas em lugar nenhum. Como podem viver de maneira tão espartana? Todas essas perguntas passaram pela minha cabeça.

— Minha mãe também vivia assim? — é a única pergunta que ouso dizer em voz alta.

— Sim, ela dormia onde eu durmo agora.

Fico de coração partido.

— Mas ela não queria ser freira. Não podia se confessar. Não se arrependia de ter tido você.

Irmã Louigiana abre seu armário e tira de uma latinha um maço de cartas que ela me dá.

— Da sua mãe — ela me diz.

Em seguida me leva até a igreja. A freira com o molho de chaves fica ali me esperando como uma carcereira.

— Com certeza você quer rezar um pouco — é a última coisa que irmã Louigiana diz para mim.

Faço que sim com a cabeça, minha garganta está trancada. Embora as cartas estejam ardendo na minha bolsa, depois de tudo que escutei, não me sinto em condições de fazer a viagem de volta pra Amsterdã imediatamente.

A carcereira me dá passe livre. Pra uma pessoa que quer rezar não se impõem obstáculos. Ando pela igreja, que parece majestosa, com colunas altas, abóbadas, vitrais nas janelas. A casa de Deus, sempre me disseram. Ele tem muitas.

Olho ao redor e vejo a carcereira imóvel junto à entrada. Será que pensa que conquistou uma alma? É nisso que estão interessados na igreja. Se ela pensou que eu me sentaria num banco, se enganou. Sou agitada demais.

Minha mãe, Agnes, era a mais velha de oito filhos e tinha apenas vinte anos quando a própria mãe faleceu de uma peritonite. Abalado pela perda repentina, o pai dela colocou a filha mais velha como mãe substituta. Ela tinha que cuidar de todos os irmãos menores. Meu avô (que na verdade morava no endereço onde eu havia batido em vão, mas que agora está internado num sanatório, com tuberculose) dificilmente poderia ter agido de outra forma. O filho mais novo tinha um ano e meio e ele precisava continuar trabalhando pra alimentar todas aquelas bocas.

Segundo irmã Louigiana, Agnes levou esta tarefa a sério. Ela tinha uma personalidade alegre e todas as crianças a adoravam. Mas ela também era uma moça jovem e se apaixonou por meu pai biológico.

Eles tinham se encontrado pela primeira vez numa noite de Natal, durante a missa noturna. Meu pai pertencia a um grupo de músicos da Antuérpia que tocava naquela noite. Agnes não conseguiu tirar os olhos dele. Intrépida, foi até ele para conhecê-lo. Ele se chamava Robbers.

Nos meses seguintes, Agnes o deixava entrar às escondidas em sua casa durante o dia. Irmã Louigiana ainda se lembrava de que ela costumava cantar canções com ele. Ele se sentava ao piano. Agnes fazia todas as crianças prometerem que não diriam nada ao pai. Mas meu avô ouviu rumores a respeito e proibiu a entrada depois que descobriu que esse Robbers era um sedutor e que tinha fama de mulherengo.

Agnes estava tão apaixonada que fugiu com ele pra Antuérpia. O pai dela a trouxe de volta no dia seguinte. Mas já era tarde demais... Agnes tinha engravidado. Irmã Louigiana disse que ela, "tendo em vista a delicadeza do caso", foi mandada a um abrigo para moças perdidas em Roterdã. Ela me teve em total solidão, sob a tutela das freiras. Meu pai biológico nunca mais procurou minha mãe.

Vagueio ao longo das velas que queimam aqui e ali diante, da imagem de pessoas que não me dizem nada. Estou indo em direção à luz, penso aleatoriamente quando paro defronte de um nicho onde freiras reunidas num grupinho estão ajoelhadas rezando em frente a uma imagem de Maria. Aqui também uma treliça me separa das irmãs.

Penso em minha mãe, em como teve que fazer penitências neste lugar quando jovem pelo pecado de ter me parido. Ela tinha naquela época mais ou menos a mesma idade que eu tenho hoje. De repente tenho vontade de chorar; vem como uma espécie de espasmo e não consigo conter. Meus ombros tremem incontrolavelmente e deixo minhas lágrimas correrem.

Só me acalmo quando ouço a música celestial de Bach. A peça para órgão BWV 731 que conheço tão bem, "Querido Jesus, estamos aqui". Hipnotizada pela música, viro a cabeça e vejo um órgão lindíssimo. Como que atraída por um ímã, caminho pelo corredor central da igreja até a escada que leva ao órgão. Relembro-me de quando eu tinha cinco anos e subi a escada proibida degrau por degrau. Preciso tanto da magia da música agora. "Bach era um compositor que falava o idioma de Deus", Frank tinha dito.

Então vi primeiro os pés nos pedais, depois as mãos no teclado e em seguida o impressionante rosto de Albert Schweitzer, que parecia tocar só pra mim. Mas hoje, quando faço a curva e chego ao nicho onde o organista se senta, vejo que o lugar está vazio. Ouvi a música em minha cabeça.

Antonia

32

Amsterdã

Tive sorte de poder entrar sem ser vista. Ainda sei exatamente como escolher o momento certo em que as funcionárias na entrada estão distraídas demais com o controle dos ingressos e não percebem que não faço parte do grupo que estou seguindo. O truque é abaixar na hora certa.

Tenho que falar com Mengelberg. Ele está fazendo um concerto, mas não sou espectadora. Todos os ingressos estavam esgotados. Por isso, estou sentada numa cadeirinha, esperando no corredor de cima do Concertgebouw, atrás do palco. Como se eu fosse uma funcionária.

Ouço a música da terceira parte da Terceira Sinfonia de Mahler através das portas fechadas. "O que os animais da floresta me dizem", leio em um programa que encontrei no chão. Um pouco mais adiante está um solista que tocará corneta de postilhão esperando tenso para fazer a sua parte. Daqui a pouco a porta se abrirá para ele. O público na plateia vai ouvir a melodia de longe, exatamente o que Mahler pretendia com estes instrumentos nos bastidores. Mas pela minha posição no corredor tenho o privilégio de ouvir o solo dele bem de pertinho.

Pro compositor, esta corneta de postilhão anunciava a chegada do homem à natureza. Pra mim, a corneta de postilhão representa a chegada do carteiro trazendo as cartas que vêm longe com boas ou más notícias. Me faz pensar nas cartas da minha mãe que li hoje no trem, voltando do mosteiro, e renomeio esta parte pra mim: *O que as cartas da minha mãe me dizem*.

As cartas dela eram endereçadas a Cato Brico, que era como irmã Louigiana se chamava antes de se tornar freira. Sua letra cursiva me emociona, porque mostra uma grande similaridade com a minha.

Ainda antes que eu nascesse, minha mãe já reclamava desesperada da falta de dinheiro e sobre as freiras que a incomodavam por comprar coisas pro bebê. Ela chorava muito e não sabia mais onde buscar ajuda. As cartas que enviou ao seu pai enfurecido ficaram sem resposta.

Ela teve sérias complicações durante meu nascimento, que lhe causaram grande perda de sangue nos anos seguintes. Eu não entendo nada de partos e tudo que pode dar errado na hora. Minha madrasta nunca falava desse tipo de coisa. Por que o faria, já que ela mesma nunca tinha dado à luz. Será que havia alguma mágoa por isso? Não quero pensar em minha madrasta.

Em todo caso, minha mãe teve que ir embora do mosteiro e foi transferida, junto comigo, para um abrigo protestante onde precisava defender constantemente sua fé católica. Ela ainda não contava com nenhum dinheiro e fazia minhas roupinhas de bebê das próprias roupas. Sua situação era tão sem perspectiva que ela tinha esperança de morrer logo. Pois não via nenhum futuro, nem pra si mesma, nem pra mim.

No entanto, isso não foi motivo pra que a diretoria protestante tivesse compaixão. Minha mãe foi expulsa dali assim que parou de amamentar. Eu pude ficar.

Minha mãe encontrou um emprego como criada, onde recebia hospedagem e alimentação, além de um magro ordenado. As pessoas pra quem trabalhava a mantinham ocupada dia e noite, de maneira que ela nunca tinha tempo pra me ver. Isso a fazia muito infeliz.

Entrementes, fui transferida pra um novo abrigo protestante. Ao que parece, eu estava tão atrasada em meu desenvolvimento que aos dois anos ainda não conseguia andar direito. Minha mãe ficou furiosa. Ela acusou o abrigo de me amarrar nas barras do berço, pra que eu não incomodasse.

Pela enésima vez minha mãe estava à beira do desespero. Ela escreveu a Cato dizendo que não via outra saída a não ser abdicar de mim e que tinha posto um anúncio no jornal. Depois disso o casal Wolters, que segundo eles mesmos eram protestantes (coisa que eu nunca percebi) e não podiam ter filhos, me *comprou*.

Minha mãe ficou completamente mortificada com isso e se refugiou no mosteiro. Ouviu da própria igreja católica que seria "excomungada" (uma palavra que eu tive que procurar no dicionário do proprietário da loja de pianos) se me deixasse ser educada no protestantismo.

Expulsa...

Olho pro músico deixado de fora, mas essencial pra composição, o solista da corneta de postilhão. Ele também importa.

Dois contrarregras da orquestra abrem a porta dupla do palco e o solista começa a tocar lá de cima. Uma melodia tão melancólica e tão bonita que me afeta profundamente.

Mahler, o pioneiro progressista, tinha pensado tudo dessa forma, como se conduzido por uma força superior.

"Nós somos, por assim dizer, apenas um instrumento tocado pelo Universo" era a sua filosofia.

Será verdade? Não temos mesmo nenhum controle sobre nosso destino?

A freira me perguntou hoje se eu não havia recebido educação religiosa. A resposta rebelde borbulha em mim: *Sim, a música é a minha religião*.

Após um intervalo e "O que me dizem os homens", "O que me dizem os anjos" e "O que me diz o amor", Mengelberg finalmente sai por aquela mesma porta. O suor escorre de sua testa quando ele chega ao corredor. (Entre grandes regentes, a execução dessa sinfonia longa, com uma orquestra enorme, é vista como uma prova de virtuosismo, ouvi um dos espectadores comentar no intervalo.)

Tenho que ter paciência, pois o maestro Mengelberg terá que voltar mais algumas vezes para receber os aplausos. Quando a plateia finalmente arrefecer e ele fizer sua saída definitiva, vou até lá.

— Você agora está aqui? — ele pergunta estupidamente, pois estou bem diante do seu nariz. Já fiquei sentada por muito tempo.

Vou direto ao ponto:

— O senhor refletiu sobre aquilo?

Ele continua enxugando a testa com seu lenço branco, como se não lhe viesse à mente uma forma de se livrar de mim.

— Vá para casa — ele enfim diz, e finalmente olha pra mim.

— Eu não tenho casa.

— Para a América.

Transfiro o peso do meu corpo pra outra perna e digo algo que surpreende até a mim mesma:

— O senhor não está entendendo. A música é tudo pra mim. Não posso desistir. Prefiro morrer a não tentar.

Minha súplica tem efeito. Ele entrega os pontos.

Antonia

33

Hamburgo

Dois dias depois estou no trem pra Alemanha. Olho fixo pra meu reflexo na janela. Ouço o barulho do trem. As rodas de ferro sobre os trilhos têm pressa. O que me move? Não é ridículo que eu esteja a caminho sem saber de onde?

Procuro nem pensar no que Frank vai achar de tudo isso. Tive que trabalhar horas extras na loja de pianos e por isso não pude escrever pra ele. Desculpa esfarrapada, claro; simplesmente não tive coragem.

Aquele Mengelberg, além do mais, tinha me armado uma surpresa. Eu achei que ia estudar com ele, mas ele tinha preparado outra coisa pra mim. Ele havia trabalhado por quatro anos com o dr. Karl Muck, um famoso maestro alemão. Eu não conhecia seu nome, mas se Mengelberg diz...

Falou tintim por tintim, como se ele mesmo quisesse se convencer sobre a genialidade daquele homem. E agora ele tinha uma carta de recomendação pro maestro, que me entregou num envelope fechado. O endereço estava escrito na frente. Não foi um gesto incrível da parte dele? Ele estava praticamente estourando o colete de tanto orgulho.

O que eu podia dizer? Peguei a carta e agradeci com os submissos acenos de cabeça que aprendi tão bem quando trabalhava como funcionária do teatro. E os sorrisinhos. Se uma mulher não sorri, a esperança de uma vida melhor está perdida.

Um trem que anda não se pode mais parar. Dou um suspiro profundo e tiro um livro didático de alemão da bolsa. *Alemão para principiantes*. Acabei de comprar na estação. Abro.

"Ich heiße Antonia Brico. Ich freue mich Sie kennen zu lernen", é a primeira frase que meto na cabeça. Os alemães têm uma letra esquisita, reparo. Eu

falo como um "b". Um passageiro solícito me explica como devo pronunciar o "ß". Como um "s" forte. E "zu" tenho que pronunciar como "tsu". Se achei que seria fácil dizer "prazer em conhecê-lo", me enganei.

Caminho por Hamburgo com a mala na mão, à procura da rua onde Muck mora. Neste meio-tempo, ensaio as frases em alemão na minha cabeça. Paro quando chego ao endereço certo. Uma imponente mansão; preciso passar por um portão para chegar à porta da frente. Por sorte, não está trancado.

Quando bato a pesada aldrava da porta, a criada abre. Ao menos, acho que esta não é a esposa de Muck, com um avental formal e roupa preta.

— *Was wollen Sie?*[13] — ela pergunta um pouco irritada.

Acho que significa o que estou fazendo aqui.

— *Ich heiße Antonia Brico* — começo no meu melhor alemão. — *Ich freue mich Sie kennen zu lernen.*[14]

A criada ergue as sobrancelhas surpresa. Meu cérebro vacila e mudo para o inglês.

— Estou aqui para ver o sr. Muck.

Sempre me surpreendo pelos europeus falarem muito mais línguas que os americanos, pois ela me responde em inglês.

— De onde você vem?

— Venho da América — respondo. Espero que isso impressione.

— Herr Muck não está em casa. De qualquer forma, ele não pode ser incomodado antes do meio-dia.

— Oh — digo completamente sem chão.

Mas então Karl Muck surge no corredor, fazendo muito barulho. Chuta um balde de zinco que a criada deixou ali.

— *Ja, Else, was ist das denn?*[15] — eu o ouço resmungando.

A criada começa a se desculpar, mas ele pôs os olhos em mim e já não escuta mais. Desce a escadinha até a porta da frente com o roupão meio aberto sobre o pijama. Está com as mãos ocupadas: em uma segura uma xícara de café e prende um jornal sob a axila, na outra balança um cigarro.

---

13. Em tradução livre: O que você quer? (N. E.)
14. Em tradução livre: Meu nome é Antonia Brico. Prazer em conhecê-lo. (N. E.)
15. Em tradução livre: Sim, Else, o que é isso? (N. E.)

Uma cicatriz brilha na bochecha direita de seu rosto astuto, um tanto encovado. Tento estimar que idade ele tem. Está lá pelo final dos sessenta?

— *Und wer sind Sie?*[16]

— Eu...

— Ela veio da América — explica a criada em inglês, pra que que eu também possa entender.

Agora Muck também muda pra língua inglesa. Ele trabalhou muitos anos em Boston, eu soube por Mengelberg.

— Não estou em casa para americanos.

Ele pode até estar de pijama, mas seus perspicazes olhos castanhos me olham bem acordados. Tiro a carta de Mengelberg da bolsa.

— Originalmente, sou holandesa. Ainda sou, na verdade — matraco —, pois nunca fui naturalizada. Trouxe uma carta de recomendação do maestro Mengelberg.

Ele dá sua xícara de café à criada, que está bem ao lado dele, e puxa a carta da minha mão.

— O que aquele idiota quer?

Ele rasga o envelope com um gesto teatral e lê depressa o conteúdo. Por duas vezes ele dá uma risada desdenhosa. Não faço ideia do porquê. Até que ele rasga a carta em pedaços e joga os papeizinhos no chão.

— Se ele chama isso de carta de recomendação, eu como meu cigarro — ele diz. Pega de novo sua xícara de café e sobe a escada.

A criada começa a fechar a porta pesada.

— Quero ser maestrina — grito para ele.

— Tenho preconceito contra mulheres — ele retruca por sobre o ombro. Nem sequer se dá ao trabalho de me olhar.

A porta se fecha na minha cara. Desesperada, junto a carta rasgada. Fiz toda esta viagem até Hamburgo a troco de nada?

Não fecho o portão quando saio em direção à rua. Então vejo, pela janela aberta na fachada da casa, que Muck anda de lá pra cá. Decido fazer uma última tentativa. Não tenho nada a perder. Então, vou até a janela, a qual na verdade não consigo alcançar porque é alta demais. Mas estou tão fora de mim que empurro uma planta que está sobre um pedestal de pedra. O vaso de cerâmica cai em cacos.

---

16. Em tradução livre: E quem é você? (N. E.)

Subo no pedestal e olho pra dentro do escritório de Muck. Vejo na parede um retrato do homem que me é tão caro.
— Ele é um amigo do senhor? — pergunto, me equilibrando no pedestal.
Perturbado, Muck vai até a janela aberta e me olha lá de cima.
— Quem?
Aponto pra foto:
— Albert Schweitzer.
Muck vira a cabeça pra foto e depois de novo pra mim.
— Temos uma coisa ou outra em comum.
Tenho que conseguir convencê-lo.
— Schweitzer foi preso na França durante a Grande Guerra não porque tivesse feito mal a alguém, mas porque era alemão. E o senhor tem preconceito em relação a mim não porque eu esteja fazendo algo de errado, mas só por eu ser americana, ou holandesa, ou mulher, ou jovem, ou porque não fumo? Eu chamo isso de falta de visão.
Muck ergue os ombros.
— Então não tenho visão.
— Em seu livro sobre Bach ele escreve que uma das caraterísticas dos artistas criativos é o fato de que esperam por "seu grande dia", e que até que esse dia chegue se exaurem na espera. Isso fala de mim.
— E então? Já está cansada?
Balanço a cabeça negativamente.
— Nem de longe. Schweitzer estava tão alucinado a ponto de desistir de sua música por uma outra vida. E eu estou tão alucinada a ponto de deixar minha outra vida pela música. Com ou sem a sua ajuda, vou ser maestrina.
Um sorriso astuto aparece em seus lábios enquanto ele acende um novo cigarro.
— Então você quer se exaurir, é o que diz?

A primeira carta que escrevo do meu quarto de pensão barato vai pra Robin:

Querido Robin, depois de perambular um pouco, acabei vindo para a Alemanha. Estou tendo aulas com Karl Muck. O nome não diz nada a você, é claro, mas ele é incrível. Tem sessenta e sete anos e mora em Hamburgo, onde é regente titular da Orquestra Filarmônica de Hamburgo. Além disso, também é há muitos anos diretor do Festival Wagner, em Bayreuth, que acontece durante todo o mês de agosto. Muck me levou como estagiária e um mundo novo se abriu para mim, pois pude assistir a todos os seus ensaios de orquestra. Até as gravações para um disco de gramofone da ópera Parsifal regida por ele.

Esse homem vive inteiramente para a música. Sua criada, Else, me contou que Muck ficou viúvo alguns anos atrás. Ele me mostrou uma fotografia de sua falecida esposa, mas me alertou que é silencioso como um túmulo sobre sua vida privada.

Meu novo mentor me deu minha primeira batuta oficial e me ensina os fundamentos da regência. Finalmente aprendo o que importa! E, ao contrário de Mengelberg, Muck me dá uma oportunidade de verdade.

Ele insistiu para que eu fizesse o exame de admissão para a Academia Real de Música, em Berlim. Por sorte, ainda deu tempo de me inscrever. O ano acadêmico ali tem dois semestres: um de inverno e um de verão. O primeiro começa em outubro. Terei que dar o melhor de mim, pois há vinte candidatos para direção de orquestra, mas eles aceitarão apenas dois estudantes. E nunca aprovaram uma mulher antes...

Não conto a ele que colei a carta rasgada de Mengelberg e a pendurei numa moldura acima da minha cama. Como lembrança. Pra que eu não me esqueça do conteúdo, caso fique em dúvida se devo escrever pra Frank. Ou não.

Frank

34

Long Island – Nova York

Olho a caixa de correio todo dia, e todo dia é uma decepção ver que não tem nenhuma carta de Antonia. Já vem acontecendo há várias semanas, embora nós tivéssemos combinado escrever um ao outro com frequência. Isso me deixa louco e tem um efeito nada agradável sobre o meu humor. Deve haver algo de errado, só não sei o quê.

Mando para a posta-restante do correio de Amsterdã as cartas que escrevo a ela. Escreveu-me dizendo que não podia me dar nenhum endereço porque talvez mudasse de hotel.

A última informação que tive dela foi por intermédio de Willem Mengelberg. Dois meses atrás, ele me enviou um telegrama com uma notícia alarmante. Ainda lembro que Shing veio trazer o telegrama ao meu escritório e como fui tomado por uma onda de pânico quando o li.

Miss Brico pede aulas de regência — ponto — O que devo fazer — ponto — Willem Mengelberg — ponto.

Aulas de regência? Não era a intenção que ela permanecesse na Holanda! Quero que ela volte. Também tínhamos combinado isso: que ela voltaria logo. Mandei Shing imediatamente ao correio para telegrafar minha resposta a Mengelberg:

Mande-a para casa — ponto — Frank Thomsen — ponto.

Agora que não tenho nenhuma notícia dela há semanas, naturalmente também tentei contatar Mengelberg para perguntar se ele sabe de alguma coisa. Mas ele está na remota Chasa Mengelberg, sua casa nos Alpes Suíços, e não recebi nenhuma resposta.

Temo que ela esteja zangada, que não queira mais voltar para mim. Infelizmente, o resultado deste medo é que meus demônios têm dado as caras com mais frequência.

Quando estive no distrito teatral hoje, passei por um músico de rua cego tocando acordeom. Vi imediatamente que era uma "vítima de gás".

Cuidei de inúmeros casos na Estação de Tratamento de Vítimas nº 11, onde trabalhei. Memórias horríveis de dez anos atrás começaram a girar com toda força em minha cabeça, como um disco riscado num gramofone em que a agulha fica presa na mesma ranhura. A ranhura da guerra de trincheiras. Não consegui desligar, voltei para lá...

O inimigo tinha começado com aquilo: o uso de gás tóxico. Embora os Aliados dissessem que a campanha de guerra era desleal, pagaram o inimigo na mesma moeda. O resultado foi um bombardeio recíproco de granadas que não estouravam, mas que faziam um leve som sibilante, após o qual gás cloro, gás fosgênio ou gás mostarda, de acordo com o conteúdo da bomba, aos poucos executavam seu silencioso efeito mortal.

No ano da tragédia do gás, quando trabalhei no posto de assistência médica, uma em cada cinco granadas de mão era de gás nervoso. Não que pudéssemos chamar aquela coisa funesta assim. O comando do Exército falava em "acessórios", como se o assunto fosse alguma bolsa feminina da moda. Os alemães chamavam de "agente de combate", o que pode significar qualquer coisa.

Para enfrentar os gases tóxicos, os soldados precisavam usar máscaras de gás e roupas de proteção nas trincheiras. As máscaras de gás já eram por si só um inferno. Tinham um clipe que trancava o nariz e era preciso prender uma mangueira entre os dentes para poder respirar, de maneira que o ar inspirado fosse "filtrado" antes de chegar aos pulmões. A boca ficava seca como cortiça.

As máscaras de gás eram feitas de um material impregnado, com um odor sufocante. Antes que se percebesse, as lentes redondas embaçavam e aí não se via um palmo diante do nariz. Os soldados praticamente sufocavam nessas máscaras, mas a alternativa era ainda pior. Tinham que fazer alguma coisa se quisessem escapar daquele assassino, de quem sentiam pavor.

E aí cientistas de armas químicas inventaram algo mais. Misturavam seu coquetel de gás de tal forma que a primeira reação dos soldados era ter uma forte vontade de vomitar, de maneira que tinham que arrancar suas máscaras. O outro gás adicionado poderia então fazer a sua parte.

Mas além de todas essas inconveniências esses "focinhos de porco" como um médico em meu departamento costumava chamar, causavam um efeito psicológico porque os soldados não pareciam mais humanos, o que fazia o inimigo, já embrutecido, ter ainda menos dificuldade de matá-los ou feri-los.

Fui incorporado a uma equipe de médicos canadenses que tinha seu posto de socorro perto de Passendale, na Bélgica. Em inglês, a primeira parte desse nome soa como *passion*, mas posso assegurar que a impressão naquele lugar era de que qualquer paixão tinha desaparecido da face da Terra.

Havia uma preparação intensiva para reconquistar a região dos alemães. Toda a área já parecia uma paisagem lunar morta, com crateras e buracos deixados nos três anos de luta naquela região.

Para piorar a situação, em agosto de 1917 começou a chover como se fosse o começo do dilúvio, o pior aguaceiro em setenta e cinco anos. As trincheiras e crateras de bombas se encheram de água, que não tinha para onde ir. Naquele lamaçal imundo, encharcado, começou a batalha que duraria meses e que custaria centenas de milhares de vidas. Os tanques encalhavam no pântano que aquilo virou e a artilharia não conseguia mais mirar com precisão devido à falta de superfícies estáveis. Portanto, foram introduzidos outros "agentes de combate".

O pior gás amplamente utilizado foi o gás mostarda. Era praticamente inodoro e a granada o espalhava num líquido amarronzado, que só causava os primeiros sintomas de envenenamento depois de horas, de maneira que, com frequência, era tarde demais para que os soldados se protegessem. Então, sua pele e vias respiratórias já tinham sido, despercebidamente, afetadas pelos produtos químicos, que começavam a arder e carcomer tudo. Com azar, um ataque de tosse descontrolado poderia levar a uma horrível morte por asfixia, em que as vítimas do gás, às vezes depois de semanas de agonia, se afogavam no próprio fluido pulmonar amarelo e viscoso.

Os ganidos das vítimas do gás atravessavam a medula e eram muito piores que os gemidos dos mais graves feridos por fogo de artilharia. Eles morriam de dor, quase tossiam seus pulmões para fora, de verdade, ou arfavam ruidosamente por um último suspiro.

Eu podia fazer muito pouco por eles, a não ser lavar suas queimaduras todos os dias e borrifar óleo ou pingar um remédio em seus olhos queimados, grudados, o que para eles era mais uma tortura. Eu só podia esperar que conseguissem aguentar ou que logo fossem libertados de seu sofrimento.

Dia após dia novas vítimas, dia após dia a esperança, dia após dia a impotência...

Era insuportável para todos.

O músico de rua também buscou refúgio na música, penso. Seus olhos podem estar cegos, mas em sua mente ele ainda vê tudo. Coloco uma boa quantia de dinheiro no chapéu ao seu lado.

À procura de distração, decido passar no In the Mood naquela noite. No fundo, tenho a esperança de que Robin possa me dar alguma luz sobre o paradeiro de Antonia.

Quando entro ali, Robin está no palco, tocando com sua banda. Antonia havia me dito que ele buscaria um substituto para ela, mas vejo que substituiu o contrabaixista e está ele mesmo ao piano.

Não demora para que ele me veja em meio ao público, em pé junto ao bar, e ponha os olhos em mim por um instante. Já entendeu que estou aqui por causa dele; logo depois daquele número, ele faz uma pausa e vem até mim.

Nós nos cumprimentamos de maneira um tanto formal e ele faz um gesto ao barman para servir dois drinques. Por causa da lei seca, isso em geral acontece de modo mais dissimulado. O barman traz dois copos de uísque. Espero que não seja nenhum *moonshine*, aquela porcaria ilegal que tenta se passar por destilado. Um pouco de torpor me cairá bem, então tomo um gole. É de uma qualidade surpreendente.

— Você teve notícias de Antonia ultimamente? — indago. Detesto o fato de que minha pergunta já demonstre quanto estou frágil.

— Ela não escreve para você?

— Não... Já há algum tempo que não. — Giro o uísque em meu copo e fico olhando para o líquido que volteia. Estou um pouco mais nervoso do que quero admitir e tento esconder isso. Então, olho para Robin. — Você tem alguma ideia de quando ela volta?

A pergunta o surpreende; posso notar imediatamente que ele está desconfiado.

— Ela escreveu que estava em Berlim — ele revela.

— Em Berlim?

— Para o exame de admissão da Academia Real.

Eu quase engasgo.

— Direção de orquestra — ele acrescenta.

Tenho que processar isso por um instante. Checo rapidamente minha memória. Ela não me disse nenhuma palavra sobre isso.

— Quanto tempo deve levar esse curso? — quero saber.

— Dois anos.

— Dois anos?! De onde ela vai tirar dinheiro?

— Essa é a primeira coisa na qual você pensa? — ele diz de modo tão superior que me sinto minúsculo.

Tento justificar meu comentário:

— Eles jamais a aprovarão.

Ele se inclina um pouco à frente.

— Você a subestima, Berlim já a aprovou. — Esse comentário vem como uma marretada, mas Robin não tem nenhuma pena. Ele ergue seu copo e faz um brinde: — À coragem holandesa. — Esvazia o copo num só gole e volta para o palco.

Minha cabeça está explodindo. Que diabo aconteceu com Antonia?

Antonia

35

Berlim

Muck me deixa fazer a "Sinfonia do Novo Mundo", a Nona de Antonín Dvořák. Ele me olha com seu eterno cigarro na mão, acompanhando o que faço através da nuvem de fumaça.

Estou contente por ele já vir tão rápido dar uma aula como professor convidado na academia. Me sinto à vontade com ele, porque o conheço bem, e me economiza a viagem de trem a Hamburgo, onde ele mora e para onde viajo com frequência nos finais de semana para ter aulas complementares com ele.

Com isso, não quero dizer que não fazemos nada na escola. Há toda uma série de disciplinas que temos que seguir, como harmonia, solfejo, composição, leitura de partitura, execução de partitura, contraponto, história da música, estudo de instrumentos, instrumentação, estética e acústica. Fazemos essas aulas em classes grandes. E eu ainda estudo piano como instrumento solo. Isso rende muitas horas solitárias de estudo. Mas, é claro, me interesso principalmente pelas seis horas de regência que eu tenho por semana – com meu colega de vinte anos.

Para compreender bem a "Sinfonia do Novo Mundo", estudei a vida de Antonín Dvořák. Tenho um fraco por sua obra, porque ele – apesar de tudo – me liga a Frank. Esse compositor tcheco, que também regia, morreu dois anos depois de eu nascer. Seu primeiro nome só difere do meu por uma letra.

E há outras semelhanças. O que pra ele era dividido entre os dois genitores, pra mim se reunia em um; seu pai era o mais velho de oito filhos, e sua mãe era uma criada. Dvořák teve que tocar em cafés pra sobreviver. Seus pais eram muito pobres. Mesmo assim, ele conseguiu transcender seu destino quando lhe foi oferecida uma chance. Uma vida assim é inspiradora pra mim, mas é principalmente a sua música que acho incrivelmente bela; portanto, farei tudo pra lhe dar vida da maneira mais perfeita possível.

Mas o ensaio é ruim. Ouvir a música na cabeça é uma coisa, conseguir que os integrantes da orquestra toquem da mesma forma é outra história. Com algumas indicações, tento fazer com que os músicos alcancem um melhor resultado, mas parece que estou falando com as paredes. A orquestra é muito reservada, quase hostil, e na tentativa seguinte a música ainda soa como uma máquina estragada em lugar da grande e impressionante América de que trata a "Sinfonia do Novo Mundo", pela qual Dvořák, durante sua primeira visita ao meu país, ficou tão fascinado. Movimento ferozmente minha batuta pra cima e pra baixo, mas sei que estou falhando. Fico até com calor.

Com um aceno de seu braço, Muck faz a orquestra parar. Antes eu tivesse a mesma autoridade natural que ele. Talvez isso venha da maneira como ele se veste, como um verdadeiro aristocrata, sempre com um terno perfeito, com um colarinho branco levantado que chega até o queixo. Ele se inclina na minha direção.

— Uma mulher diante de cem homens. O que vai fazer para conseguir que eles a sigam? — sussurra em meu ouvido.

Ergo o queixo e olho desconfiada para os instrumentistas. Suspeito que estão me sabotando, pois minhas indicações estão se esgotando. Muck sussurra de novo em meu ouvido:

— Vai optar pela abordagem suave ou pela dura?

Olho pra ele. Vejo que ele olha pra minha testa, e não pros meus olhos.

— Uma coisa, Brico: se você suar, não vai conseguir.

Ele tem razão. Sinto as gotas de suor na minha testa, mas me recuso a enxugá-las. No fim das contas, é melhor me manter firme do que demonstrar qualquer fragilidade, isso eu já aprendi. É a fragilidade que Muck tanto detesta nas mulheres. Portanto, não lhe dou essa satisfação. E isso também vale pra todos estes senhores à minha frente. Porque eles também estão suando, mas tiro da cabeça a ideia de dizer qualquer coisa sobre isso.

— O crescendo vai de pianíssimo a forte. E vocês estão tocando apenas mezzoforte. E também estava dessincronizado — digo com rigidez em alemão. O fato de que eu já fale um pouco a língua nos poucos meses que estou aqui impõe respeito.

— Isso mesmo, você deve ser uma tirana da batuta, não uma democrata — sussurra Muck em alemão.

Exatamente, uma tirana da batuta, penso. Não ganho nada dando voz aos outros. Indico a partir de qual compasso vamos recomeçar e o ensaio rapidamente avança. É assim que a música deve soar. E experimento pela primeira vez uma enorme alegria quando sinto que consegui.

Só depois que o ensaio acaba e todos os integrantes da orquestra deixam a sala, junto as minhas coisas. Gosto de ficar na academia, pois o quarto que alugo num sótão é escuro e frio. Estou planejando estudar um pouco de piano. Na escola eles têm um corredor bem longo com pequenas salas de estudo dos dois lados, umas trinta no total. Cada uma delas tem um piano.

Quando caminho pelo corredor entre as cadeiras, em direção à saída da plateia, pra minha enorme surpresa vejo Frank ali parado. Não consigo nem acreditar que ele tenha vindo da América pra me ver e tenho a impressão de que fico imóvel durante vários segundos.

Ele também aguarda. Me pergunto há quanto tempo ele já estaria ali. Quanto teria escutado da minha aula? Em seu rosto sério surge a insinuação de um sorriso. Ainda estaria feliz em me ver?

Solto minha bolsa e corro pra ele. Nós nos abraçamos e por um instante, bem breve, tudo parece bem. Mas algo me corrói e também permeia toda a minha paixão. Me solto de seu abraço e nós nos olhamos.

Ele é o primeiro a quebrar o silêncio.

— Podemos conversar em algum lugar?

Frank

36

Antonia conhece um restaurante berlinense com café anexo. Fica a poucas quadras da Academia Real. Não falamos muito no caminho. Folhas de outono esvoaçam ao nosso redor; as árvores perdem todas elas em novembro.

Ainda estou processando as impressões de como ela trabalhava em sala de aula. Senti sua admiração por Karl Muck, um homem com um passado duvidoso. Durante a Grande Guerra ele trabalhava em Boston, Massachusetts, para a Orquestra Filarmônica de Boston. Os atritos começaram quando os americanos perceberam quanto ele era nacionalista. Era a Alemanha acima de tudo. Todo o repertório que ele trazia era marcado por isso. Quando lhe pediam para executar compositores franceses, ele era bem menos inspirado.

Aparentemente, ele é amigo pessoal do imperador Wilhelm II, nosso maior inimigo na Grande Guerra. Aquele assassino recebeu asilo na Holanda depois da guerra. Mas não é mais imperador. Acharam que isso seria castigo o suficiente.

Aqui em Berlim eu hoje vi alguns na rua: rostos mutilados de ex-soldados das trincheiras. Crateras de bombas em miniatura. Numa guerra assim, só há perdedores.

As coisas não terminaram bem para Muck na América, e ele ficou tão aborrecido com isso que nunca mais aceitou pôr os pés em solo americano. Não que eu pense em convidá-lo. Aliás, ele é o típico homem que não tem consideração pelas mulheres. Elas lhe dão nos nervos, Mengelberg me contou certa vez.

E agora é bem esse homem que tem Antonia sob sua proteção. Quem poderia imaginar?

O garçom vem com o nosso pedido. Diz algo em alemão e serve uma tigela de sopa para Antonia. Vejo que é sopa de cebola. Ela olha para a sopa, afasta um pouco o prato. Mas não desiste. Para mim é servido um *schnitzel*. O garçom desaparece e eu me preparo para nossa conversa, para a qual fiz toda esta viagem de duas semanas. *Comece amistosamente*, penso com meus botões.

— Estou realmente muito orgulhoso por você ter sido aprovada. — Sorrio para ela.

— É mesmo? — ela pergunta com a necessária desconfiança.

— Sim, você bem que podia ter me escrito sobre isso.

Antonia fica calada por um instante, como se hesitasse sobre o que deve dizer, mas então ela responde.

— Tenho a carta de recomendação de Mengelberg emoldurada e pendurada sobre a minha cama. Dirigida a Muck, que odeia os americanos e acha as mulheres difíceis. Sabe o que ele escreve nela? — Olha para mim de forma lancinante.

Faço um gesto com as mãos indicando que não sei.

— Que tudo que é bom vem da Holanda, exceto eu. E não preciso ser nenhum gênio para entender quem está por trás disso.

Sinto a sua ira, ainda que diga isso com calma. Tento me desculpar, sem lhe contar exatamente os fatos.

— Eu naturalmente esperava que você fosse voltar. Na verdade, ainda espero. Eu amo você.

Vejo que isso a comove.

— É o que você pensa.

— Como você sabe o que eu sinto? — pergunto.

— Não sou adequada pra você. Olhe pros seus pais... e pros meus. Essa maldita diferença de classes. Como tiro isso da cabeça dela?

— Eu não me importo. Eu desejo você. Quero me casar, ter filhos.

Ela primeiro olha ao redor antes de responder:

— Você com certeza encontrará alguém.

— Você quer dizer que não me ama? — indago magoado.

Ela pega a colher e mexe na sopa. Tomo seu silêncio por um não. Olho para fora, vejo a beleza das janelas do restaurante, ricamente decoradas com jato de areia em estilo *art nouveau*. Então deixo meu olhar pousar nela novamente. Ela levanta a colher cheia de cebolas cozidas e prova um bocado.

— A sopa está gostosa?
— Sim… deliciosa.
— Achei que você não gostava de cebola.

Antonia continua comendo. Inclino-me em direção a ela.

— Antonia, eu preciso saber e gostaria de ouvir um sim ou um não. Se você disser sim, eu esperarei por você…

Ela para de comer. Seguro sua mão livre, que está sobre a mesa, e meu olhar penetra no seu.

— Quer se casar comigo?

Antonia abaixa a colher com a mão tremendo.

— Posso refletir a respeito?
— Você sabe o que deve escolher, não sabe? — digo um pouco irritado, pois desnudei toda a minha alma e sei que sou um bom partido para ela.

Mas ela parece estar em conflito.

— O que dói menos… — ela consegue dizer.
— Você vai dizer não. Nunca mais vai deixar esse mundo.

Meus olhos se enchem de lágrimas e sinto um nó na garganta. *Homem não chora*. Enquanto me esforço para me manter sob controle, percebo que também é demais para ela. Antonia se levanta para ir embora, pega a bolsa, mas ainda fica na minha frente por um momento.

— A esposa de Mengelberg era uma excelente cantora — diz.
— O que isso tem a ver? — pergunto.
— Agora ela não canta mais.

E então ela vai embora. Fico ali com o *schnitzel*, do qual não consigo mais comer nenhum pedaço. Ela me rejeitou.

Antonia

37

Será que fiz a escolha certa?, rebate em minha cabeça enquanto caminho pra casa. Choro demais. As pessoas na rua ficam me olhando, não consigo conter. Estou dilacerada por dentro, pois eu o amo mais que qualquer outra pessoa. O que eu deveria dizer? Tenho que desistir do meu amor por Frank? Ou da oportunidade de me tornar maestrina?

Ele é a razão de Mengelberg ter escrito aquela carta terrível, na qual ele a desqualifica totalmente, a voz da minha consciência acalma meu ataque de pânico. *Eles não queriam que você tivesse uma chance. E sabiam que você não teria uma chance. Contavam com isso. E daí você voltava. Pra ele.*

Quando chego em casa, me jogo na cama. Não sabia que podia soluçar tanto. É como se toda a minha tristeza acumulada agora viesse à tona. Passam-se horas.

Só quando penso naquela sopa de cebola idiota consigo me acalmar um pouco. O que deu em mim para pedir a sopa do dia sem perguntar qual era?

— *Zwiebelsuppe* — disse o garçom quando me serviu o prato.

Eu ainda não tinha aprendido aquela palavra. E nem de longe se parece com cebola. Mas o meu estado de ânimo era tal que nem senti o gosto daquelas cebolas horríveis. Reflito sobre a capacidade humana de desativar os sentidos.

Olho para as fotos de Schweitzer que preguei no meu armário (as de Mengelberg eu rasguei). Penso nos trajetos a remo com duração de horas que nativos africanos faziam sem se cansar. Simplesmente porque tinham um objetivo maior em vista.

Será que eu também consigo? Trabalhar até cair? Será que sou louca? Escrava do meu entusiasmo? Reflito sobre o que Schweitzer escreveu sobre isso. E me dou conta: eu sou livre.

Recaio sobre o único mecanismo que conheço e que nunca me deixou na mão: trabalhar duro. Sou tão fanática que estou na porta da academia às sete da manhã, seis dias por semana, e o porteiro sempre tem que me enxotar às sete da noite, porque ele também quer jantar.

Mas à noite, quando estou sozinha no quarto do sótão, posso ficar horas na cama totalmente apática, olhando pro teto. Então, surgem os pensamentos dos quais posso fugir durante o dia. Nunca senti tanta tristeza.

O inverno vai chegar. E em Berlim ele não é menos frio que em Nova York. Já faz semanas que sopra um vento leste siberiano, tão frio quanto meu coração congelado. A corrente de ar passa por todas as frestas do meu quarto, onde apenas um lambril e algumas telhas me separam do clima lá de fora. Não tenho dinheiro pra comprar carvão, então uso meu casaco aqui dentro também. Preciso me virar.

Com esse frio, os domingos são os piores dias, porque então a escola está fechada. Mesmo assim, não saio da rotina que já tinha instituído, antes da visita de Frank, de ir duas vezes por mês com o trem pinga-pinga até Hamburgo nos finais de semana. Um trajeto de mais de duzentos e cinquenta quilômetros, que agora é feito por uma ferrovia coberta de neve e gelo.

Quase morro de frio no caminho, porque as cabines da quarta classe não têm aquecimento, eu não como o suficiente nem tenho roupas apropriadas. Na casa de Muck tenho a chance de me aquecer. Sua criada, Else, cutuca a lenha na lareira para aumentar o fogo quando me vê tremendo, e Muck tem uma energia tão indomável que nem tenho tempo de pensar em adversidades. Chego então na segunda de manhã, às seis horas, em Berlim, de maneira que às sete posso estar na entrada da academia para desejar *guten Morgen* ao porteiro.

Bem, é verdade que nesses dias tenho maior dificuldade em manter os olhos abertos durante as aulas.

As viagens pra Hamburgo – por mais que eu vá da forma mais barata – fazem um buraco no meu orçamento e chega o dia em que tenho que reconhecer que atingi o fundo das minhas economias. Todo o dinheiro que poupei acabou.

Descubro isso quando só encontro uma casca mofada na lata em que guardo pão, e não há mais nenhuma moeda no potinho do armário pra comprar outro. Estou completamente sem dinheiro e nem tenho como apertar mais o cinto.

Em caso de emergência, posso procurar o refeitório social, onde pessoas pobres comem de graça, mas na verdade fica muito longe daqui. Também é preciso esperar um tempão na fila; até chegar a sua vez, os dedos dos pés estão tão congelados que a fome desaparece. E depois ainda é preciso voltar todo aquele caminho escorregando nos pés estropiados e cuidar pra não quebrar o pescoço. A longo prazo, o refeitório social não é uma solução.

Acho que eu deveria procurar um emprego como babá no horário noturno. Fiz isso muitas vezes durante meus anos de escola secundária. Ainda sei muito bem como acalmar um bebê aos berros. Consigo fazer até sem piano. Decido tratar disso amanhã mesmo e pego o livro Minha infância e mocidade, do professor Albert Schweitzer, que eu estava lendo.

"A grande arte consiste em: ser capaz de lidar com a decepção", leio. Que poder de premonição.

Bem naquele momento, levo um susto com batidas fortes na porta. Fecho o livro e abro a porta. É a minha senhoria, que me entrega uma carta com uma expressão triunfal no rosto. Já leu quem é o remetente faz tempo, é claro.

Posso suportar seus eternos bobes no cabelo, mas não a sua curiosidade doentia. Fica sempre bisbilhotando quando bate na minha porta pra entregar a correspondência. Não quero que ela veja as páginas de partituras que pendurei em todas as paredes e no teto de madeira pra me cercar de música. As anotações em vermelho e azul que faço com lápis de cor não são da conta dela, mesmo que eu saiba que aquilo pra ela é chinês. Não quero que ela veja minhas roupas gastas secando no varal que eu mesma fiz no meu quarto, então abro só uma frestinha da porta. Ela mexe o pescoço como uma galinha pra tentar espiar aqui dentro.

A carta é do Deutsche Bank, a última instituição da qual eu esperaria uma correspondência. E minha senhoria também sabe disso. A curiosa fica parada na porta, esperando até que eu abra a carta. Tento fechar a porta e percebo tarde demais que o pé dela está bem ali. Infelizmente ela não está de sapatos, mas com pantufas molengas. Ela grita de dor. Os outros inquilinos vêm para o corredor pra ver o que está acontecendo. Agora que ela tem uma plateia, berra mais alto, mais ainda quando descobre um furo na meia.

A senhoria fica extremamente indignada e me culpa por seu infortúnio. Começa sem mais nem menos a arrancar os bobes do cabelo. Por que eu não sei, talvez ela se sinta uma palerma, agora que todo mundo está olhando. Alguns caem no chão e ela grita que eu tenho que pegá-los. Exatamente como a minha madrasta, que também poderia fazer uma cena assim. Portanto, estou bem treinada pra lidar com isso.

Digo a ela num tom calmo que a partir de agora deve colocar a minha correspondência por debaixo da porta. A fresta sob a porta, nesta casa onde o vento até encana, é grande o suficiente. Fecho a porta na sua cara e ouço quando bate em retirada resmungando. Abro a carta do banco com os dedos nervosos.

— O senhor pode dizer que o cheque vem da América, mas não quem é o emitente? — pergunto ao funcionário do banco à minha frente pela enésima vez. Ainda não consigo acreditar que recebi uma quantia tão grande de dinheiro.

O funcionário do banco começa a perder a paciência.

— Como já falei: isso é confidencial.

Abaixo e levanto em frente ao balcão do guichê e espio seu rosto por trás da grade de ferro, como se fosse encontrar ali todas as respostas.

— Deve ser de Frank Thomsen — falando seu nome em voz alta, sinto minha tristeza, já tão familiar, correr por todo o corpo. Mesmo que minha vida dependesse disso, não consigo me livrar dessa dor.

O funcionário do banco me olha um instante por cima de seus óculos de meia lente, depois continua a contar o dinheiro.

— Do seu pai, então? Sr. Thomsen?

Ele se inclina em direção a mim e sussurra com voz suave, como se estivesse indo muito além do que devia:

— A única coisa que posso lhe dizer é que ele vem de uma mulher que apoia as artes.

— Uma mulher que apoia as artes? — repito surpresa. Não faço a menor ideia de quem possa ser (e a sra. Thomsen me parece fora de questão), mas desisto da especulação.

Posso fazer tantas coisas com esse dinheiro. Comprar um casaco novo, por exemplo. Isso está no alto da minha lista. E agora também posso comprar carvão pra estufa e não preciso mais passar frio na fila do refeitório social. Penso em todas essas coisas enquanto vou pra casa com a bolsa recheada de dinheiro.

Mas a melhor aquisição que faço com esta doação misteriosa é comprar um piano de segunda mão. Minha senhoria não sabe o que dizer quando o piano chega com cavalo e carroça. Os entregadores içam o colosso, bem protegido, habilidosamente com cabo e o puxam pela janela do sótão. O amortecedor pras cordas já está pronto. Não posso receber rapazes nem ter animais de estimação, mas o contrato de aluguel não diz nada sobre instrumentos musicais.

Antonia

38

Berlim, 1929

Passaram-se as festas de final de ano. E, como de costume, o novo ano começou com um frio glacial. Felizmente estou na academia. É intervalo de almoço na escola e estou num camarote da sala da orquestra comendo minha refeição com palitinhos. Encontrei um restaurante chinês aqui em Berlim onde posso comprar uma refeição pra levar, e costumo fazer isso com frequência. Não é tão gostosa como a do sr. Huang, mas mesmo assim.

Faz um ano inteiro que já não tenho mais preocupações financeiras. Os cheques misteriosos continuam a vir. Volto ao banco a cada trimestre pra descontá-los. Ainda não consigo acreditar que existe alguém neste mundo que me apoia. E ainda por cima uma mulher.

Olho pras esculturas que emolduram o palco; figuras femininas, um pano nos quadris, seios nus, rostos de traços finos, cabelos exuberantes. Apoiam com a cabeça e os braços os camarotes da frente, o lugar de honra dos ricos. São chamadas cariátides. Berlim está cheia delas. A arquitetura gosta de usar essas mulheres, que suportam um peso enorme e ainda parecem muito graciosas.

Ouço a tosse de fumante de Muck antes que ele entre no meu camarote e me jogue um jornal. É difícil não ver a enorme manchete:

LISA MARIA MAYER, PRIMEIRA MULHER
A REGER A FILARMÔNICA DE BERLIM

— Tinha que ser você. Não uma tia vienense qualquer — diz Muck, agitando seu cigarro nervosamente.

— Esta "tia" quer a mesma coisa que eu.
— A Filarmônica de Berlim não tem nenhuma confiança nela — rosna Muck. — O marido da sra. Mayer teve que pagar cinco mil marcos do próprio bolso pela orquestra mais a sala.

Isso é uma montanha de dinheiro, eu sei muito bem.

— Portanto, ele está frito se não aparecer uma alma viva pra assistir? — pergunto.

Muck inala profundamente e leva todo o tempo do mundo pra expirar a fumaça.

— Preste atenção no que vou dizer: é o seu futuro. Quer ir? — Ele põe a mão com os dedos amarelos de nicotina no bolso da calça e faz surgir uma pilha de ingressos grátis. — Aqui, última fila. Posso distribuir. Eles não querem uma sala vazia.

Claro que eu vou. Vê-la é o que eu mais quero. Li o artigo inteiro e fiquei curiosa sobre o que ela vai executar. A Quarta Sinfonia de Beethoven, e depois uma composição própria: "Kokain".

Lisa Maria Mayer na verdade é compositora, oito anos mais velha que eu. Quando ainda era criança, seu pai mostrou peças dela a Gustav Mahler para testar se sua filha era de fato uma criança prodígio como todos diziam. O veredito de Mahler foi que Lisa seria louca se não dedicasse sua vida à música.

Muck está mais chateado do que eu por eu não ser a primeira mulher diante da famosa Filarmônica de Berlim. E eu compreendo sua frustração. Naturalmente, isso gera muita publicidade, podemos perceber. Se eu for a segunda, refletirá menos nele.

Ainda assim, percebo que isso me surpreende. Por que é tão especial que uma mulher esteja no pódio? Por isso ser algo que nunca acontece? O que importa não é seu desempenho? O critério teria que ser esse, não o fato de ser mulher. E ainda não pudemos avaliar seu desempenho.

Acabo de vestir minha melhor roupa pra ir ao concerto de Frau Mayer quando um envelope passa por baixo da porta. A senhoria não ousa mais bater.

Na verdade, meu primeiro pensamento é que seria outra vez uma carta do Deutsche Bank. Quando vou até a porta, percebo como os flocos de neve que caem lá fora fazem uma sombra na minha parede. Como se nevasse aqui dentro também.

Pego a carta e vejo o remetente: Robin Jones! Mesmo que já esteja um pouco em cima da hora pro concerto de Frau Mayer, abro a carta imediatamente. Sorrio ao ver as fotos que ele enviou, nas quais está radiante entre os músicos da banda e as dançarinas. Então, desdobro a carta.

O que eu leio me provoca um choque. Robin formulou com cautela, mas a notícia é que Frank Thomsen ficou noivo de Emma. O problema não é que se trate dela, mas aquilo foi como uma punhalada em meu coração. Me sento na cama desconcertada. *Ele é meu*, lampeja em minha cabeça. *Ridículo*, penso um pouco depois; afinal, quem foi que o dispensou? Não consigo mais pensar normalmente, ao que parece; minha emoção prevalece sobre a razão.

Estou muito agitada e cedo ao impulso de escrever imediatamente uma carta a ele na qual imploro pra que me dê mais uma chance e não se case. Apelo à sua palavra de que queria esperar por mim e prometo a ele que voltarei pra América logo depois do meu exame final.

Os papéis amassados vão se acumulando na minha mesa de jantar, pois é claro que não consigo encontrar o tom certo. Dramática demais, suplicante demais, desesperada demais, reivindicativa demais, histérica demais. Como se estivesse em transe, recomeço mais e mais uma vez.

Quando finalmente termino, olho pro relógio. Não vou me acalmar até que esta carta esteja na caixa de correio. Se fizer isso agora, ainda consigo ver a segunda parte do concerto.

Começou a nevar ainda mais. Me apresso pra chegar à Filarmônica, na Bernburger Straße. No caminho, ponho minha carta pra Frank na caixa de correio.

Por sorte não fica longe. Quando me aproximo do teatro com asas laterais semicirculares, vejo alguns homens saírem bastante agitados. Volto aos meus sentidos. Ainda não pode ter terminado, será? Tinha esperança de poder entrar no intervalo.

Quando entro no teatro, passo por mais senhores irritados de smoking. Comentam o concerto com vozes raivosas. Em meio à gritaria, ouço coisas como: imprestável, escandaloso, que vergonha, e algo sobre fraude. Estão indo em direção à saída. Me chama a atenção o fato de que todos usam um cravo vermelho na lapela. Alguns deles acenam com um envelope na mão. Por acaso penso em minha carta, na qual labutei tanto. Tudo ao meu redor parece estar relacionado a cartas esta noite.

Ao entrar no auditório, vejo que não estava tão vazio quanto Muck imaginou que ocorreria. O público não está mais sentado, levantou-se pra vaiar Frau Mayer. Ela ainda está de costas pra plateia e faz uma barafunda das notas de Beethoven. A orquestra está num trecho bem complicado, tenho que admitir: o começo do quarto movimento. Pra manter a sincronia, instrumentistas e maestro precisam de extrema concentração. Estou surpresa por continuarem tocando. Talvez Frau Mayer esperasse que a música acalmasse o clima na plateia?

A vaia se torna cada vez mais forte. Frau Mayer abaixa sua batuta e se vira desesperada pro público. A ira dos espectadores é tão ameaçadora que ela desmaia; os dois violoncelistas perto dela conseguem livrar seus valiosos instrumentos por um triz.

Alguns membros da orquestra pedem que a plateia se comporte. Tudo em vão; a comoção só se agrava. O público que restou agora sai indignado de suas fileiras.

Um pouco mais adiante, vejo Muck parado. Começo a andar contra a corrente em direção a ele.

— Deus do céu, ela está sendo massacrada — comento chocada quando finalmente chego perto dele.

Muck balança a cabeça:

— Eles só querem o dinheiro deles de volta.

— Ela foi tão ruim assim?

Ele ergue os ombros.

— Na melhor das hipóteses, medíocre. Mas eles querem o dinheiro deles de volta porque foram atraídos até aqui com um falso anúncio de casamento: viúva rica procura marido. Criado pela própria Frau Mayer.

Olho pra ele boquiaberta.

Nós dois temos que dar um passo pro lado porque Frau Mayer está sendo carregada, inconsciente. Os carregadores da maca passam bem perto de nós. Olho pra ela. Está pálida como um cadáver. Em seguida, olho pras pessoas ao nosso redor. Ninguém tem compaixão. Aquilo me deixa assustada. Muck percebe.

— Você é a próxima — ele diz com aquele seu risinho irônico que conheço tão bem. — Ainda tem coragem?

Quando finalmente saímos, vemos que a polícia foi chamada. Os cavalheiros lesados contam furiosos a história sobre a fraude. Espero que a neve que cai consiga resfriar um pouco as emoções acaloradas.

Muck, que logo é cercado por músicos que conhece, me convida pra beber uma cerveja com eles num bar. Eu recuso. Primeiro porque não bebo álcool, e segundo porque quero ir pra casa. Chegando lá, jogo fora os papéis amassados de todas as cartas mal escritas e calculo pela enésima vez que não posso esperar resposta em menos de vinte ou trinta dias.

O drama de Frau Mayer não terminou naquela noite. Parece que tudo e todos se atropelam cheios de indignação. Não há um só jornal em Berlim que não traga o desastroso concerto na primeira página. Por causa do anúncio falso, o concerto é desdenhosamente chamado de "concerto de casamento". Que ironia ter que ouvir este termo ao meu redor o tempo todo, logo um dia depois de ficar sabendo do noivado de Frank, mas deixemos isso de lado.

Nos corredores da academia, onde o escândalo do concerto também é o assunto do dia, fico sabendo que Frau Mayer está sendo assediada por jornalistas e fotógrafos em seu hotel, mas que sabiamente se mantém distante por estar enferma. No entanto, parece que um jornalista conseguiu falar com ela, pois no dia seguinte surge uma longa entrevista no jornal na qual ela diz que é tudo uma questão de inveja; homens simplesmente não aceitam que ela, como mulher, tenha regido a orquestra mais famosa da Europa.

O marido de Frau Mayer, cujo sobrenome é Gaberle, é detido pela polícia. Ele mesmo não acha que tenha sido uma fraude; sua única preocupação era o sucesso artístico de sua amada esposa. Queria apenas atrair espectadores, por isso fez uso deste artifício incomum. Qual o problema? Ele se oferece pra devolver o dinheiro da entrada às pessoas que se sentiram enganadas.

O histórico matrimonial dos dois cônjuges agora está sob escrutínio. A partir de agora, Frau Mayer passa a ser chamada de Frau Gaberle nos jornais. Logo sinto o gosto amargo de que a imprensa é da opinião de que Lisa Maria Mayer tem que ficar sabendo qual o seu lugar; ela pode ser uma artista, mas antes de mais nada deve se manter subordinada ao marido.

"Frau Gaberle" insiste em dizer que não sabia de nada e que, portanto, é inocente. Quando os jornalistas confirmam isso, porque seu marido assume toda a culpa, ela lamenta e diz se sentir tão arruinada por ele que pensa em pedir a separação. "Frau Gaberle vai se separar" aparece um dia depois em letras garrafais na primeira página.

Isso não cai nada bem ao público, e a imprensa agora aponta suas armas para "Frau Gaberle". É simplesmente impossível para um homem honroso ser casado com uma artista; primeiro seu marido faz de tudo pra que ela se sentisse feliz e a mal-agradecida agora quer se separar dele! A pobre Frau Mayer não sabe como fazer pra retirar seu pedido de separação publicamente e o mais rápido possível.

Tenho que admitir sinceramente que estou chocada com a enorme confusão em que Lisa Maria Mayer se meteu. Na escola, noto que meus colegas estão do lado de Herr Gaberle. Suspeito que também falem mal de mim pelas costas, porque as conversas silenciam quando eles me veem. Isso me deixa insegura e me corrói por dentro.

Certa noite, desabafo numa longa carta a Robin na qual a primeira coisa que faço é agradecê-lo muito por ter me informado sobre o noivado de Frank e peço que continue a fazer isso. Depois, relato detalhadamente os últimos acontecimentos e, como acorde final, conto sobre as críticas com as quais Frau Mayer teve que lidar.

Robin, as resenhas foram todas devastadoras! A mulher que segundo Gustav Mahler tinha que dedicar sua vida à música realmente não se saiu nada bem. E se você quiser de fato saber como jornalistas podem ser maldosos, isso é o que o Berliner Morgenpost escreveu: "É difícil apreciar Lisa Maria Mayer criticamente como maestrina. Em resumo: como é imprestável, não há o que apreciar".

Os jornais a chamam de um bom metrônomo em forma de gente, sem nenhum senso artístico. E ainda escrevem que Frau Mayer marca os compassos como um rígido militar, o que apenas reforça a aversão natural a maestrinas.

De qualquer forma, não consigo entender esse último comentário, pois, se ela conduz de maneira tão masculina, por que não é bom?

Mas os críticos não precisam se preocupar com isso. Essa mulher foi bombardeada unanimemente por eles como uma mosca. Depois do que aconteceu, ela nunca mais conseguirá se reerguer. Não posso nem imaginar que um dia também estarei no pódio e serei avaliada por eles. Passo mal só de pensar...

Solto minha caneta. O que foi mesmo que Muck disse? É o meu futuro.

Robin

39

Nova York

Deus nos livre uma mulher fazer sucesso. Basta que ela se destaque e imediatamente lhe cortam a cabeça, enquanto homens são incensados por qualquer peido que soltem.

Penso com frequência na carta de Antonia sobre Frau Mayer, pois esse tipo de coisa também acontece com nosso imitador feminino, Miss Denise. Antigamente, suas apresentações sempre eram vistas como "um triunfo na arte da imitação"; agora, seus tipos femininos estão constantemente sob uma lente de aumento e ele começa a perder prestígio junto ao público.

Desde o último ano vem sendo sugerido com cada vez mais frequência que Dennis é homossexual. Pois que outro motivo um homem teria para vestir roupas femininas e imitar tão bem uma mulher que mal se pode diferenciar?

E agora Dennis tem um problema, pois neste país a homossexualidade é proibida pela lei de sodomia.

Para piorar a situação, políticos nova-iorquinos falam em interditar shows desse tipo por causa de sua "perversão". Além da proibição a bebidas alcoólicas, pode vir ainda mais essa. Mas por enquanto, por sorte, isso ainda não aconteceu, e só nos resta rezar para que aqueles acima de nós se distraiam com alguma outra coisa e que este perigo seja afastado.

O que não altera o fato de Dennis ficar bastante depressivo e tentar agir – fora dos seus números no palco – de maneira excessivamente masculina. Ele já nem fuma mais cigarros, bufa charutos; está bebendo com mais frequência, está mais agressivo no linguajar quando alguém diz algo de que ele não gosta, e chega a partir para a briga quando as coisas fogem de controle. E tudo isso para manter uma fachada masculina. Para completar, ontem ele veio me contar que ficou noivo. Fiquei boquiaberto. Dennis! Que nunca olhou desta maneira para as mulheres. Claro que logo lhe perguntei de quem, mas ele desconversou e disse que em breve eu conheceria a senhorita em questão. Pois é. Um gato acuado dá saltos estranhos.

Será que os *Loucos anos 1920* realmente estão acabando? De repente tudo está ficando preto. Nos últimos dias de outubro vivemos em uma única semana a *Black Thursday*, a *Black Monday* e a *Black Tuesday*.[17] Wall Street quebrou. Os investidores estão se desfazendo de suas ações em total pânico, fazendo com que as cotações caiam, caiam e caiam. Todo mundo parece ter ficado louco, tem gente até pulando de arranha-céus porque não consegue lidar com suas perdas. Eu também não deveria correr tanto risco, mas acho que Miss Denise está segura por enquanto.

---

17. A quebra, ou *crash*, da bolsa de valores de Nova York, ocorrida em 1929, teve início na quinta-feira (*Thursday* em inglês), 24 de outubro de 1929, se estendeu até dia 28 de outubro, segunda-feira (*Monday* em inglês), e atingiu o ápice na terça-feira (*Tuesday* em inglês), tendo como consequência a maior crise financeira da história (desemprego em massa, falência de várias empresas e pobreza) e abalando países no mundo todo. Informações obtidas em MARKS, Julie. What Caused the Stock Market Crash of 1929? *History*, 13 abr. 2018. Disponível em: https://www.history.com/news/what-caused-the-stock-market-crash-of-1929. Acesso em: 7 dez. 2020. (N. E.)

Antonia

40

Berlim

Sinto alguém me tocando. Abaixo minha batuta e olho espantada pro culpado. A orquestra fica em silêncio e a soprano platinada, Martha Green, que eu já tinha reparado que olhava um tanto admirada ao que me acontecia, também se cala. Estamos no meio do primeiro ensaio com a Filarmônica de Berlim e eu estou extremamente concentrada. Por isso, só agora percebo que tem um alfaiate tirando minhas medidas com uma fita métrica enquanto estou no pódio trabalhando.

— Que diabo o senhor está fazendo? — pergunto perplexa.

— Tenho que fazer um vestido para a senhora — o homem responde rabugento.

Antes que eu possa dar uma resposta, a soprano se intromete.

— Um vestido? — ela pergunta. — Assim teremos dois vestidos no palco. — Seus lábios com batom vermelho fogo fazem beicinho.

Olho pra ela friamente.

— Sim, e daí?

— Eles têm que olhar para mim, eu sou a solista.

Antes nunca a tivesse convidado. Não dou a mínima pro queixume dela sobre o vestido – mesmo que eu estivesse usando trapos no pódio, ainda assim acharia ótimo –, mas a concentração dela deixa muito a desejar e isso, sim, me preocupa.

— Posso vestir o mesmo que eles vestem. — Aponto pros integrantes da orquestra.

O alfaiate fez bom uso da interrupção, anotando mais medidas, e diz que já terminou. Tudo isso decerto faz parte.

Karl Muck trouxera as boas-novas. A Filarmônica de Berlim, em parte graças aos seus esforços, tinha dado sua aprovação. Eu poderia fazer meu concerto de estreia.

Me formei como regente de orquestra pela Academia Real em setembro. Para finalizar a formação, nós – os dois únicos estudantes desta disciplina – tínhamos que reger uma peça. Pra isso, tivemos sete ensaios. Meu colega de turma reclamou que era muito pouco, mas eu fiquei de boca fechada. Se eu fosse protestar, eles imediatamente atribuiriam isso à minha fraqueza como mulher, portanto fui cuidadosa. Os professores estavam presentes aos ensaios, mas não se intrometiam em nada. Agora cabia a nós fazer o melhor.

Eu escolhi "A canção do herói", de Dvořák. Felizmente, minha execução foi considerada boa e recebi meu diploma. Agora eu podia – assim como Muck – ter oficialmente o título dra. diante do meu nome: dra. Antonia Brico. Ah!

Mexeu comigo ter encerrado esse período. Apesar do fato de ter exigido tudo de mim, aqui eu me senti como um peixe dentro d'água.

Fiquei emocionada ao me despedir dos meus professores. Vários deles eram artistas conhecidos, ligados a grandes orquestras e companhias de ópera. Só evitei mesmo um professor. Apenas pra me resguardar, porque ele provavelmente ignoraria minha mão estendida. Durante dois anos, ele invariavelmente cumprimentava a classe dizendo: "Bom dia, meus senhores", mesmo que eu estivesse sentada bem na frente dele e fosse impossível não me ver.

Quando ele fazia uma pergunta à classe e eu levantava a mão, ele nunca me deixava responder. Mesmo que eu fosse a única entre todos os homens que mantivesse a mão erguida, ele não conseguia me reconhecer como estudante.

Mas, bem, agora eu tinha me formado como regente, a primeira mulher e também a primeira americana. Este último fator com certeza tinha sido usado por Muck em meu favor.

Continuo o ensaio de "Ah! Perfido", de Beethoven. Martha Green entra ligeiramente fora do tempo. Me pergunto como ela consegue ter tão boas referências; acabou de cantar no La Scala, em Milão, e assim como eu quer se tornar conhecida, mas aqui comigo não está se saindo nada bem.

"Seja misericordioso, não diga adeus, o que farei sem você?", ela canta em italiano. Infelizmente, tenho que parar de novo. Isso também a irrita, eu percebo, pois ela olha pro seu relógio com um gesto exagerado, de maneira que todos possam ver.

— Você tem que ir a algum lugar? — pergunto em inglês à minha compatriota americana.

— Já que você perguntou. Sim. — E dá um suspiro profundo. — Tenho que pegar o trem para Milão.

— O quê?

Os músicos da orquestra observam curiosos como a conversa vai se desenrolar. E isso é exatamente o que não darei a eles: uma cena ordinária de rivalidade feminina.

— Este ensaio está planejado até as cinco horas. Se tudo correr bem, você pode ir embora logo em seguida — digo de maneira profissional.

Seu nível de concentração aumenta e o ensaio transcorre sem problemas. Paro alguns minutos antes do tempo previsto, pois quero conversar com Martha em particular. Ela sai rápido como uma flecha, mas consigo ser mais ligeira, pois ela ainda precisa pegar sua mala no camarim. Eu a paro no corredor.

— O que você quis dizer com "pegar o trem para Milão"? Você não pode ir embora!

— Você se esqueceu do feriado?

Claro que eu sei que amanhã é *Silvester*, que é como os alemães chamam o último dia do ano. Talvez eu esteja sozinha no meu quarto repassando as partituras mais uma vez.

— Tem outro ensaio planejado para o dia três de janeiro — digo.

— Ainda não estarei de volta — ela fala com frieza.

— Mas é necessário.

— Você pode ensaiar as outras peças, não pode? Eu volto no dia sete, com tempo de sobra para o dia dez.

Em parte, ela tem razão. Schumann e Händel também estão no programa. Ela, não.

— Você tem uma apresentação em Milão? — eu indago.

— Não, tenho um compromisso com meu namorado, que mora lá.

Será que eu não faria o mesmo caso se tratasse de Frank?, me questiono. Sinto uma ponta de inveja.

Martha sai apressada.

— Se cuide! — grito pra ela.

Ela ainda se vira rapidamente:

— Claro — ela responde e seu rosto fica radiante. — Estamos tão apaixonados!

Quando chego em casa, não tem nenhuma carta de Frank. A decepção é maior hoje do que em outros dias, embora isso venha acontecendo durante todo esse último ano. Será por meus nervos estarem tão tensos em razão da proximidade do meu concerto de estreia?

"Você sabe, meu amado ídolo, eu morrerei de tristeza", a ária de Beethoven ressoa na minha cabeça. Beethoven, que não se deixava abater por nada. Beethoven, que com a complexidade de sua música foi a razão pra que a profissão de regente se tornasse necessária. Beethoven, que sempre desafiou seu destino. Frank, eu morrerei de tristeza. Por que você não me escreve?

As "festividades" quebram o ritmo de trabalho no qual eu tanto me agarro. Sempre odiei. Quando eu era criança, sentia a excitação nervosa de outras pessoas; tinha decoração de Natal na escola e nas vitrines das lojas, e nas ruas se viam pessoas arrastando pinheiros pra casa, mas na nossa casa não fazíamos nada disso. Nada de árvore de Natal – minha mãe ficava horrorizada com a ideia de que as folhinhas pontudas caíssem pelo chão –, nem ganso no jantar, como é o costume aqui na Alemanha. A magia da festa de Natal não fez parte da minha infância. O mesmo vale pro Ano-Novo. Nunca vivenciei o estouro de fogos de artifício.

É claro que eu percebia que estava perdendo alguma coisa, e a ânsia por essa perda me deixava angustiada. Minhas unhas sofriam ainda mais. Depois que ganhei meu piano, eu tocava músicas de Natal que ouvia na escola. Era a única coisa que eu podia fazer pra trazer pra casa um pouco da atmosfera natalina. Mas me sentia ainda mais solitária com isso. O que é o Natal se não se pode compartilhar com ninguém?

Só me sentia alegre de novo quando via as carcaças das árvores de Natal na rua, jogadas no lixo para que o meu pai varresse.

Com um humor estranho, decido ir para um café qualquer na noite de Ano-Novo. Me sento numa mesinha e fico observando. As pessoas ao meu redor estão festejando. As canecas de cerveja são enormes. Eu fico só com um copo d'água.

A centrífuga na minha cabeça começa de novo a girar – passei a chamar assim meus pensamentos sobre Frank, porque tenho muita dificuldade de fazê-los parar. Por que a oferta da Filarmônica de Berlim tinha que aparecer exatamente no momento em que nada mais me impedia de voltar pra América? Eu já tinha escrito várias vezes a Frank, mas ele não reagia às minhas cartas, e isso me deixou em dúvida.

Talvez tenha se incomodado com a avalanche de correspondência que eu enviei? Deixado as cartas sem abrir? Convenci a mim mesma de que um noivado pode durar anos e também pode ser desfeito. Eu ainda tinha tempo. E, além disso, Robin não tinha avisado nada sobre um casamento iminente.

Também havia as notícias alarmantes sobre a quebra da bolsa americana no fim de outubro, que ainda estão todos os dias nos jornais. As cotações das ações e títulos tinham despencado. Bancos e fábricas faliram em massa. Talvez a família de Frank seja uma das prejudicadas? Até as pessoas comuns parecem ter perdido suas economias suadas porque tantos bancos faliram.

Minha madrasta provavelmente vai escapar dessa; ela guarda todas as economias dentro de casa, num lugar secreto até pra mim. Mas o que realmente me preocupa é que o desemprego está aumentando rapidamente por lá. Digo a mim mesma que tenho motivos suficientes pra continuar na Alemanha e me dedicar cem por cento ao meu concerto de estreia.

Mas sinto tanta falta de Frank. Será que ele vai assistir aos fogos de artifício com sua noiva? Me dá náuseas só de pensar.

À medida que o relógio se aproxima da meia-noite, todos ficam mais barulhentos e desenfreados. E eu fico só sentada aqui, como uma lagarta presa e sem vida em seu casulo. Ninguém me conhece. Ninguém nunca ouviu falar de mim. Ninguém se importa de eu estar sentada aqui. Anonimato pode ser saudável, mas não hoje.

Antes que o relógio bata meia-noite, já estou em casa e mergulho ainda mais na minha patética autocomiseração.

Antonia

41

Berlim, 1930

Enquanto toda a Alemanha está fazendo faxina e as donas de casa e governantas usam batedores para tentar livrar seus tapetes persas de todas as agulhinhas de pinheiro, eu subo no pódio. Posso respirar aliviada de novo, os ensaios são retomados.

Desejei a todos os músicos *einen guten Rutsch*, como dizem aqui quando fazem votos de um próspero ano novo a alguém. Eles têm que saber que penso neles quando à noite me sinto solitária e a tristeza ameaça tomar conta de mim. Pois é uma alegria trabalhar com eles.

Seu regente titular é Wilhelm Furtwängler, conhecido por reger com a tranquilidade de um sacerdote – frequentemente de olhos fechados, como se estivesse rezando –, o que só é possível quando se conhece a partitura de cor; portanto, isso já diz o suficiente. Sua aparente tranquilidade, no entanto, também pode se inflamar num rompante de cólera; eu já tinha vivenciado isso algumas vezes durante suas aulas na academia. Ele então falava com tal arrebatamento que quem se sentava na frente precisava de um guarda-chuva. Eu sempre me sentava no fundo.

Chuva ou sacerdote, o homem é uma lenda. Os movimentos de sua batuta parecem totalmente incompreensíveis, mas os integrantes desta orquestra são tão magistrais que ele atinge o ápice. Prefiro não pensar muito no fato de que os músicos da orquestra com certeza têm que se acostumar comigo. No entanto, também tenho a sensação de que eles me aceitam como sua maestrina.

Por isso, o golpe é ainda mais forte quando Muck aparece de manhã – eu ainda de estômago vazio, pouco antes do início do último ensaio – trazendo alguns jornais.

— Você já viu? — ele pergunta.

Leio as manchetes gritantes que são mais eficientes em me acordar do que o café que acabo de pedir.

UMA MULHER NÃO TEM CONDIÇÕES
DE REGER A FILARMÔNICA DE BERLIM

e:

MULHERES SÃO INAPTAS COMO REGENTES

Meu nome não é sequer mencionado no título. E, naturalmente, no artigo é traçado um paralelo com a apresentação de Frau Mayer, há exatamente um ano.

Eu não esperava que me abraçassem, mas fico chocada com a hostilidade nessas matérias. Muck percebe.

— Querem ver você fracassar... — Ele me olha sério, para logo em seguida continuar, animado: — Mas a boa notícia é: os ingressos estão esgotados.

Ele pode dizer isso de uma maneira simpática, mas eu não consigo mais desligar os sinais de alarme na minha cabeça. Pouco depois, quando passo pela coxia e entro no palco, onde os integrantes da orquestra já estão afinando seus instrumentos, vejo Martha ao lado do spalla. Hoje é dia sete. Ela usa um xale no pescoço, mas cantores com frequência usam; mantém suas cordas vocais aquecidas.

Assumo minha posição no pódio e as afinações silenciam. O único som que permanece é um tossido contido de Martha, que logo se transforma num ataque de tosse. Ela se apressa a tomar um gole d'água, mas a tosse não cessa. Muck vem da coxia pro palco, alarmado.

— Bom dia, Martha — digo casualmente. — Como foi em Milão? — A pergunta é um truquezinho meu; não estou interessada na resposta, quero apenas ouvir a voz dela.

Martha tenta tirar um ruído espasmódico da garganta, mas está sem voz. Só se ouve um arquejo rouco.

Fico como que congelada; vejo em pensamento todo o meu concerto desmoronar. Os músicos estão num silêncio sepulcral. O pânico toma conta de mim, mas tento controlar. Muck está me olhando como se eu fosse o Oráculo de Delfos. Pelo visto, espera que eu tome uma decisão.

Respiro fundo e digo:

— Está claro que você não pode cantar. Teremos que modificar o programa. — Nesta última frase, olho principalmente pros músicos da orquestra, pois agora precisarei do seu apoio mais do que nunca.

Martha começa a protestar ferozmente, mas o que sai de sua boca não causa impressão. Pelo que consegui entender, ela acha que sua voz estará boa. Sim, se ela tivesse que interpretar uma bruxa, talvez. Por dentro, estou fervendo, mas mantenho a aparência calma. Mando todo mundo pra cantina por meia hora, pois terei que discutir com Muck e com a direção sobre o que fazer.

Martha não se mexe. Faço como se ela não estivesse ali e me dirijo a Muck.

— Vou substituir "Ah! Perfido" pela "American Suite", de Dvořák. — Não poderia dizer de forma mais profissional.

— Você não pode fazer isso, meu nome está em toda a divulgação — ela se esforça pra falar.

Não posso acreditar no que ouço. Como ousa dizer isso, quando foi ela quem me puxou o tapete.

— Se você acha o seu amante mais importante que a sua carreira como cantora, a consequência é esta.

Vejo as lágrimas encherem seus olhos.

— Você nem sequer sabe o que é o amor, sua vaca cruel! Você só vive para a sua música! — ela grita rouca.

Suas palavras me atingem com mais força do que eu gostaria de admitir. Mas eu não reajo. *Não vou lhe dar o prazer de me atingir, que se dane.*

Antonia

42

Foi uma batalha contra o relógio, mas tornei possível o que parecia impossível. Hoje de manhã ainda tive um último ensaio e o concerto é esta noite. Vou correndo pra casa pra descansar, mas não sei se conseguirei relaxar. Estou rija de tanta tensão.

Subo a escada me arrastando. Cada degrau é mais difícil, não consigo mais. Quando abro a porta do meu quarto no sótão, logo noto que uma carta foi empurrada por baixo. Meu coração dispara quando a vejo ali no chão.

Já enviei tantas cartas suplicando a Frank que não se case e dizendo que logo depois do meu concerto de estreia volto pra América. Uma hora ele teria que responder. Será este o momento da verdade?

Pego a carta no chão. É de Robin, que por sorte me escreve regularmente. A data do carimbo nos selos é de dois meses atrás! Será que a carta demorou tanto tempo pra chegar? Seria por causa da quebra da economia?

Faminta de notícias, rasgo o envelope com dedos nervosos e só vejo uma coisa nas páginas escritas de cima a baixo: que o casamento de Frank foi marcado pro dia 10 de janeiro. É hoje!

Talvez já estivesse prestes a acontecer, mas meu cérebro perturbado e inquieto sofre um curto-circuito. Em todo o meu desespero, tenho um acesso de raiva. Quebro o que me aparece pelo caminho, derrubo tudo o que está na mesa, vou até o piano e dou pancadas fortes, jogo todos os livros de música e partituras no chão e arranco as que estão penduradas nas paredes e no teto.

Quando já não tem mais nada pra quebrar, me jogo na cama. Na mesinha de cabeceira, vejo a tecla solitária do meu piano destruído. Eu a pego e seguro forte contra o peito. Todo o resto pode ser arrancado de mim.

Estou estupefata, ainda vestindo o casaco e deitada no quarto escuro, quando horas mais tarde alguém bate na porta. Não tenho nenhuma vontade de atender à senhoria, então não digo nada. A porta se abre. Ainda bem que estou de costas, assim não preciso olhar pra ela. Não tenho energia pra reclamar por ela ter entrado assim.

Mas então ouço a tosse de fumante de Muck. Percebo que ele ficou parado na entrada da porta, de modo que ainda entra alguma luz do corredor e ele pode ver alguma coisa. Com certeza ele não esperava esta bagunça.

— O que é isso agora? — ele rosna. — Você vai se comportar como uma criança? Vai correr para baixo da saia da mãe?

— Que mãe? — eu pergunto.

— Você é que me diz.

Não respondo. Muck gira o interruptor e pega uma cadeira que eu tinha derrubado. Ouço quando ele a coloca no chão com força.

— E então? Estão esperando você.

— Ninguém "está esperando" por mim — digo cínica.

Muck se senta na cadeira.

— Este é o seu grande dia.

— Pra ser vaiada?

— Ou aplaudida.

— Eu só vejo um abismo.

Ouço quando ele tira o maço de cigarros do bolso do casaco. E o isqueiro.

— Ele também está presente no sucesso. Quanto mais você sobe, maior é a queda.

— Então vou despencar de qualquer jeito.

— Isso faz parte do jogo. Você só tem que aprender a jogar.

— Pro senhor é fácil falar. O senhor não se chama Mayer nem Brico. É um herói.

No silêncio que se segue, ouço o clique de seu isqueiro e o sopro do gás que alimenta a chama. O trago profundo em seu cigarro. O cheiro da fumaça preenche o quarto.

— A última vez que me apresentei na América... — e ele para aqui por um instante pra soprar a fumaça — ... fui tirado do pódio pela polícia. Sob uma forte vaia da plateia.

Viro a cabeça pra ele, olhando por cima do ombro.

— Por quê?

— Porque me recusei a tocar o hino americano. Eu disse: "Sou alemão. Não é o meu hino".

Me viro um pouco mais, de maneira que possa vê-lo melhor. Há um sentimento em sua voz que ele raramente deixa transparecer.

— Depois disso, me mantiveram preso por um ano e meio. Só porque era guerra, e eu era o inimigo... Assim como Albert Schweitzer. — Ele observa a ponta do seu cigarro aceso. — Fui um herói? — Ele fica em silêncio e fita o quarto pensativo, como se ainda visse ali as grades da sua cela. — Ninguém achou isso. Só eu mesmo... Às vezes isso é o bastante.

Só quando diz essas últimas palavras ele me olha. Em toda a minha letargia, percebo que ele acendeu a chama certa.

O alfaiate está ajustando o vestido feito por ele, que parece um saco no meu corpo.

— O que a senhora fez?! A senhora emagreceu quilos! — ele resmunga em pânico.

Ele ataca a costura lateral do vestido com as únicas armas que acredita ter: agulha e linha. Eu entrego a ele uma tesoura, digo que pode cortar, mas ele não me leva a sério. *Nem ele*.

A cabeleireira quer enfiar um grampo no meu cabelo, de maneira que não caia no meu rosto. Não aguento mais toda esta inquietação com a minha aparência e tiro o vestido chique. Agora não preciso mais me preocupar com o conflito de roupas com Martha Green, prefiro usar as roupas a que estou acostumada: um simples vestido preto. O público com certeza não vai perceber quanto é velho.

O alfaiate pega indignado o lindo vestido do chão e o alisa. A cabeleireira pega seu potinho de pó de arroz. Antes que eles percebam, chispo do camarim. A caminho do palco, tiro o grampo e balanço o cabelo.

O mais importante é não ficar pensando que o casamento de Frank e Emma estará acontecendo na América no mesmo momento. Um vestido de noiva branco lampeja em minha mente. Mais um motivo pra rejeitar qualquer enfeite esta noite.

Vou com passos firmes até a coxia, onde vejo que Muck me espera. A cabeleireira e o alfaiate correm atrás de mim. Paro junto a Muck. Ele ergue minha batuta, mas inesperadamente a coloca em direção à minha testa.

— Você está suando.

Olho pra ele destemida, pego o pó de arroz que a cabeleireira está segurando e passo rapidamente pelo rosto. O pó vira uma nuvem ao meu redor.

— Não mais.

Me posiciono bem na frente dos holofotes e faço uma reverência. Hoje à noite meu lugar é aqui, no pódio. O aplauso com que o público me recebe soa gélido. *Com certeza porque este palácio da música antigamente era uma pista de patinação no gelo*, digo a mim mesma com ironia.

Não preciso nem me virar pros integrantes da orquestra pra saber que eles também estão tensos. Em vez disso, aproveito pra olhar a plateia. Talvez pra acalmar um pouco meu coração, que bate forte. Na primeira fila estão sentados os críticos, com seus bloquinhos de anotação já a postos. Uma senhora se refresca se abanando com o livreto do programa. Um fogacho; estamos em pleno inverno. Vejo Muck se sentar no camarote lateral, perto do palco. Ele espera ansioso. Todos esperam ansiosos.

Querem ver você fracassar.

Me viro pra orquestra, que se senta. Vamos abrir com a "American Suite", de Dvořák, que a escreveu como uma ode à América. Que saudade...

Dou o tempo. Meus pés sentem a terra, minhas mãos dão o compasso, meus ouvidos escutam a música, meus olhos veem as notas, minha atenção está toda dirigida aos músicos, minha alma pertence ao compositor. Tenho vinte e sete anos. Estou diante da internacionalmente famosa Filarmônica de Berlim *e esta é minha estreia mundial.*

Frank

43

Long Island

Fico atento ao que ela faz. Não tenho escolha, é mais forte que eu. Não abri nenhuma das cartas que ela me enviou de Berlim. Foi ela quem pôs um fim àquele capítulo, e eu prometi a mim mesmo que tinha que ser forte. Além do mais, ela só começou a me escrever depois que fiquei noivo de Emma.

Para não sucumbir à pressão daquelas cartas fechadas, eu as queimava logo depois de receber. O fato de que chegavam cada vez mais tornava tudo mais difícil. Mas eu podia ser tão cabeça-dura quanto ela.

Eu queria tocar a minha vida. E era grato por Emma ter aparecido. Ela frequentava a casa dos meus pais e eu passei a convidá-la para sair. Não fiz nada às pressas, tudo correu num ritmo muito lento. Emma era ótima companhia e comecei a gostar dela. Parecia um passo lógico que eu a pedisse em casamento.

A data do matrimônio foi marcada para 10 de janeiro de 1930. Um casamento invernal, mas a festa não seria ao ar livre, então não fazia diferença. Eu não tinha como saber que na mesma data Antonia faria seu concerto de estreia com a Filarmônica de Berlim, como ouvi do maestro alemão Bruno Walter, que eu tentava trazer para uma série de concertos na América.

E preferia não ter sabido. Quando estava no altar, esperando minha noiva, que caminhava até mim, comecei a suar muito. *Daqui a poucos instantes darei o sim a Emma e em meus pensamentos só vejo imagens de Antonia regendo na minha frente.*

Eu ainda tinha dificuldade em imaginar que ela podia mesmo fazer tudo aquilo. É um mundo tão ardiloso. Todos os principais regentes são homens com traços narcisistas e um enorme ego; isso é inerente à profissão. Como ela poderia se manter nesse meio sendo mulher?

Também estive com Willem Mengelberg em sua casa nos Alpes, na Suíça, depois que Antonia terminou comigo. Afinal, eu já estava na Europa e a Suíça faz fronteira com a Alemanha. Ainda não conhecia sua esposa, Tilly, mas ela era adorável e foi uma anfitriã muito atenciosa.

Eu bem sabia que entre os membros de sua orquestra Willem tinha o apelido de Tiktator, porque exigia como um ditador que tocassem exatamente na batida do seu tempo. E eu também ouvira falar que os músicos se dirigiam a ele como Chefe. Mas, para minha desagradável surpresa, descobri na Suíça que Tilly também chamava seu marido de Chefe. Estava bem claro quem dava as ordens naquele casamento. Penso com mais frequência do que gostaria no fato de ela ter abandonado sua carreira de cantora.

Para conter meu ataque de pânico no altar, inspirei fundo algumas vezes. Emma veio para o meu lado, seu véu ainda sobre o rosto. Disse a mim mesmo que não seria justo com ela vacilar agora. Não era fácil.

Mas também eram tempos difíceis. A quebra da bolsa de valores tinha atingido fortemente nossos círculos. Por sorte, os bens do meu pai estavam aplicados principalmente no mercado de imóveis e ouro, o que o fez em grande parte escapar da crise, e eu mesmo não tinha nenhum empréstimo pendente, graças a Deus. No entanto, o poder de compra da população diminuiu muito, e a primeira coisa que as pessoas deixam de fazer é sair e gastar com entretenimento, então a questão era se ainda conseguiríamos lotar salas de concerto no futuro. O clima era de tanto medo e preocupação que os convidados do casamento precisavam mesmo de uma festa, que eu felizmente ainda podia pagar.

Alguns dias depois do meu casamento, li sobre Antonia no jornal. Não disse nada a Emma, mas pedi a Shing para comprar todos os jornais daquela semana. Antonia podia se orgulhar de si mesma.

GAROTA IANQUE SURPREENDE CRÍTICOS
DE BERLIM AO REGER ORQUESTRA FAMOSA

MISS BRICO TRIUNFA COMO MAESTRINA EM BERLIM

AMERICANA REGE A FILARMÔNICA DE BERLIM

As críticas eram todas elogiosas. Ela era um enorme sucesso. *The Girl Genius* foi até chamada de *Cinderela*, por não ter um vestido de gala. As pessoas a acharam um encanto, mas também a mulher mais malvestida que jamais haviam visto num palco. Tive que sorrir. Antonia, bonita em si e avessa à moda.

Nos meses de verão Antonia retornou à América, mas fez um grande desvio e evitou a Costa Leste.

Na Costa Oeste brigavam por ela. Onde ela fará seu concerto de estreia na América? Tanto São Francisco como Los Angeles a queriam. Los Angeles venceu porque lhe prometeram uma apresentação no Hollywood Bowl, o famoso teatro ao ar livre com milhares de lugares.

Mais tarde ouvi toda a história – de Emma, *nota bene* – sobre como seu concerto lá quase deu errado porque ela chegou atrasada. Antonia ficou presa no trânsito. Não por própria culpa, mas porque um herdeiro da família Rothschild, com quem Emma tem amizade, ofereceu-se para levá-la em seu Rolls-Royce e simplesmente saiu tarde demais. Ninguém esperava tanto trânsito nas colinas de Los Angeles, mas no fim eram todas pessoas que estavam a caminho do evento. O público no anfiteatro lotado teve que esperar quarenta minutos até que Antonia entrasse correndo no palco. No entanto, as críticas foram extremamente entusiasmadas. O *Los Angeles Times* escreveu:

"Antonia Brico fez sua estreia americana para uma das maiores multidões na história do Bowl. Ela provou que seu nome merece com razão estar no *Symphony Hall of Fame*".

Depois de reger outros dois concertos de sucesso em São Francisco, ela voltou para a Alemanha, muito contra a vontade de seu rico patrono Rothschild. Emma me contou que ele teria dito:
— Você fez a sua cama. Por que agora não se deita?

Mas aparentemente algo fez com que Antonia quisesse partir da América. Não imaginava que isso tivesse alguma coisa a ver comigo. E também era um alívio que ela estivesse voltando para a Europa. Não podia nem pensar em cruzar com ela pessoalmente. Ninguém jamais saberá o que eu senti por ela.

Frank

44

Nova York, 1933

Na América, não podíamos deixar de notar que o início dos anos 1930 parecia cada vez mais agitado na Alemanha. A população vivia em enorme pobreza porque a depressão tinha atingido precisamente aquele país de maneira muito forte. Os alemães não conseguiam mais saldar suas dívidas de guerra com os Aliados – que ainda deveriam ser amortizadas por cinquenta e cinco anos – e pararam de pagar. O povo transtornado clamava por uma estrela brilhante que lhes indicasse o caminho para sair daquele vale de lágrimas e a encontrou em um artista fracassado. Seu nome: Adolf Hitler. Humilhada e falida, a Alemanha começou imediatamente a construir seu exército, o que lhe foi proibido após a Grande Guerra. Aquela Alemanha, na qual Antonia estava, não me agradava nem um pouco.

O cheiro penetrante de suor naquele escritório é quase insuportável. Estou fazendo uma visita ao diretor Barnes e folheio a *Gramophone*, revista britânica sobre música que publicou um artigo a respeito do sucesso dos concertos de Antonia nos Países Bálticos, em Paris e Londres. Antes que eu perceba, as palavras escapam da minha boca:

— Você ainda se lembra dela? — pergunto a Barnes enquanto lhe mostro a foto publicada com a matéria.

O retrato de Antonia com uma batuta erguida. Ela parece não ter medo de nada nem ninguém. Barnes lê o título do artigo, onde está escrito seu nome.

— Antonia Brico? Não a conheço.

— Ela trabalhou para você no passado. Era uma das funcionárias que indicavam os lugares aos espectadores. Willy Wolters?

— É ela?

Barnes pega a revista com a foto e a olha de perto incrédulo. Eu me sento. Meu coração bate incomumente rápido.

— Ela causou bastante furor na Europa, e três anos atrás também se apresentou na Costa Oeste — comento. — Como novo diretor da Met, você tem que cumprir certo papel de vanguarda. Não valeria a pena trazê-la uma vez para a Costa Leste?

Percebo que Barnes dá ouvidos ao que digo. *Que diabo deu em mim?*, penso nesse meio-tempo. Temo que eu deva ser examinado.

Antonia

45

Subo cinco andares de escada. Uma sacolinha de compras com cebolas balança na minha mão. A chave ainda funciona normalmente. E assim, depois de sete anos, estou de novo na antiga casa dos meus pais.

Meu padrasto está reclinado em sua poltrona. Tem as pernas velhas erguidas num banquinho daqueles que balançam. Minha madrasta está dobrando a roupa seca e leva um susto quando me vê. Não digo nada, coloco as cebolas na mesa da cozinha como uma espécie de sacrifício expiatório e aguardo. Ela pega a sacola de cebolas e se vira. Vai até a janela da cozinha pra olhar pra fora. Ouço crianças brincando na rua. Um barulho inocente.

Meu padrasto é quem dá o primeiro passo; ele se levanta e me abraça emocionado. Depois, olha um tanto temeroso pras costas largas da minha madrasta. As relações continuam as mesmas.

— Visitei o túmulo da minha mãe — eu digo. Presto atenção principalmente na minha madrasta. — Vocês com certeza não sabiam que ela estava morta. Morreu de tristeza, porque tinha me perdido. Tinha só vinte e nove anos.

Agora minha madrasta se vira.

— Como você sabe disso?

— Soube pela irmã dela, que cuida do túmulo. Eram uma família de oito filhos. Minha mãe era a mais velha.

— Então ainda tem mais parentes?

— Não preciso explicar aqui o que significa ser rejeitada.

Minha madrasta olha cheia de culpa pra meu padrasto.

— Ela teve um amor proibido. Ele era músico. Minha mãe era completamente apaixonada por ele... Aquele amor foi sua ruína.

— Mulheres que escolhem a si mesmas estão fadadas a ser punidas — minha madrasta diz áspera.

— Você também não escolheu a si mesma quando vocês me sequestraram vindo pra América? Ou não foi isso?

Ela agora me fita com olhar intenso.

— Aquela sua mãe começou um processo na Justiça! — ela diz, recriminando.

— Porque vocês não queriam me devolver! — eu retruco.

Fico novamente revoltada ao pensar nisso. Como minha mãe, sob pressão de sua irmandade de caridade, tentou de tudo pra me trazer de volta, pra que não fosse *excomungada*. Mas meus pais adotivos se recusaram categoricamente porque minha mãe não teria pagado os gastos que tiveram comigo, enquanto minha miserável Mãe-Tlintlim tinha imposto isso como condição pra adoção temporária. Minha mãe não podia pagar e pediu ajuda à sua igreja, mas esta não quis conversa. No entanto, eles estavam dispostos a pagar os custos do processo pra me manter dentro da sua fé.

Tiro do bolso um pedaço de papel que meu padrasto uma vez me deu e que guardei por todo este tempo. Coloco na mesa e o empurro pra frente de maneira que minha madrasta é obrigada a olhar. Ainda não consigo olhar pro título daquele anúncio: "Criança para adoção". Sinto um nó de emoção na garganta.

— A intenção era que esta aquisição fosse temporária — eu digo.

Meus pais adotivos trocam um olhar doloroso.

— Minha mãe ficou esperando no tribunal no dia em que o caso seria julgado. Por horas e horas, mas vocês não apareceram. Ela procurou por meses; nenhum rastro dava em lugar algum. Eu tinha simplesmente desaparecido.

Meu padrasto se senta pasmo numa cadeira da cozinha. Minha madrasta vai pra trás dele. É uma missão impossível. Formamos duas ilhas.

— Pra esta terra esquecida por Deus — diz meu padrasto de repente, com uma amargura que nunca imaginei nele.

Será que quer dizer que se arrepende da imigração? Jamais refleti sobre isso antes. Que dores ele teria? Seus olhos brilham de maneira suspeita, mas nunca vi meu pai chorar.

Balanço de leve a cabeça.

— Não, pra terra prometida.

Ele me olha. Seu olhar é delicado.

— O que aconteceu com a sua mãe?
Não esperava que ele perguntasse sobre isso.
— Ela se isolou num convento... Onde simplesmente... definhou.
Olho de um para o outro.
— Vocês ainda acham que ela não me amava?
Percebo que os dois têm dificuldade em ouvir o que eu digo. Uma lágrima corre pelo rosto da minha madrasta. Não consigo imaginar que aquela lágrima nasça do amor, mas talvez o oposto seja meu amargo destino. Em todos estes anos eu me perguntava por que eles tinham fugido pra América. Pergunta para a qual nunca encontrei resposta. Minha madrasta vem até mim e me abraça como se eu fosse muito frágil. E de fato sou. Deixo os braços soltos ao longo do corpo. As cebolas dizem o bastante.

Antonia

46

— Posso arrumar um concerto para você. Mas você mesma terá que pegar metade dos ingressos.

Mal posso acreditar que estou em frente ao gabinete do meu antigo patrão: diretor Barnes. Ele galgou ao posto de diretor da Metropolitan Opera House – em suma, a Met –, e me trouxe da Alemanha pra conversar com ele. Da janela, que eu adoraria abrir, tenho uma ampla vista da cidade, mas me concentro em Barnes.

— Quanto é a metade? — pergunto.

Ele escreve alguma coisa num papelzinho e empurra para mim.

— Pagamento adiantado — guincha enfaticamente.

Reconheço a estratégia utilizada por Frau Mayer, só que eu não tenho um marido que resolva isso pra mim.

— O senhor pede isso a todos os regentes que se apresentam aqui?

— Aqui se apresentam apenas grandes nomes. Você não pertence a esse grupo.

— Eu me saí bem na Europa — falo de um jeito muito defensivo, e eu detesto isso.

— Se você considera seus poucos concertos por ano sair-se bem, então sim — ele diz zombeteiro.

Quem paga decide, aprendi durante minha formação. O diretor Barnes parece se divertir com isso.

— Estou assumindo um enorme risco — ele acrescenta cortês.

Reflito brevemente. Realmente não faço ideia de como conseguir reunir uma quantia assim.

— Sinto muito, eu não posso pagar.

— Então, revogo minha oferta. — O diretor Barnes pega o papelzinho de volta. — Você agora vai retornar à Europa?

— Não, vou ficar aqui: *Home of the Brave*. — Espero que a referência ao hino americano o agrade, mas é isso mesmo que eu sinto: aqui é preciso ter coragem. É uma corrida cheia de obstáculos.

— Uma a cada quatro pessoas na América está desempregada — ele tenta me intimidar.

— Na Alemanha, uma a cada três — respondo.

Nós nos olhamos sem saber muito bem o que fazer com este impasse. Se agora eu tivesse uma das gomas de mascar New York nº1 da Marjorie, faria uma bola e a deixaria estourar. Não tenho como explicar essa associação ridícula com goma de mascar, a não ser pelo fato de que me sinto enjoada.

Me inclino pra frente e apoio minhas mãos na escrivaninha de Barnes. Uma posição bem ousada, mas espero que minha linguagem corporal cause mais impacto que minhas palavras.

— Se eu conseguir... — eu começo — ... então posso fazer mais concertos?

— Você agora vai impor condições? — ele pergunta incrédulo.

Posso parecer louca, mas quero tanto reger que começo a pensar em aceitar os riscos da sua proposta.

— Por favor? Mais concertos seriam muito importantes pra mim. Por favor?

— Estou ouvindo você implorar?

Naquele momento, me dou conta de como ele ainda me vê: como uma funcionária.

Os nervos estão uivando na minha garganta. Como pude ser tão burra? Assumi um risco grande demais dizendo sim a Barnes. Constato muito bem isso quando estou saindo do teatro.

Depois de descer a escada e dobrar na saída, sou emboscada por uma dezena de jornalistas e fotógrafos. Os fotógrafos estouram flashes com suas câmeras e os jornalistas fazem uma rajada de perguntas:

— A senhora pode nos dar uma declaração?

— A senhora vai reger aqui?

— É verdade?

Estou surpresa por eles já saberem e fico chocada por um instante, mas me recupero rapidamente. Olho pra imprensa reunida ali ao meu redor e respondo tão ponderada quanto possível:

— É verdade... e se as pessoas quiserem comprar um ingresso, podem se dirigir a mim.

Que me importa como ficaram sabendo?! Contanto que eu tire vantagem disso.

Robin

47

Estou fumando um cigarro na rua e a princípio nem me dou conta de que é ela. Quando olho para a pessoa que se aproxima, o tempo parece parar. Para minha grande surpresa, vejo Antonia caminhando em minha direção. O mundo em torno de mim desaparece. Só vejo seu belo rosto, seu sorriso largo, suas passadas confiantes; uma mulher do mundo. Meu Deus, ela está aqui!

Jogo fora a bituca, ando até ela e nós nos abraçamos... como fazem os velhos amigos. Quando nos soltamos, nos olhamos fundo nos olhos. Como eu senti a falta dela!

Antonia fala primeiro:

— Não queira nem saber em que porões imundos eu toquei nesse último ano. Incógnita, é claro. — Ela ri com malícia. — Como Willy Wolters.

Nem sei o que dizer.

— Sobrevivi lá com o que aprendi aqui — ela continua.

Antonia me olha tão radiante que acredito que está mesmo muito feliz em me ver. O que de certa forma me devolve a capacidade de falar.

— Fico sempre feliz em ajudar. — Sorrio para ela.

— Você fala sério?

Compreendo imediatamente que ela precisa de mim.

Já faz alguns dias que o teatro foi transformado numa agência para a venda de ingressos da parte dela. Os jornalistas fizeram bem o seu trabalho. Antonia recebeu muita atenção na imprensa; a *Garota Ianque* que surpreendeu a todos em Berlim, iria, depois da Costa Oeste, finalmente se apresentar em Nova York – e ainda por cima na Met! O telefone até esquenta de tanto tocar.

Dennis é um dos mais contentes com a distração. Desde 1931 é proibido se apresentar como imitador feminino ou travesti em Nova York. Um policial fica estacionado na porta de cada clube noturno, como se a cidade não tivesse criminalidade muito pior para combater. As *Pansy Craze*, como são chamadas as apresentações clandestinas de homens vestidos de mulher, emigraram para cidades onde ainda eram permitidas. Dennis permaneceu conosco. Mas por quanto tempo?

— No tempo do grande William Shakespeare todos os papéis femininos eram interpretados por homens. E isso de repente se tornou uma perversão? — foi a réplica de Dennis quando as cortinas se fecharam.

Agora já superou isso; *the show must go on*.[18] Atualmente faz outros números, como homem mesmo. Mas posso perceber que está infeliz.

Quando nos aproximamos da quantia que o patrão de Antonia tinha estabelecido como pré-requisito, quero levar a boa notícia a ela pessoalmente. Ela precisa muito deste dinheiro. Me contou que no ano passado tinha feito mais de vinte concertos nos Países Bálticos e na Polônia e que ganhou bem com isso. Mas seus ganhos acabaram não valendo nada ao voltar para a Alemanha e tentar fazer o câmbio. O banco recusou a moeda estrangeira.

Antonia precisava fazer alguma coisa e se agregou como pianista a um grupo de artistas que tinham sido demitidos por causa da crise e que agora viajavam de uma casa noturna a outra apresentando árias de óperas e sucessos do cinema. Mas quando no começo deste ano um novo sujeito chegou ao poder, transformando rapidamente o país numa ditadura, foi a gota d'água para Antonia. Ela não tinha nenhum dinheiro para a viagem de volta e a situação se tornou ainda mais urgente a partir do momento em que não pôde mais pagar as contas dos hotéis.

Como que por milagre, recebeu de Muck a notícia de que queriam que ela fosse para a América e que pagariam sua passagem. As experiências dela na Alemanha são uma cópia das minhas experiências quando eu estava na miséria porque não havia trabalho. A diferença é que ninguém me queria e tive que ser meu salva-vidas.

---

18. Em tradução livre: o show tem que continuar. (N. E.)

Ela está ensaiando na Met, um edifício de tijolos amarelos que ocupa um quarteirão inteiro na Broadway. Quando entro no auditório, ouço a orquestra ensaiando, mas não vejo ninguém. A cortina dourada diante do palco está aberta. O palco está ocupado por grandes elementos de cenário, acho que para a ópera que apresentam à noite. Os músicos estão escondidos no fosso da orquestra, que fica localizado na frente, ao centro, logo abaixo do palco. Vou em direção ao som e no caminho leio os nomes no arco que emoldura o palco: Gluck, Mozart, Verdi, Wagner, Gounod e Beethoven. Aqui também só homens.

Não se pode entrar no fosso da orquestra pela plateia. Se eu quiser descer, preciso procurar os bastidores. Mas, agora que tenho a chance, quero olhar melhor este teatro, pois nós, músicos de jazz, nunca pisamos aqui. Nossos talentos só são exibidos em porões e clubes noturnos.

A sala é gigantesca e tem a forma parecida com a de uma ferradura. Nas laterais se elevam cinco andares de balcões. Impressionante, não posso dizer outra coisa. Subo uma escada e saio no primeiro balcão. Pelo visto, os camarotes privativos ficam aqui. Os sobrenomes das famílias estão nas portas de entrada.

Quando encontro o nome Thomsen, penso imediatamente em Frank. É claro que aquele ricaço tem o próprio camarote em cada teatro. Abro a porta e entro. Há seis cadeiras. É aqui que ele se senta com sua esposa. Que visão. Ele olha direto para o fosso da orquestra.

Acredite ou não, a única entrada para o fosso da orquestra é pelo camarim masculino. Portanto, como mulher, Antonia também terá que passar por aqui. Com o rosto virado e as mãos sobre os olhos se os músicos estiverem se trocando. Aliás, não vejo em lugar nenhum um camarim para mulheres. É provável que não exista, pois naturalmente não há mulheres na orquestra. Antonia não faz ideia do quanto é pioneira por estar derrubando esta fortaleza masculina.

Sei que eles farão uma sinfonia chamada "Inacabada", porque o compositor simplesmente nunca a terminou. Antonia comentou que os motivos são desconhecidos, mas ela gostava de pensar que o tal Schubert apenas achou que os dois primeiros movimentos já eram perfeitos. Logo vamos saber.

Me escondo atrás da porta do camarim masculino. Antonia não me nota, está concentrada demais. É a primeira vez que a vejo trabalhando assim.

— Parem, parem, simplesmente parem. — Antonia bate ferozmente sua batuta no púlpito. — Os trombones estão entrando muito cedo. De novo, do mesmo compasso.

A orquestra reinicia naquele compasso. Ouço imediatamente que os trombones entram errado de novo, como agora há pouco. Não é preciso ter formação clássica para saber disso. Simplesmente não soa bem. Antonia para de novo.

— É lalaladida, e então vocês entram. Os metais não estão sincronizados. E os fagotes continuam entrando uma fração antes. *Sforzato*, hein? Olhem pra minha mão, mesmo que eu não esteja olhando pra vocês. Mais uma vez.

Os músicos tocam de novo sem atenção. Antonia para mais uma vez. Ela põe as mãos na cintura e desafia a orquestra inteira.

— Já que os metais não querem entrar sincronizados, então, por favor, comecem com os trombones. — Ela esbanja sarcasmo.

Eu sorrio. Essa aí não deixa que zombem dela.

Quando depois de algum tempo ela faz uma pausa e os integrantes da orquestra vão para a cantina, passam por mim reclamando sobre a maestrina. Antonia deve conseguir ouvir suas críticas, mas se faz de surda. Teve que desenvolver uma pele de elefante.

Conto a boa-nova a ela. Ela fica radiante e me arrasta para o gabinete do diretor Barnes, sobre quem já ouvi falar muito.

— Sr. Barnes, meus ingressos estão vendendo como água — Antonia vai direto ao ponto assim que entra no gabinete.

Eu a sigo um pouco tímido e logo tenho que controlar a vontade de tampar meu nariz.

— Se continuar assim, eles se esgotam em uma hora. Como está indo a sua parte das vendas?

— Não posso reclamar — diz Barnes.

— Portanto, eu cumpri a sua exigência.

— Tenho que admitir que sim.

— Então, isso significa que depois disso poderei reger mais um concerto?

Olha para ele desafiadora. Mas Barnes sabiamente não abre o bico. Em vez disso, permanece num silêncio fedorento e ensurdecedor.

Antonia

48

Tudo bem que a peça de Schubert se chame "Inacabada", mas assim nunca conseguiremos terminar. Durante três ensaios inteiros a mesma coisa. Quando ouço como está, tenho vontade de chorar. A orquestra está de má vontade e isso só pode significar uma coisa: é a sua forma de protesto por ter a mim como regente.

Eu interrompo o ensaio. O spalla, que é o líder da orquestra, não esconde sua irritação.

— O que foi agora? — ele resmunga, enquanto não para de se remexer na cadeira.

— O senhor queria dizer alguma coisa? — pergunto severa.

— Não podemos passar toda a peça? O concerto é amanhã. — Ele dá um suspiro tão forte que pode ser ouvido até na última fileira.

— Eu não precisaria parar se vocês fizessem o que eu peço. De novo.

Ergo minha batuta e recomeço no mesmo ponto. Os segundos violinos começam, mas, quando indico a entrada dos primeiros violinos, estes seguem o spalla, que se recusa a tocar. Com isso a música desaba. Se olhares pudessem matar, teríamos que chamar um carro funerário agora. Pra mim, bem entendido.

— Por que o senhor não está tocando? — pergunto.

— Não vou ser regido por uma mulher que não conhece o seu lugar — responde o spalla.

— Eu conheço muito bem o meu lugar — digo. — É exatamente aqui. — Aponto pro pódio e me considero afortunada por estarmos ensaiando no palco, e não mais no maldito fosso da orquestra. — De novo.

Mas o spalla se levanta, pega seu casaco no encosto da cadeira e quer ir embora. Antes que ele perceba, desço do pódio e tiro o violino da sua mão.

— Acabei de tirar o seu instrumento. Como o senhor se sente? — Olho desafiadora pra ele.

Se ele quer guerra, vai ter guerra.

O spalla olha apavorado enquanto eu agito o instrumento no ar.

— Cuidado, é um Stradivarius! — ele choraminga, como se eu não soubesse que seu instrumento tem um valor inestimável.

— Ah, um Stradivarius! — falo bem alto. — Então, o senhor se importa com este instrumento.

Ele faz um ligeiro aceno com a cabeça e não tira os olhos nem por um segundo de seu valioso violino.

— Então estamos quites — eu digo.

— Como assim?

— Esta orquestra é o meu instrumento. Se eu não tenho os integrantes da orquestra, não posso fazer nada. Não posso tocar meu instrumento.

Ando por entre a orquestra e olho os músicos um a um até que compreendam.

— Sabem o que Paderewski diz quando fica um dia sem ensaiar? "Um dia sem ensaiar e eu escuto a diferença." — Aponto pra mim mesma. Em seguida, viro o Stradivarius como um ponteiro no ar e aponto pra toda a orquestra: — "Dois dias sem ensaiar, e a orquestra também escuta." — Aponto pra sala vazia: — "Três dias sem ensaiar, e até o público escuta." — Fito a orquestra com um olhar intenso. — Os senhores acham que isso não se aplica à regência?

Minha voz está embargada, mas não penso em derramar nem uma única lágrima. Podem ficar querendo. Os músicos não ousam dizer nada. E eu subo novamente no pódio.

— Os senhores sabem quantos concertos tenho na minha agenda? Um. Depois há um grande vazio. Sabem quantos os meus colegas homens fazem? Quatro, às vezes cinco por mês, o ano inteiro. Isso é justo?

Deixo meus olhos vagarem pelos músicos. O silêncio é sepulcral. Talvez eles não saibam como reagir a essa argumentação tão emotiva. Nem mesmo eu sei.

— Não — eu própria respondo. — É como jogar um pedaço de pão pra alguém que está com fome.

Cansada, ponho o violino sobre o púlpito e pego minha batuta. Pelo canto do olho, vejo o spalla respirar aliviado agora que o instrumento não está mais nas minhas mãos.

Quando me viro, vejo o diretor Barnes parado no corredor central. Não faço ideia de quanto ele ouviu do meu discurso. Caminho em direção à escada sobre o fosso da orquestra fechado, desço pro auditório, vou até Barnes e entrego a ele minha batuta com uma reverência solene.

— "Aplauda, meu amigo, o espetáculo acabou."

Me pergunto se ele sabe que estou citando as palavras de Beethoven em seu leito de morte, mas o que isso importa agora? Caminho pra saída com a cabeça erguida.

— Você não pode ir embora assim! — Barnes grita pela sala. — Nós temos um acordo!

Não me importo com ele. Esta *tirana da batuta* acaba de renunciar.

Mais tarde, naquela noite, estou no meu apartamento quando tocam a campainha. Olho pra baixo pela janela aberta e vejo o diretor Barnes e o spalla na calçada. Lá estão eles. Desço a escada e abro a porta da frente. O spalla está com o estojo do seu violino e me olha cheio de culpa. Eu só balanço a cabeça. Não tenho nada pra dizer a eles; como mulher que conhece o seu lugar, sei muito bem quando tenho que ficar de boca fechada.

— Meu instrumento. Por favor, pegue — ele diz, enquanto levanta o estojo do violino pra me entregar.

Eu seguro o estojo, mas devolvo imediatamente.

— Sem o músico, o instrumento não tem nenhum valor — digo.

Agora o sr. Barnes também ousa abrir a boca.

— Isso significa que você estará presente amanhã? — ele pergunta rabugento.

Eu o olho de cima.

— Não, porque ainda não ouvi nada do senhor.

Percebo que o spalla troca um olhar com Barnes. O que será que eles combinaram?

Barnes limpa a garganta.

— Você quer fazer o concerto amanhã?

Faço um gesto junto ao ouvido.

— Me desculpe, não ouvi direito — digo de maneira supostamente amigável, pois poderia beber o seu sangue.
— Por favor.
— Por favor o quê? — pergunto ingênua.
— Miss Brico, a senhorita pode, por favor, fazer o concerto amanhã? — ele finalmente consegue pedir com muita dificuldade.
Eu sorrio.
— Sr. Barnes, estou ouvindo o senhor implorar?
— Sim.
— E quanto à minha exigência?
O silêncio que se segue dura bastante tempo. Então, ele aceita rangendo os dentes.
— Você terá um segundo concerto.

Robin

49

— Músicos desempregados? Tenho que reger músicos desempregados? Ele acha que pode se livrar de mim assim? — Antonia está furiosa e desabafa sua ira abertamente.

Estamos em um bonde lotado que nos leva pela Broadway até o In the Mood.

Ela tem razão, é claro. Aquele Barnes é um cavalheiro nada confiável. O concerto dela na Met teve grande sucesso. Eu estava assistindo dos bastidores quando uma funcionária com um penteado de tranças veio para o meu lado. Ela mascava goma sem parar, olhava para Antonia com o maior orgulho, e sussurrou para mim:

— O senhor sabe o que é tão especial nela?

Ela ficou me devendo a resposta, porque sumiu dali mais que depressa quando Barnes se aproximou para ouvir o concerto perto de mim. É claro que eu também sabia o que Antonia tinha de tão especial, mas é sempre interessante ouvir uma outra opinião.

Queria que Barnes fosse embora. Aquele homem fedia como o diabo. Mas ele ficou ali, de olhos fechados, inclusive. Depois de algum tempo eu o ouvi sussurrar:

— Quando fecho os olhos, não ouço que é uma mulher regendo.

Olhei como se ele tivesse um parafuso a menos, mas ele nem percebeu.

Mais de três mil pessoas estavam sentadas na sala lotada escutando Antonia. Eu ainda cheguei se Frank Thomsen era um dos presentes, mas só pude ver uma mulher loira e um casal mais velho em seu camarote particular. Fiquei satisfeito por ele não estar mais interessado nela.

Antonia foi ovacionada por vários minutos, mas, mesmo assim fazem de tudo para que ela não tenha o segundo concerto como prometido. E Barnes ainda jogou de tal forma que eu terei que ser o mensageiro da má notícia, porque ele me vê como empresário dela.

— É um projeto de apoio do governo. Para manter os músicos ocupados até que a situação melhore — explico a Antonia.

O que eu digo é verdade. Para conseguir colocar treze milhões de desempregados de novo em atividade, nosso novo presidente, Franklin D. Roosevelt, trata a Grande Depressão de uma maneira bem diferente de seu antecessor. Ele veio com o *New Deal*, programa no qual chama o povo americano para lutar contra a permanente pobreza: *The Fighting Spirit.*

— Não me importo — Antonia bufa. — Me recuso, me recuso!

— Entendo que você se sinta ludibriada. Mas olhe pelo lado bom: você vai ser paga por isso, e pode reger o tempo todo — contesto.

Por que logo eu tenho que fazer o papel de advogado do diabo, é um mistério pra mim.

— Que sentido tem se ninguém vai escutar? Eu simplesmente não entendo. Tivemos ótimas críticas na imprensa!

— Segundo Barnes, este é exatamente o problema. O fato de você ter recebido tanta atenção.

— Mas isso é bom, não é?

— O solista cancelou por sua causa. Ele se recusa a cantar regido por uma mulher.

— Sério? Quem? — ela pergunta indignada.

— Quer mesmo saber?

Antonia me encara com seu conhecido olhar imperioso. É claro que ela quer saber. E eu entendo. Eu também sempre quero saber quem são meus inimigos.

— O barítono John Charles Thomas... — revelo. — Você desviaria a atenção dele.

Antonia balança a cabeça.

— Que divas vaidosas são esses solistas.

— Você está falando de um homem — eu digo.

— E daí? Como deveria falar?

— Você deveria chamá-lo de divo.

— *Po-tay-to, po-tah-to*[19] — ela diz, referindo-se à popular canção de Gershwin "Let's Call The Whole Thing Off". Para seguir com a posição: — Me recuso.

---

19. *Po-tay-to, po-tah-to* é uma expressão comum na língua inglesa e que faz parte da referida canção "Let's Call The Whole Thing Off", lançada em 1937. Costuma ser utilizada para comparar dois sinônimos, já que a única diferença entre ambas as palavras é a pronúncia de cada uma delas. As duas querem dizer "batata". É o mesmo que "tanto faz". (N. E.)

Antonia

50

Nova York, 1934

Ok, neste meio-tempo me tornei uma grande mestra da ostentação, tenho que admitir. É que com frequência tenho que blefar ou elogiar a mim mesma pra enfrentar certas situações. Elogiar a mim mesma é mais difícil do que blefar. As pessoas logo acham que a gente é arrogante e exibicionista. Já blefar é apenas fingir que se é mais forte do que a gente, no íntimo, de fato se sente. Algo que é muito mais difícil pras mulheres do que pros homens, aliás.

Claro que tive vontade de matar quando fiquei sabendo que aquele pretencioso John Charles Thomas tinha se recusado a trabalhar comigo. "Trabalhar sob o meu comando", tal como ele disse. Os homens simplesmente não querem ter uma mulher acima deles, esse é o problema. Desejei muito sucesso à Met com aquele almofadinha pedante, pois ouvi dizer que ele assinou um contrato lá. *Ele sim.*

Mas o espertinho também conseguiu espaço no rádio e fará shows na Broadway. Ele se tornou tão popular durante a Depressão que deve ter calos nos cotovelos de tanta gente que empurrou pros lados. Ele não vai me ver tão cedo em meio ao seu público.

Mas bem, quando fiquei um pouco mais calma, percebi a chance que me deram pra reger com mais frequência, e o que mais eu poderia fazer a não ser aceitar?

Portanto, eu disse sim, e já faço esse trabalho há um ano. Três vezes por semana eu, como maestrina desempregada, posso reger músicos desempregados. Aleluia. Recebo até dinheiro pra isso: 35 dólares por semana. E pensar que Muck rejeitou cargos na América quando lhe ofereciam salário de vinte e sete mil dólares por ano. Já fico feliz por poder pagar o aluguel e receber meu salário na minha moeda.

O projeto de apoio exige que os ensaios durem seis horas por dia, quer os músicos gostem disso ou não. Para os músicos é quase impossível manter essa disciplina, mas isso os funcionários do governo não entendem. Como é que um trompetista pode tocar seu instrumento por seis horas seguidas sem ficar com os lábios inchados? Portanto, eu levo isso em consideração. Seja na escolha das peças que fazemos, ou na duração das pausas durante os ensaios.

Como estamos todos no mesmo barco, isso também nos dá uma sensação de companheirismo. No inverno passado, enfrentamos o frio cortante na sala de ensaios, que era mal aquecida. Os músicos tocavam seus instrumentos com luvas cortadas nas pontas até que os dedos ficassem azuis. Nos meses quentes de verão, fiz pendurarem ventiladores, porque de outra forma era impossível trabalhar.

Muito de vez em quando podemos fazer uma apresentação. São pequenos clímax em nossa miséria. Eu até incluí Robin como pianista uma vez quando fizemos a "Rhapsody in Blue". O mundo inteiro sofre com a Grande Depressão, exceto John Charles Thomas, naturalmente.

— Por acaso cheguei cedo demais? — pergunto olhando pro relógio, enquanto subo no pódio. Vejo apenas sete musicistas na sala de ensaios e por coincidência ainda são todas mulheres. Elas estavam papeando, mas quando entrei ficaram logo em silêncio. Eu as treinei bem, pois tenho o hábito de começar de imediato.

Entram mais duas outras correndo, que se instalam rapidamente.

— Onde estão todos os homens?

— A Orquestra Sinfônica de Nova Jersey está fazendo audições — responde a violinista que está sentada na frente.

Eu começo a rir.

— E o que vocês ainda estão fazendo aqui?

— Eles só querem homens — diz a violinista.

Eu deveria saber.

— Só homens, é? — pergunto com uma ponta de ironia.

Deixo que meus olhos vagueiem por aquele grupo de mulheres. Quatro violinistas, uma harpista, duas flautistas, uma clarinetista e uma violoncelista. Nove instrumentistas. Ah, também posso ensaiar com nove mulheres, eu penso. E naquele momento tenho uma ideia brilhante.

Depois do ensaio vou o mais rápido possível pra casa de Robin. Mantenho o dedo por muito tempo apertando a campainha. Estou ansiosa pra contar pra ele. O que estou planejando agora talvez seja de novo um blefe. Mas *who cares*?[20]

Quando a porta finalmente se abre, tropeço nas minhas palavras.

— Robin, não é você que sempre diz: "Se quiser ter sucesso nesta área tem que chamar atenção"?

Ele me olha muito confuso, porque estou praticamente dançando de entusiasmo.

— É exatamente o que eu vou fazer. O que dá pra fazer com nove mulheres, também dá com noventa mulheres...

---

20. Em tradução livre: quem se importa? (N. E.)

Frank

51

Vou visitar Mark Goldsmith para felicitá-lo por seu filho recém-nascido, mas acabo não vendo o bebê. Três semanas atrás ele teve seu nono filho. Um menino. Batizaram-no Richard. Pensei que fosse por Richard Strauss, mas é em homenagem a Richard Wagner.

Sua esposa, Beth, já está recuperada. Ela nos serve o café sorrindo. Vejo as olheiras sob seus olhos, os traços de cansaço em seu rosto e me sinto envergonhado. É admirável que ela já esteja de volta à rotina, mas talvez fosse melhor que Mark estivesse lhe servindo café na cama. Na minha opinião, até seis semanas após o parto a mulher ainda deve ser considerada parturiente.

Bem quando ela se prepara para se juntar a nós, percebo que Mark acena para que ela saia, como se fosse a criada. Beth sai da sala. Ela mal saiu e quatro de seus filhos mais velhos entram correndo no jardim de inverno que faz divisa com o escritório de Mark. Começam a jogar bola fazendo muito barulho, ignorando as louças que estão sobre o aparador. Ouço duas vezes algo caindo e se despedaçando. Mas Mark está concentrado demais no *New York Times*, que sua esposa deixou para ele quando nos trouxe o café. Ou ele simplesmente já não escuta mais o barulho dos próprios filhos, também pode ser isso.

— Você já viu isso? — Mark me pergunta.

Antes que eu possa ver a qual artigo ele se refere, ele começa a ler.

— Procura-se! — ele fala alto, como se o texto tratasse do maior criminoso. — A maestrina Antonia Brico procura mulheres musicistas para a formação de uma orquestra feminina. Vagas para todos os instrumentos...

Ele não termina a frase e me olha de um jeito presunçoso, como se eu mesmo tivesse publicado o anúncio.

— Deixe-me ver? — eu peço.
Ele me dá o jornal e eu leio o anúncio mais uma vez com calma. Meu coração começa a bater apressado. O que ela está aprontando agora? Eu mal escuto metade das queixas de Mark e trato de terminar logo minha visita. Já estou cheio de seus filhos bagunceiros.

Quando chego lá fora, Shing, que ficou me esperando, sai do carro. Ele abre a porta para mim, mas tenho vontade de caminhar um pouco. Combino com ele que me pegue uma hora mais tarde no parque.

Numa banca de jornal, eu mesmo compro o *New York Times* imediatamente, embora seja assinante. Compro ainda o *New York Herald Tribune* e vejo que também traz o anúncio. Noto que continuo querendo olhar aquele anúncio, como se então fosse assimilá-lo melhor. A data proposta para a audição já está gravada na minha memória.

Em casa, não digo nada sobre isso para Emma. Mas na semana seguinte aguço os ouvidos nos círculos musicais para ver se a notícia teve repercussão. Parece que não. As poucas mulheres que conheço em cargos de direção de diferentes orquestras dão de ombros quando pergunto a respeito.

Dois dias antes da data da audição, tenho um encontro pela manhã com o maestro italiano Arturo Toscanini, que não quer mais pôr o pé no próprio país por causa do crescente fascismo. Decisão mais do que digna.

As pessoas não se cansam dele na América, e em Nova York estendem o tapete vermelho para cada passo que ele dá. Há uma grande comunidade italiana aqui; talvez esta base tenha a ver com isso.

Em todo caso, segundo consta, ninguém levantou um dedo quando Toscanini, em 1909, afastou Mahler da Met. Naquela época, Mahler já não tinha mais energia para se defender contra a sua demissão.

Uma estação de rádio recentemente me procurou para conduzir negociações sobre transmissões ao vivo de concertos regidos por Toscanini, hoje com sessenta e sete anos, das quais querem fazer registro em disco. Eles estão um pouco apreensivos em relação às negociações, pois todo mundo o conhece como uma pessoa muito difícil. Por conta de sua fama indiscutível, ele com certeza exigirá uma soma enorme.

Eu nem acho suas interpretações tão brilhantes assim. Ele age como se estivesse inteiramente a serviço da divina criação do compositor, mas sou conhecedor o bastante para saber que ele simplesmente não leva essas criações a sério quando convém à sua bota italiana.

Não gosto dele. Quer falar de um regente autoritário e ditatorial? Ele é o pior em seu gênero. Rege espalhando o medo. Ele pode ficar enlouquecido com os membros da orquestra, xingá-los de porcos ou compará-los a peixes podres. E estou falando aqui dos melhores músicos que existem. Eles morrem de medo dele.

Eu já tinha sido avisado de que ele não gosta de ser tratado como sr. Toscanini, mas como maestro. Quanto a isso não tenho nenhuma objeção. Respeito é a palavra mágica entre músicos, mas não pode ser uma rua de mão única.

Pouco antes de iniciar as negociações, pergunto casualmente ao maestro Toscanini o que ele acha de mulheres regentes. Vaidoso, ele começa a puxar pensativo seu bigode grisalho e elegantemente enrolado.

— Cheguei a ver uma alguns anos atrás — diz com uma voz que soa como se ele passasse suas cordas vocais todos os dias num ralador de queijo parmesão. — Acredito que se chamava Leginska, Ester ou Ethel, algo assim. Ela regia do piano, pois na verdade é pianista. Fazia essa performance fora do programa do concerto, claro. Na ovação final, os músicos se recusaram a se levantar e dividir os aplausos, de tão vergonhoso que acharam. Você não viu os cartuns sobre seu estilo ridículo de reger? Ainda me lembro que os jornais escreveram sobre a tal mulherzinha comentando que estava possuída por um demônio cigano. Dei-lhe o único conselho correto: "Vá fazer óperas. Então você fica escondida no fosso da orquestra e não choca o público".

Olho para ele e penso com meus botões que ainda há muitas muralhas a ser derrubadas... E que não vou deixar que ele leve nada de graça nas negociações.

Quando amanhece, no dia da audição, e eu leio o jornal durante o café da manhã, meus olhos recaem sobre uma manchete maldosa:

MUSICISTAS MULHERES SÃO INFERIORES

Por um instante ainda tenho esperança de que não seja sobre Antonia. Passo os olhos sobre a matéria.

"Segundo Mark Goldsmith, um célebre maestro e pianista, nunca haverá uma mulher entre os maiores regentes do mundo. Miss Brico deverá se contentar com um lugar à margem e depois cair automaticamente no esquecimento. Este é seu destino."

Uma facada atravessa meu coração. Não posso nem pensar em Antonia lendo essas palavras. Como Mark pôde atacá-la dessa forma? Continuo a ler:

"Além do mais, Miss Brico está pegando uma estrada que não leva a lugar nenhum. Vocês verão que nada mudará. Nem em dez anos, nem em vinte anos, nem em cinquenta anos. Nunca."

Reflito por bastante tempo se não deveria repreender Mark sobre isso, pois bem lá no fundo acredito que ele não poderia fazer o que fez. Mas, por outro lado, sei como funcionam as engrenagens do sistema. Às vezes, é preciso deixar que as coisas simplesmente sigam seu curso; outras vezes é necessário dar um empurrãozinho.

Assim como liguei para as redações de música dos principais jornais quando ela conseguiu seu primeiro concerto com Barnes, vou dar novamente alguns telefonemas.

Antonia

52

As placas com setas indicando a entrada da sala de audição já estão penduradas. Tive autorização para usar a sala da orquestra de desempregados. Robin cuidou do resto. Algumas mesas foram juntadas para que os músicos da banda de Robin pudessem se posicionar como comissão oficial de seleção. Tem que parecer um pouco autêntico.

O próprio Robin ainda não chegou. Disse que precisava comprar algumas coisas e que chegaria tarde. As dançarinas se vestiram com capricho e estão prontas pra receber as mulheres e acompanhá-las durante todo o processo. Eu só tive que me preocupar com as partituras, pra que as partes certas estejam nas estantes.

Agora começa a grande espera pra ver se alguém vai aparecer. Os músicos e dançarinas fumam nervosos um último cigarro. Vou até a janela e olho pra baixo. Estamos a três andares da rua. Nada à vista, por enquanto. Sim, tem pedestres passando pela calçada, mas posso ver que não estão ali por minha causa. Estranhamente, estou tranquila. Vamos ver no que vai dar. Já me sinto bem só por tentar.

Então vejo de repente o primeiro estojo de violino dobrando a esquina. Meu olhar desliza pra cima, pra mulher que o carrega. Ela anda com a cabeça erguida e passos determinados. Procura um pouco pelo número e então entra. E outras se seguem.

As nove mulheres da orquestra de desempregados também estão entre elas. Vejo pelos estojos de instrumentos que temos sete violinistas, três violistas, duas flautistas, duas clarinetistas, duas trompistas, uma fagotista, uma trombonista, uma oboísta, duas violoncelistas, e sim, até uma contrabaixista. No total são umas vinte. Elas vêm uma atrás da outra, como se tivessem combinado. As dançarinas entram em ação. Vai começar.

Já que, segundo Goldsmith, eu vou mesmo cair no esquecimento, não poderia escolher melhor peça para a prova do que a "esquecida" sinfonia de Anton Bruckner, a "Nº Zero".

Acho essa obra, que por tanto tempo permaneceu desconhecida pro mundo, a mais bonita das sinfonias desse compositor austríaco. Seriam nove no total, mas contando a "Nº Zero" são, portanto, dez. A "Nº Zero" também é sua sinfonia mais pura, porque depois de concluí-la ele não fez mais nenhuma modificação.

O modesto Bruckner, professor numa escola simples de cidade pequena, era constantemente criticado por seus contemporâneos musicais. Johannes Brahms, em particular, não queria vê-lo se destacar e lhe fazia críticas pessoais. Isso fez com que Bruckner ficasse tão inseguro sobre o próprio talento que ele pôs um grande zero na composição que precedeu sua primeira sinfonia e escreveu um "inválida" ao lado, colocando a peça em seguida num armário para nunca mais tirá-la de lá. Achava que não valia a pena ouvi-la. A crítica constante abate qualquer um.

Suas sinfonias seguintes, por sorte, escaparam disso. Ele continuava a poli-las e ajustá-las, ou eram exploradas por outros, tendo como resultado um grande número de versões. Depois de sua morte, ninguém mais sabia o que era originalmente dele e o que tinha sido modificado por outros. A coexistência de múltiplas versões de uma mesma sinfonia foi inclusive chamada de fenômeno Bruckner.

Dez anos atrás, essa sinfonia intacta – pois permaneceu inalterada –, a "Nº Zero", foi encontrada e executada pela primeira vez. Bruckner não pôde vivenciar esse momento, pois já estava morto havia vinte e oito anos.

E agora nós tocamos essa peça aqui, na sala de ensaios da orquestra de desempregados, executada por um grupo de mulheres que também são "inválidas". Ah!, estou convencida de que minha escolha por Bruckner foi a melhor. Modesto, indeciso e inseguro, e ainda deixar este legado, isso é para poucos.

A peça traz em si uma expectativa, como se algo de grande, que todos esperam há muito tempo, estivesse por acontecer. Tomo minha posição no pódio e olho pras musicistas. Tenho certeza de que estão procurando algo tão normal como simplesmente ter um emprego. Estão todas muito sérias e sem dúvida darão o melhor de si. Ninguém aqui tentará objetar minha autoridade.

— Vamos começar. Leitura à primeira vista.

Não preciso dizer mais nada.

A música começa com uma parte do contrabaixo. Já estou feliz por uma contrabaixista ter vindo fazer a audição. É o típico instrumento para o qual pode ser difícil encontrar uma mulher.

Assim como antigamente com o violoncelo, quando ainda não tinha o espigão e os músicos precisavam sentar de perna aberta para prender o instrumento entre as coxas. Mulheres, por conta da castidade, não podiam tocar violoncelo de jeito nenhum.

Por volta de 1860, foi introduzido o espigão para apoiar o instrumento. Mas, ainda assim, as mulheres só podiam tocar sentadas como amazonas, com as duas pernas pra um mesmo lado, pois ter o espigão entre as pernas também era inapropriado. Portanto, tocavam com as costas torcidas, e ainda por cima com um espartilho, porque as mulheres tinham que usar essas coisas.

Sempre rejeitei esses troços. Minha madrasta quis me empurrar um uma vez. Era um que uma menina um pouco mais velha, que morava no mesmo cortiço que nós, não usava mais. Minha madrasta não precisou pagar por ele. Acho que eu tinha uns doze anos. Não dá nem pra imaginar, mas é com essa idade que começam. Na época fiz uma cena. Fiquei furiosa, porque me senti sendo amarrada e não conseguia mais respirar.

Olho pra moça que toca contrabaixo. O mesmo instrumento de Robin...

Depois da audição, elas guardam seus instrumentos e saem do palco uma atrás da outra. Descem por uma escadinha e chegam à plateia, onde eu seguro o *New York Times* pra que todas vejam.

— Quem de vocês leu este artigo hoje? — pergunto.

Todo o grupo fica em silêncio. Quase todas levantam a mão; algumas hesitando um pouco.

— Quero agradecer a vocês por terem vindo mesmo assim — digo. — Nenhuma de vocês foi inferior.

— Bem, senhoras, para este lado — diz Dolly, que acompanhará as candidatas até a saída.

— Eh... — eu começo. — Será que a contrabaixista pode ficar mais um instante?

Ela coloca seu grande instrumento no chão de olhos baixos e vai se sentar numa cadeira de madeira no meio da sala. Pergunto à minha equipe se posso falar com ela em particular por um momento e eles nos deixam a sós.

Vou até a contrabaixista, pra que eu possa olhá-la bem. Percebo que não está se sentindo à vontade, pois não ousa me olhar quando passo por ela.

— Como você se chama? — pergunto.

Ela levanta um pouco o queixo.

— Roberta... — aqui ela hesita um pouco e limpa a garganta. — Roberta Jones. — Sai num tom um pouco mais alto.

— Roberta Jones — eu repito, pra assimilar bem o nome. E só então ouso dizer o que eu já desconfiava o tempo todo. — Robin, é você vestido de mulher? De peruca, seios falsos, maquiagem e tudo, como Miss Denise?

Ela não responde.

— Você quer provar alguma coisa com isso? Que está me apoiando?

Olho examinando bem. Deve ser Robin mesmo aqui na minha frente, pois continua calado.

— Robin? — digo suavemente.

Ele pisca rápido os olhos. Os cílios falsos tremem de maneira feminina pra cima e pra baixo. Seu exercício de maquiagem foi bem-feito, tenho que admitir. Talvez Miss Denise tenha ajudado.

— Não é uma fantasia de mulher...

— O quê?

Chego um pouco mais perto. De repente ele parece tão frágil. Não pode ser que...

— São verdadeiros. — Robin aponta pra seus seios e puxa um pouco pro lado a gola do vestido que está usando.

Meu cérebro está completamente confuso, porque, se eles são verdadeiros, então Robin está apontando pros próprios seios. Estou tão arrevesada que ainda não consigo assimilar.

— Como pode ser que eu nunca tenha percebido?

Robin me olha pela primeira vez, a cabeça um pouquinho inclinada.

— Sou hábil em guardar segredos — responde.
— Então você nunca teve um acidente?
— O acidente de ter nascido mulher.
— Você preferia ser homem?

Robin ergue os ombros, como se também não soubesse a resposta.
— Queria ser musicista — diz finalmente. — Quando subo num palco, estou em casa. Assim como você — fala e me olha intensamente. — Por isso, eu a apoiei enquanto estava em Berlim.

Isso me surpreende quase tanto quanto a revelação de que ele é ela.
— Quer dizer que aquele dinheiro vinha de você?
— De uma mulher que apoia as artes — diz com um sorriso tão doce que meu coração transborda de afeição.
— Meu Deus, Robin... — Balanço a cabeça de leve. — Então, tenho que agradecer demais a você. Me desculpe, eu não tinha a menor ideia disso, e de nada, na verdade...
— Talvez o preço seja alto demais, Antonia, mas ao menos fazemos o que queremos.
— Sim — eu concordo. — Ao menos fazemos o que queremos.

Robin se levanta. Me arrepio toda ao vê-la assim, como mulher, e dou um passo à frente. Ele ou ela, Robin continua a ser meu melhor amigo.

Robin

53

Antonia quer me envolver em seus braços, mas tenho a sensação de que será um abraço muito desajeitado. Ela ainda tem que assimilar isso tudo. Resolvo a situação levantando bem na hora o meu contrabaixo, que estava apoiado no chão. Vou com ele em direção à saída, mas pouco antes de chegar à porta eu me viro e olho para ela.

— Acho que prefiro continuar sendo quem eu era — digo depois de hesitar ligeiramente.

— Quem é você então? — ela pergunta.

— Eu sou eu mesmo. — Sorrio para ela e deixo a sala de ensaios.

Tenho uma sensação estranha agora que finalmente pude contar a ela. Guardar este segredo, ainda mais dela, custou-me muito. O período em que Antonia ficou na Europa foi um pouco mais fácil, mas aqui nós nos vemos quase todos os dias. Agora meu grande segredo não precisa mais ficar como um enorme rochedo entre nós. Exceto o segredo do grande amor que sinto por ela. Presumo que nossa amizade não possa aguentar isso e não quero correr o risco.

Quando desço a escada cambaleando em meus saltos baixos, um jornalista perdido me segue. Ele estava esperando todo esse tempo, provavelmente até que a própria Antonia saísse, mas agora ele se lança sobre mim com suas perguntas.

— Ei! — ele grita. — Miss Brico tinha mais alguma coisa a dizer?

Não preciso temer nada. Para ele sou só uma musicista desempregada. Não diminuo o passo, mas invento uma resposta.

— Ela disse: "A música não faz distinção de sexo".

Dou um jeito de me desvencilhar dele. Na saída do prédio tem um grupo de mulheres fazendo um protesto. Há alguns jornalistas e fotógrafos em volta, registrando. Olho para as diversas frases escritas nas faixas. A mensagem é que não somos inferiores aos homens, que as mulheres têm direito à própria carreira. Eu me emociono.

O jornalista também sai atrás de mim. Eu me viro por um instante. Ele está ocupado tomando notas. Só agora vejo o crachá do *New York Times* preso no seu chapéu. Endireito as costas, que estão curvadas de carregar meu contrabaixo, e vou embora com um pouco mais de orgulho do que sentia inicialmente.

Quando chego de novo em casa, quero imediatamente me desfazer de toda a feminilidade. Mas, quando passo pelo espelho, eu paro. É impressionante o que a aparência faz com a gente. Um vestido e sapatos de mulher, um penteado feminino e maquiagem, os seios livres, e não mais achatados; é assim que eu deveria ser. Mas não é mais possível. Logo recuo o pensamento.

Por dentro continuo sempre igual, penso depois de tomar um banho e vestir novamente meu terno. Antonia é corajosa, mas também tenho direito de existir do meu jeito. Além do mais, custou-me anos de prática. Como parar, como andar, como sentar, como falar; desaprendi todos os trejeitos que Miss Denise antigamente podia exagerar. A qual verdade estarei servindo se desistir de tudo isso?

Na mesma noite, Antonia vem me visitar. Eu deveria saber. Ela faz as perguntas mais lógicas, que eu sempre soube como contornar: como e por quê. Não quero mais fugir e conto a ela sobre meu irmão Ray e sobre o acidente estúpido que ocorreu com ele. O acidente que, em minha mentira sobre meu espartilho, eu transformei tão bem como quis, trocando o trator por um ônibus escolar, as cabeças curvadas dos meus pais nas cabeças curvadas dos alunos, e a vítima Ray em mim, sua irmã Roberta, chamada por todos de Robin.

Prometi solenemente a Ray que continuaria na música. Mas percebi que, como mulher, jamais chegaria tão longe quanto ele desejara para mim. Simplesmente não conseguia trabalhar. Conto a Antonia que eu ficava muito no quarto de Ray, cômodo que minha mãe sempre quis deixar intocado, e que um dia remexi em seu armário. Passei minhas mãos pelos poucos ternos que estavam ali, perfeitamente pendurados nos cabides, e algo em mim disse que eu deveria vesti-los. Mesmo que afundasse neles, o efeito foi incrível. Ternos largos e um pouco desalinhados se tornariam minha marca registrada. Ah, se as pessoas soubessem.

Depois comecei meu jogo de imitação, como eu dizia. Eu podia observar homens por horas e horas. Tornei-me Miss Denise às avessas, um verdadeiro imitador masculino, só que não para o palco.

Para conseguir que minha voz ficasse mais grave, fiz exercícios vocais encostando as costas contra a parede, levando o queixo em direção ao peito e depois falando o mais alto e o mais grave possível. Também ajudou o fato de que eu não era uma garota das mais bonitas. Meu rosto tinha traços masculinos; meu nariz marcante, mandíbula larga e a covinha no queixo foram uma bênção.

Comecei a chorar quando contei a ela que minha mãe não suportaria mais ficar ao lado de meu pai se continuasse a ser confrontada com Ray. Ele tinha que ir embora. Sempre escondi valentemente minha dor sobre isso, mas neste momento vem tudo à tona. Antonia me consola e pergunta onde meu irmão está agora.

— Eu o trouxe para cá — respondo. — Ele está em um asilo na cidade.

— É lá que você vai todos os domingos?

— Sim. Ele está melhor lá do que aqui, aos meus cuidados.

— E quem vai tomar conta de você, Robin?

— De mim?

— É, de você.

Ergo os ombros e olho para a frente.

— Esta sua preocupação com os outros é um traço bem feminino — Antonia sorri.

Sem querer, começo a rir em meio às lágrimas. Ela pergunta se pode ir junto quando eu for visitá-lo. Eu a advirto que não há muito para ver.

— A sua outra metade? — ela diz.

Eu respondo que sim.

Antonia

54

Não consegui dormir. Aconteceu tanta coisa, foram tantas revelações. Revistei minha memória pra checar se poderia ter notado alguma pista e fiquei chocada ao perceber que sim, algumas vezes, se eu não tivesse sido tão ingênua.

Na minha cabeça agora penso numa mulher, mas ela vive como um homem. Quando vesti meu casaco pra ir pra casa ontem, perguntei a Robin se tinha alguma dica de como eu deveria lidar com o curto-circuito na minha cabeça. Não quero gaguejar toda vez que for falar com ele/ela. E Robin disse:

— Continue fazendo como você está acostumada. Vou fazer o mesmo.

No dia seguinte, compramos todos os jornais que conseguimos encontrar. Folheamos todos de cabo a rabo na sala do clube. O título do *New York Times* foi o seguinte:

MÚSICA NÃO FAZ DISTINÇÃO DE SEXO

Num outro jornal saiu:

PARA A ARTE, HOMENS
E MULHERES SÃO IGUAIS

E um terceiro trouxe:

MULHERES CONTESTAM
QUE SEJAM INFERIORES

Alguns dias depois chegaram inúmeras cartas solicitando uma vaga na orquestra. Mais de duas dúzias! Robin as espalha sobre uma mesa. Todos ficam em volta e estão felizes.

— Nem tudo está perdido. — Eu rio.

— E mais boas notícias: o Town Hall está disponível — Robin fala sem mais nem menos.

— Minha nossa, o Town Hall? — pergunto abismada.

Robin conseguiu realmente reservar o teatro fundado pela organização das sufragistas? Será um lugar maravilhoso pro nosso primeiro concerto, mas também traz um fardo.

— Tem lugares demais. Como vamos conseguir lotar? — pergunto.

— Pensei em pôr um anúncio nos jornais. E convidar pessoas da alta sociedade.

— Eu não conheço essas pessoas. Você conhece?

Nossas resistentes melindrosas começam a dar risadinhas. Elas conhecem. Eu sorrio. É claro!

— Mas vocês também têm os endereços? — indago.

Todos sabemos que não; essa é a minha próxima missão.

Se eu achava que isso seria tudo, estava enganada. Pois os jornalistas agora começaram a perseguir tanto a Goldsmith quanto a mim. Eles conseguem me achar em qualquer lugar. Sempre que saio de casa ou da sala de ensaios, tem jornalistas com seus bloquinhos de anotações prontos pra conseguir uma citação. Sob o lema *Raise hell and sell newspapers*,[21] eles inflam o assunto como se não existissem outras notícias.

Os caçadores de manchetes com certeza se refestelam quando Goldsmith "revela" que eu só comecei a reger porque não era boa no piano. Uma "escolha calculada", ele diz, simplesmente porque pus na minha cabeça que queria ser famosa. Paixão pela música não era parte disso.

De minha parte, me pergunto por que Goldsmith fica espalhando inverdades assim. Será que se sente ameaçado por mim? Atribuo isso à

---

21. Em tradução livre: eleve o inferno e venda jornais. (N. E.)

Grande Depressão. Já há tantos músicos desempregados, e pras mulheres é muito mais difícil arrumar trabalho.

No dia seguinte, leio no jornal que eu mesma já estou desempregada há anos e que não é a troco de nada. Se eu realmente tivesse talento, teria encontrado emprego, segundo Goldsmith.

Digo ao grupo de jornalistas que as mulheres estão sem emprego porque faltam chances pra elas, não porque lhes falte talento.

Goldsmith chega ao cúmulo de retrucar que uma mulher regente é uma "anormalidade" e que eu estou aquém de qualquer tradição musical.

Ao que eu declaro que quero servir à música, e não a clichês empoeirados.

Os jornais publicam tudo sem diferenciação. Seria pra rir se não fosse tão cansativo. O público se delicia com a controvérsia, pois não para por aí.

Numa tarde, Robin me mostra uma lista de dez páginas, que pra minha surpresa estão datilografadas de cima a baixo com nomes e endereços, mais nada. Logo posso perceber que são pessoas da alta sociedade, pois os endereços ficam nos melhores bairros. Pergunto a ele o que significa aquilo e, principalmente, como conseguiu. Robin responde que recebeu a lista naquela tarde pelo correio. Me mostra o envelope endereçado a ele. Vejo que não há remetente.

— Usamos? — ele pergunta.

— Não é nenhum crime — eu digo.

— Antonia, eu me preocupo com você.

— Por quê?

— Todos os ataques à sua pessoa, isso não a incomoda?

— Não estou chamando atenção agora? — respondo lacônica.

Ele tem que admitir que é verdade. Publicidade negativa também é publicidade.

O ataque seguinte de Goldsmith aparece no jornal bem no dia em que farei audições para instrumentos menos populares entre as mulheres:

"As mulheres imaginam de tudo. Botam na cabeça que são as melhores em tudo. Mas não há mulheres que tocam trombone ou trompa. Sem esses instrumentos uma orquestra sinfônica não pode existir. Miss Brico jamais encontrará uma mulher timpanista."

Duas baquetas tocam energicamente os tímpanos. Estamos ouvindo a terceira candidata para a percussão. Tocamos um trecho de *Pedro e o Lobo*, do compositor russo Serguei Prokofiev. É um conto musical com um tom divertido, cuja intenção é explicar às crianças a função dos diferentes naipes da orquestra na forma de uma história.

O que a timpanista tocou até agora soa fantástico. As cordas começam a tocar e apresentam Pedro. A trompa toca em notas longas a melodia ameaçadora do lobo. E então soa alto o rufar dos tímpanos, que anuncia a chegada dos caçadores pra pegar o lobo. A timpanista ainda está tocando quando ouço a porta atrás de mim se abrir.

— Willy Wolters!

Reconheço esta voz entre mil e imediatamente sei o que vem pela frente. A timpanista para de tocar. Eu me viro. Toda a orquestra feminina olha pra sra. Thomsen, que entra luxuosamente vestida. Está acompanhada por duas senhoras que também inflam o peito pra parecerem imponentes. Todas as três trazem um animal morto jogado nos ombros, embora faça bastante calor. Não gosto de peles, prefiro ver os animais vivos.

Dou alguns passos em sua direção. Já de longe a sra. Thomsen começa a falar comigo toda agitada.

— Que você queira passar vergonha subindo no pódio é uma coisa, mas uma orquestra de mulheres ultrapassa todos os limites.

Ponho as mãos no bolso da calça e solto um suspiro enfastiado.

— Deixe-me adivinhar, a sra. está do lado de Mark Goldsmith.

— É claro — ela diz. — Estou aqui para desencorajar seu plano, para que você não se exponha a um espetáculo ridículo.

— As pessoas adoram espetáculos — eu digo. — Se puder oferecer um ao meu público, não vou me omitir.

A sra. Thomsen acha aquela resposta atrevida e parte em outra direção.

— Você enviou convites a todas as pessoas do meu círculo de amizades.... — ela diz furiosa.

Troco um olhar com Robin. A misteriosa lista de endereços?

— ... e eu farei de tudo para garantir que elas não compareçam.

— Não deixe de fazer o que acha que deve fazer — eu digo, e ao mesmo tempo também olho para o seu cortejo. — Farei o mesmo. Tenha um ótimo dia.

Dou as costas pra ela pra continuar com a audição. Ela não está acostumada a isso. Ouço quando bufa indignada. Enquanto escuto o barulho dos saltos de seus sapatos se distanciar, olho pras minhas mulheres. Vejo sorrisos em suas bocas. Respeito mútuo também é uma forma de atingir o que se quer.

Alguns dias depois a sra. Thomsen se vingou. E como! Gastamos uma bela quantia de dinheiro para pôr um anúncio no jornal sobre nosso concerto no Town Hall e o anúncio se perdeu completamente em meio à seção de anúncios de carros usados. Não fico nada contente quando vejo isso.

— Como podem ter colocado nosso anúncio aqui? Ninguém olha esta seção. Que dinheiro jogado fora — fulmino e praticamente rasgo o jornal na frente da minha equipe.

Robin limpa a garganta:

— Acho que a sra. Thomsen também tem contatos na imprensa.

É claro que faz sentido.

— Já temos reservas? — pergunto.

Dolly levanta uma pequena pilha de cartas. Todos olham.

— Isso é tudo?

Dolly faz que sim com a cabeça.

— Portanto, vamos tocar pra uma sala vazia!

Fico muito frustrada, mas tenho que admitir que fui derrotada pela sra. Thomsen.

— Temos que desmarcar o Town Hall.

— Eles não vão aceitar — diz Robin. — Temos que pagar pela sala.

— Com que dinheiro? — eu grito. — Ah, que desastre!

Noto que os músicos e dançarinas não ousam dizer nada. Querem me deixar desabafar primeiro. Robin tem outra personalidade.

— Acho que devemos ir em frente, não importa como.

— Mas como diabo vamos pagar nossas musicistas? — retruco.
— Elas querem tocar mesmo sem ganhar nada — diz Robin.
— Nada? — pergunto impressionada.
— Nem todo mundo está contra nós — dispara Robin com seu familiar tom de poupe-me-de-sua-autocomiseração. Olho ao redor da nossa salinha, onde todos têm dado duro pra fazer as coisas acontecerem. Ele tem razão. Não posso desistir agora.
— Muito bem — digo. — Então, vamos ao menos garantir a elas um público decente. O concerto será gratuito e perguntamos ao Town Hall se podemos pagar depois. Não vamos mais gastar com nada. Só faremos publicidade gratuita.

Dolly ergue uma carta que parece ser oficial.
— Tenho aqui uma carta da primeira-dama — ela diz totalmente estupefata. Toda a atenção agora se volta pra ela.
— O quê? — digo incrédula.

Ela vem até mim pra entregar o envelope.
— "A Miss Brico, de Mrs. Roosevelt", está escrito.

Olho pra carta e em seguida pra Robin. É verdade, está escrito mesmo.

Tive que pegar outra vez um *tailleur* emprestado com Dolly, claro, pois as dançarinas acharam novamente que eu mesma não tinha nada decente pra vestir. A primeira-dama da América havia me convidado para encontrá-la no hotel onde estava hospedada. Mrs. Eleanor Roosevelt. Acho que nunca tivemos antes uma mulher tão especial como a primeira-dama. E ainda por cima sua família também é de origem holandesa. Muitos americanos pronunciam errado o nome do nosso presidente, com um "u", mas eu sei que este duplo "o" deve ser pronunciado "ou", como em holandês, portanto.

Ela com frequência se apresenta em público e não tem papas na língua quando se trata de direitos civis, igualdade salarial e emancipação feminina. Ano passado, lançou seu mais recente livro, It's Up to the Women. Bem, dá pra se dizer exatamente isso sobre minha área de atuação.

Olho pro relógio pela centésima vez. Estou um pouco impaciente, porque logo em seguida tenho um compromisso numa rádio onde querem fazer uma entrevista comigo. Robin conseguiu arrumar pra mim, pois, como combinamos, faremos toda a publicidade que não nos custar nada. Ele já deve estar lá.

A secretária da sra. Roosevelt, que estava trabalhando numa escrivaninha no hall em frente à suíte presidencial do hotel Waldorf Astoria, sai pra caminhar. Eu me levanto e vou rápido até ela.

— Sabe se ainda vai demorar muito?
— A senhora tem pressa?
— Tenho que estar daqui a pouco numa rádio e já estou esperando faz meia hora.
— Sinto muito, mas ninguém pode dizer à sra. Roosevelt para se apressar.

Ela segue pelo corredor. Ainda olho um instante pra ela. Estou farta de ter que continuar esperando. Olho pra porta e depois de uma batida rápida e firme entro na suíte presidencial.

Depois de quinze minutos já estou saindo. A sra. Roosevelt me acompanha.

— Miss Brico, foi um prazer conhecê-la — ela diz enquanto caminha comigo por um trecho do corredor. — A pessoa que me chamou a atenção para a senhora não exagerou nem um pouco.
— Posso perguntar quem foi?
— Sinto muito, foi-me pedido para manter isso em segredo — ela responde.
— Acho que então temos que respeitar — digo com um sorriso amável.
— Foi exatamente o que ele disse sobre a senhora quando foi atacada na imprensa: "Um grande músico deve ser tratado com respeito".

Controlo a forte reação que sinto tomar conta de mim. São as mesmas palavras que Frank me disse sobre Mengelberg quando me demitiu. A sra. Roosevelt não percebeu nada.

— Ele deve tê-la em alta conta, pois pagará pela sala.

O quê?

A sra. Roosevelt continua falando, enquanto eu tento respirar fundo e desacelerar meu coração:

— Boa sorte com os preparativos. E se posso lhe dar mais um último conselho: faça o que o seu coração mandar, pois críticas a senhora receberá de qualquer forma.

Nos despedimos com um aperto de mão. Eu me viro. Ela volta pra sua suíte. Tenho que ir pra rádio.

Me apresso a atravessar o magnífico hotel. *Foi Frank! O tempo todo, era Frank! Como não percebi isso antes?* O luxo e a grandiosidade só me fazem pensar ainda mais nele. Passo por corredores, escadarias, cruzo saguões enormes, até que vejo o céu. Agora devo ir como uma flecha até a estação de rádio onde Robin está me esperando. Mas sei que tenho que ir a uma única pessoa.

Robin

55

Fico completamente perplexo quando vejo Goldsmith entrar no estúdio de rádio onde Antonia será entrevistada daqui a pouco. Se ela chegar a tempo. O apresentador o cumprimenta cordialmente como um aguardado convidado e Goldsmith também vem até mim para se apresentar. Ele deveria saber tudo que eu sei sobre ele.

O sujeito da rádio não me disse que ele também estaria aqui. Considero a ideia de cancelar a entrevista, mas não posso fazer nada, pois a pessoa a quem represento não está aqui agora. Por que demora tanto? Será que a sra. Roosevelt tinha tanta coisa pra dizer? Ou será que Antonia está presa no trânsito? Eu fiz um cronograma que era possível cumprir.

Quando Goldsmith se posiciona à mesa, a plaquinha vermelha logo se acende. Estão *no ar*. Fico onde estou. Entre a porta e a mesa de debate.

— O público gostaria de saber: mulheres são talhadas para ser musicistas? — começa o apresentador. — E, por favor, tenha em mente que neste país há cerca de dezessete milhões de aparelhos de rádio e aproximadamente cinquenta milhões de pares de ouvidos nos escutando.

Fico zonzo quando tento apreender esses números. Não se tem uma plataforma assim em nenhum outro lugar. Precisamos tirar vantagem disso.

— Na música tudo também gira em torno dos ouvidos. Não se pode atormentá-los — diz Goldsmith afiado.

— O senhor não acha que o mundo orquestral está pronto para uma mudança cultural?

— Isso não tem nada a ver com cultura — responde Goldsmith com uma cara azeda. — Não passa de uma forma duvidosa de entretenimento; uma maneira patética de mulheres quererem chamar atenção. Pois, seja sincero, o senhor compraria um ingresso para um concerto assim? — Ele olha para o apresentador, interrogando.

Bem quando o anfitrião quer abrir a boca, o próprio Goldsmith preenche o silêncio já um pouco longo demais:

— Ora, eu não.

— Gostaríamos muito de perguntar isso à própria Misso Brico — explica o apresentador. — Nós a convidamos para esta conversa, mas tememos que ela ainda não tenha chegado.

— Mais um motivo pelo qual não vai funcionar: mulheres sempre estão atrasadas — resmunga Goldsmith.

O apresentador solta uma risadinha.

— O senhor ri, mas é verdade — reage Goldsmith irritado.

— Eu rio porque conheço muitos homens que também chegam sempre atrasados. Parece que o senhor apenas implica com as mulheres.

— Sou casado e tenho nove filhos. Mas é uma imagem simplesmente horrível a visão de uma mulher tocando um instrumento de sopro, com os lábios apertados e as bochechas infladas e vermelhas como se estivessem a ponto de explodir.

— O senhor, na verdade, quer dizer que mulheres devem parecer elegantes e atraentes. É disso que se trata? Não de como elas tocam? — o apresentador desafia Goldsmith.

— Digo apenas como o público pensa a respeito.

Ele deve saber quanto está certo. Não que eu concorde com ele, mas não sou a prova viva disso? Como musicista mulher me escondi, disfarçada de homem; nunca lutei abertamente como Antonia. E tudo isso pelos motivos que Goldsmith esboça aqui. Deus sabe que eu tentei. Quando estava atrás do contrabaixo, riam, zombavam de mim, ou atiravam comida. Isso ainda me custou uma fortuna em vestidos porque nem sempre conseguia tirar as manchas que ficavam neles.

As pessoas não conseguem olhar para além das aparências. É simples assim. E eu exagerei na minha adaptação. Pensei: *Se tocar como homem, vão aceitar*. Deixei minha verdadeira identidade ir rastejando para a sua concha. Assim como Goldsmith eu pensei: *Desde que seja atraente*.

— Tem que ser atraente — grasna Goldsmith, como se pudesse ler meus pensamentos.

Antonia

56

— Atraente ou não — ouço o apresentador dizendo enquanto um funcionário mantém a porta do estúdio aberta —, a primeira apresentação de Miss Brico está programada para o Town Hall de Nova York. A sala tem mil e quinhentos lugares! O senhor acha que eles vão vender tantos ingressos?

Sorrio pra Robin, que parece aliviado em me ver. Goldsmith está sentado de costas pra mim.

— Ela já deve estar apreensiva, pois ouvi dizer que o concerto será gratuito — responde Goldsmith.

— Ela não quer ganhar nada?

— Apelou para essa medida de emergência porque não há nenhum interesse.

— Ah, vejo que Miss Brico acabou de chegar. — O apresentador empurra um pouco o microfone em minha direção enquanto vou me sentar ao lado de Goldsmith na mesa. — A senhora quer dizer algo a este respeito?

Sinto imediatamente a frieza de Goldsmith. Não me impressiona nem um pouco.

— Apelamos pra essa medida de emergência por causa da crise — defendo. — Pra que o concerto também seja acessível para pessoas sem dinheiro. Portanto, aproveito para convidar o público a vir nos assistir. E sinto muito por ter me atrasado, mas tive um compromisso importante.

— O que pode ser mais importante do que este seu projeto destinado à ruína? — zomba Goldsmith.

Lanço de leve o meu sorrisinho americano pra ele. Sobreviver, é do que se trata.

— Tive aulas com o sr. Goldsmith no passado — digo com meus olhos novamente voltados pro apresentador. — Naquela época, a visão dele sobre as mulheres já era peculiar: tinham que se manter por baixo. De fato, e justamente por isso, eu aprendi como me elevar. É algo que ainda me...

Faço silêncio. As lembranças vêm à tona com muita intensidade: o sonho que se desfez, a injustiça do preço que ele me fez pagar, o mundo às avessas. Histérica...

O apresentador preenche o silêncio desconfortável.

— Magoa?

Olho um instante pra Robin, que me encoraja com um aceno de cabeça. Goldsmith agora me fita agoniado.

Eu balanço a cabeça.

— Não... é algo que ainda me estimula. Sinceramente.

Levanto um pouco meu queixo. Posso finalmente jogar fora o jugo e me libertar de Goldsmith. E que maravilha ter meu trunfo agora, que tenho graças a uma só pessoa.

— Meu compromisso agora há pouco foi com nossa primeira-dama — olho desafiadora pra Goldsmith —, e ninguém pode dizer à sra. Roosevelt para se apressar.

Goldsmith muda de cor.

— Sua visita teve algo a ver com a New York Women's Symphony Orchestra? — pergunta meu anfitrião.

Não consigo conter um sorriso de orelha a orelha.

— Teve tudo a ver com isso. Nossa primeira-dama acaba de se ligar à minha orquestra.

Robin olha surpreso.

— Estamos muito honrados por ela querer ser nossa patrona — continuo.

Isso deve ser pura tortura pra Goldsmith.

Me dirijo de propósito diretamente a ele e, por extensão, à sua alma gêmea, a sra. Thomsen:

— E com isso quero deixar claro que há interesse mesmo nos círculos mais elevados.

Antonia

57

Long Island

Um táxi me leva até a casa de Frank. Controlei a tempo meu impulso de procurá-lo logo depois da conversa com a sra. Roosevelt. Agora tenho uma companhia pra dirigir e tenho que ter responsabilidade. Além disso, a correria com todos os preparativos me deixou totalmente ocupada, mas agora arrumei um tempo pra isso.

Estou mais nervosa pra este encontro do que pro concerto amanhã à noite. Chego com o coração aos pulos. Quanto tempo faz desde que passei uma noite aqui? Uma única noite. *Assim como minha mãe. Naquela época, o futuro ainda reservava tantas coisas pra nós*, pensei. Como tudo tomou um caminho tão diferente.

Fico ainda mais nervosa quando penso que talvez Emma abra a porta. Que Frank talvez nem esteja em casa. Pois estou chegando de surpresa. Peço ao chofer do táxi pra me esperar pra viagem de volta.

Me preparo enquanto caminho sobre o cascalho estrepitante até a porta da frente da casa de Frank. Toco a campainha.

Logo depois um mordomo chinês abre a porta. Eu o reconheço de antigamente. Uma vez ele me levou como motorista até a casa de campo dos pais de Frank e depois até a estação. Até cheguei a trocar com ele algumas palavras em chinês que eu conhecia.

— Como posso servi-la, senhora? — ele pergunta um tanto formal.

— Vim falar com Frank Thomsen.

— A quem devo anunciar?

Será que ele não me reconhece mais? É claro, já faz oito anos.

— Uma velha amiga.

Ele sorri pra mim como se agora lembrasse.

Naquele momento, uma criança pequena aparece rindo, correndo pelo corredor. O menino está sendo seguido por seu pai e se esconde alegre atrás de mim. *Ele tem um filho*, me dou conta.

Frank, cujos olhos estavam dirigidos a seu filhinho, levanta o olhar e para abruptamente quando me vê. Jamais esperava que eu estivesse aqui. Percebo que ele tem que mudar de postura, de um pai brincando pra... bem, para o que na verdade?

— Você... — ele diz quase sem fôlego.

— Olá, Frank.

Seu filhinho dá um gritinho por trás da minha saia e percebe que seu pai não está mais brincando.

— Vejo que você tem um filho.

— É.

Olho pro menininho, que está bem perto de mim. Destemido. Sorrio.

— Como você se chama?

— Will... — diz o menino.

Olho surpresa pra Frank.

— William — Frank corrige.

Ele não está nem um pouco à vontade. Ouço quando solta um suspiro profundo.

— Pode levá-lo para cima? — ele pergunta ao mordomo, que imediatamente atende ao que lhe foi pedido.

— Que graça de menino — digo enquanto olho pra criança. E também um pouco pra quebrar o gelo.

— Sim — ele articula com dificuldade.

Não há dúvida de que é uma situação difícil pros dois. Mas ao mesmo tempo sinto que meu coração se abre de amor. Estava tão bem escondido que agora quer rebentar. Eu o sinto na minha garganta, abre caminho pelo peito e quase corta a minha respiração. O amor que nunca pôde ser vivido.

— O que a traz até aqui? Quer entrar? — Frank faz um gesto amistoso me convidando a entrar.

Percebo que ele está sentindo o mesmo que eu. Simplesmente sei disso. Pela maneira como olha pra mim, por sua linguagem corporal.

Balanço a cabeça.

— Não, não, não se preocupe. Já tenho que ir embora.

Estamos parados no hall como dois jovens apaixonados que não sabem o que devem dizer. Perdidos em nossos corações naufragados com uma boia de salvação à vista.

— Eu... eu vim pra lhe agradecer. Pelo que você fez.

— E o que seria? — ele pergunta.

Me comove que ele finja não saber de nada.

— A sra. Roosevelt? — explico. — E o Town Hall?

— Isso não é nada.

Sinto lágrimas nos olhos, mas não quero perder nenhum segundo do tempo que podemos nos olhar.

— Pra mim é — eu digo. — Demorou um pouco até que eu percebesse que você tinha mexido vários pauzinhos. Estou em dívida com você.

Frank balança a cabeça.

— Veja isso como minha maneira de pedir desculpas.

— Desculpas? Pelo quê?

— Por eu ter pedido que você menosprezasse seu talento ao não o utilizar.

Eu sorrio.

— Uma vez você chamou isso de "insanidade".

Frank me olha e em seus olhos posso ver um profundo arrependimento.

— Você não é insana. Eu, sim, fui insano quando deixei você partir...

Vejo que ele também luta contra suas lágrimas. Fazemos exatamente a mesma coisa. Contemos todo o sentimento.

— Isso também vale pra mim.

Nos olhamos com um olhar que demonstra a intensidade do nosso amor.

De longe, ouço William chamar pelo pai. Compreendo que Frank tem que voltar para o que ele tem aqui.

— Não vou mais o incomodar — digo e me preparo pra sair.

Frank me alcança pra segurar a porta aberta pra mim. Como um verdadeiro cavalheiro. Saio e vou até onde o táxi me espera. Mas depois de alguns passos eu me viro e olho pra ele. Hesito se devo ou não perguntar.

— Você vem ao concerto?

— Não, vou ficar em casa... com William. Talvez Emma vá...

Faço um aceno com a cabeça. *Está bem.*

Frank

58

Ela está indo embora da minha vida. Olho para ela e fecho a porta, mas continuo sobre o capacho. Olho fixo para o chão enquanto ouço o táxi partindo. Meu corpo ainda sente o tremor do choque que me perpassou quando a vi aqui dentro.

A decisão de ajudá-la foi tomada tão instintivamente que nem mesmo sei explicar meus motivos. Seria mais simples enumerar os motivos para não o fazer. Esses eu sei muito bem. Que seria mais fácil tirá-la do meu coração se não a visse. Que seria melhor não ouvir ou saber nada sobre ela, e melhor não ver nenhuma foto. Que só dessa maneira eu conseguiria dar uma chance ao meu casamento com Emma.

Emma merece isso. Ela é atenciosa e amorosa, elegante e inteligente, e vem do meu círculo social. Na verdade, ela é tudo que eu poderia desejar de uma mulher. Posso contar com ela, nunca vai me decepcionar. É uma boa mãe. Apenas... não é Antonia.

Não consigo entender bem por que sua paixão por sua independência torna Antonia tão atraente. Seria por que ela é uma em mil? Única em seu espírito livre, seu destemor, sua ousadia, enquanto Emma tem a docilidade que reconheço em quase todas as outras mulheres? Por que com Antonia sinto que de fato somos iguais? Por que ela – desde que a conheço – exige meu respeito e, com isso, traz à tona o que há de melhor em mim? Mas também me sinto atraído por ela fisicamente. Embora Emma talvez seja mais bonita. Não sei como analisar. Nunca soube, em todos estes anos. Amo Emma, mas Antonia continua sendo meu grande amor.

E agora ela estava aqui. No hall. A um metro de distância de mim. Agora ela sabe que dei o nome de meu filho, o que tenho de mais importante e precioso na vida, em homenagem a ela. William. Também esta uma escolha tão intuitiva, pois era de se pensar que eu não quisesse me lembrar dela. Era para ele ter outro nome; na verdade, tínhamos pensado em Timothy, e Emily se fosse menina. Mas no dia em que ele nasceu esse nome foi mais forte que eu, e Emma deixou que eu decidisse.

Não me arrependo de ter ajudado Antonia. Pelo contrário. Ela merece. Informar a imprensa e agitar as notícias, enviar o arquivo de endereços de minha mãe a Robin, pagar o aluguel do Town Hall quando percebi que não havia muito interesse pelo concerto, pedir uma audiência com a sra. Roosevelt, e principalmente, mas isso foi o mais difícil de tudo, atiçar Mark Goldsmith para acender a controvérsia entre eles e depois deixar que seguisse seu curso. Não importa o que os jornais escrevam sobre você, desde que escrevam. Só assim se consegue a atenção do público.

Mas não era a intenção que ela ficasse sabendo. Deveria ter perguntado como descobriu. Posso supor que alguém como Eleanor Roosevelt não faria fofoca.

— Papai, papai, papai! — Will me chama.

Seus passinhos rápidos se aproximam pelo assoalho. Ele abraça minha perna com seus bracinhos curtos. Eu o pego no colo. Meu filho me traz de volta à realidade.

Na noite seguinte, depois de cobrir Will em sua caminha e confiá-lo aos olhos atentos de sua babá, penso que é bom mesmo que eu fique em casa. Emma já saiu. Ela vai ao concerto de Antonia. E pode parecer um milagre, mas minha mãe também vai. Desde que ouviu no rádio que a sra. Roosevelt se tornou a patrona da orquestra de mulheres, ela virou a casaca. Ou, e talvez isso seja mais provável, quer ver com os próprios olhos se Antonia se exporá ao ridículo com sua orquestra, pois essa era sua maior refutação.

Meu pai, que aliás deseja o melhor para Antonia, também foi levado junto. Eu mantive distância de todas as discussões que minha mãe começava com quem quer que quisesse dar ouvidos a ela. Ela também me desafiou. Perguntou o que eu achava, afinal. Fiquei de boca fechada. Não queria que ninguém pudesse me ligar de alguma forma ao concerto de Antonia.

Me pergunto se haverá público suficiente. Desejo sucesso a Antonia. A notícia de que o concerto seria gratuito deixou claro que não havia muito entusiasmo e que a venda de ingressos não ia bem. Vou ficar sabendo tudo hoje à noite por Emma. Mas também terei que ser cauteloso. Ela pode de repente perguntar por que simplesmente não fui junto.

Vou até a cozinha para pedir a Shing que me traga meu café. Decidi que vou ficar trabalhando até tarde, para fechar minha mente para todo o resto. Quando abro a porta da cozinha, Shing está comendo. Movimenta habilmente os palitinhos da tigela de arroz à boca. Ele logo se levanta quando me vê, apesar de eu insistir há anos que ele sempre pode continuar sentado e tranquilo quando eu entro para pedir alguma coisa.

Pela velocidade de seu movimento, um palitinho cai no chão. Quica pra cima e pra baixo no chão de ladrilhos. Em minha cabeça, o movimento parece ralentar. Penso no palitinho que caiu no banheiro masculino, quando encontrei Willy pela primeira vez. Aquela noite o significado daquele palitinho me escapou completamente; mais tarde rimos muito daquilo, quando passamos nossa última semana juntos. Como eu podia saber que ela já estava regendo ali?

Ela teve que se abaixar para pegá-lo no chão. Eu agora também me agacho, mais rápido que Shing. Minha mão alcança o palitinho, assim como a mão dela, tantos anos atrás. *Ela teve um longo trajeto*, eu penso. Seguro o palitinho em frente ao rosto, como se houvesse algo a ser descoberto.

Serei um covarde se não for.

Ao longo do palitinho, olho para Shing, que me conhece não é de hoje.

— Devo pegar o carro? — ele pergunta.

Ele sabe antes de mim que quero ir ao concerto.

Frank

59

Nova York

Não sei o que eu esperava, mas não isso. O trânsito está completamente parado em torno do Town Hall. Nosso automóvel está no meio do congestionamento. Não temos como sair. Estou no banco de trás remoendo a irritação. Vejo um mar de carros de luxo diante de mim, a alta sociedade é conduzida por seus motoristas. Na calçada, ao meu lado, dezenas de pessoas caminham bem-vestidas. Todos vão na mesma direção; os cavalheiros com smoking ou terno, as damas com vestidos longos. Mas há também pessoas com roupas mais simples na rua.

Quase não posso imaginar que estejam todos indo ao concerto de Antonia. Há outros teatros nesta região em torno da Broadway e ainda nem dá para ver o edifício do Town Hall.

Um pouco atrás de nós, alguém começa a buzinar. Imediatamente surge uma cacofonia de automóveis buzinando. Todo mundo parece fora de si. Olho em meu relógio pela enésima vez. Shing, que sente a minha tensão, também aperta a buzina impaciente. Não tem nenhum sentido. Simplesmente não vou conseguir chegar.

Mas então falo a sério comigo mesmo. Vou desistir tão fácil? Enquanto Antonia move céus e terras quando quer conseguir alguma coisa? Abro a porta, salto do carro e começo a correr, trançando entre os automóveis parados, pois na calçada o fluxo também está estagnado. Tenho que dar um pulo para o lado quando de repente a porta de um carro se abre e um homem sai, tenho que saltar sobre uma poça d'água, tenho que cruzar no meio de grupos de pessoas que agora também preferem andar pela rua. Corro, e corro, e corro. Minha vida depende disso, e é uma ótima sensação.

As letras na fachada brilham para mim quando dobro a esquina. Já vi luminosos assim centenas de vezes, mas mexe comigo ver o nome de Antonia como regente sob o nome de sua orquestra: The New York Women's Symphony Orchestra.

Há um emaranhado de pessoas na entrada. Estão se empurrando para entrar, mas os porteiros não estão mais deixando. O mesmo vale para os ricos cavalheiros e damas que são deixados por suas limusines. Pelo visto haverá transtornos, pois eles não aceitam um não. Me pergunto se Emma e meus pais conseguiram entrar. Quem poderia pensar que haveria tanto interesse! O teatro poderia ter sido lotado duas vezes.

Por um instante, fico olhando indeciso para as longas filas na frente do edifício e fustigo meu cérebro pensando em como conseguirei entrar. Me viro e começo a andar na direção oposta.

Ainda bem que conheço tão bem este edifício. Consegui entrar pela entrada de artistas, ainda que estivesse vigiada como um forte. Só precisei mostrar meu cartão. Subo a escada de serviço saltando mais de um degrau por vez em direção às salas da administração. Não tem mais ninguém aqui, mas durante o dia este é o sistema nervoso do teatro.

Quando chego no alto e corro por um longo corredor, vejo um porteiro vir até mim. Diminuo o passo, ajo como se devesse estar aqui e lhe dou um cordial boa-noite. O homem devolve o cumprimento educadamente. Depois que ele passa, começo de novo a acelerar.

Espero chegar à porta de entrada das últimas filas da galeria, onde em todos os outros teatros os tetos são mais baixos e as cadeiras, as mais duras. Mas o Town Hall, que foi criado pelas defensoras do sufrágio feminino, é conhecido por não ter lugares ruins.

Quando abro a porta de funcionários, fico surpreso ao ver que aqui também está completamente abarrotado. Jovens e velhos ainda tentam pegar um último assento. As funcionárias estão ocupadíssimas. Pelas portas abertas, posso ver que a primeira-dama é recebida com muita reverência, mas o resto está caótico. O balcão está cheio até a borda.

Em meio a toda a agitação, desço a escada correndo até chegar lá embaixo, na plateia. Lá também tem gente na porta. Gritam que querem entrar. As funcionárias e os porteiros não cedem nem um centímetro. Sei que não podem fazer isso, por ordem dos bombeiros. Já tem gente demais neste prédio, mas irão embora aos poucos quando o concerto começar.

Estou orgulhoso de Antonia. Ela conseguiu. Pode ser que, por ser grátis, ela não ganhe nem um centavo, mas o lançamento de sua orquestra de mulheres não poderia ser melhor. Agora Antonia só tem que fazer mais uma coisa: obter êxito. Será que ela está muito tensa? Sinto os nervos dela correndo por mim como uma grande efervescência. *Quero participar disso.* Abro um caminho pelo mar de gente e não me deixo conter por nada nem ninguém.

Antonia

60

Um pouco antes de um concerto eu me isolo do mundo. Entro numa espécie de casulo. Meus pensamentos se voltam pra dentro e me entrego a um estado de hiperconcentração. Não preciso me esforçar muito pra isso, vem naturalmente.

Hoje de manhã ainda fiz um ensaio extra com minhas musicistas. Queria incluir mais uma peça que não estava no programa oficial. É curta, menos de cinco minutos. O compositor britânico Edward Elgar escreveu essa música em 1888 pra sua noiva. Era sua saudação de amor pra ela. Ele deu o título alemão "Liebesgruß" porque sua amada falava alemão fluentemente. Mais tarde ele mudou para o francês: "Salut d'Amour".[22]

L'amour ainda é praticamente tudo que eu sei de francês, mas imagino que agora, aos trinta e dois anos, eu entenda muito mais sobre o amor. Quando me despedi de Frank ontem, na porta da sua casa, compreendi que me ver é muito difícil pra ele.

Eu mesma não senti isso durante anos? Não era à toa que eu preferia viajar pela Europa. Demorei uma eternidade pra superar a perda de Frank; foi muito profundo. Mas aos poucos descobri que esse amor é aquele que quer ter uma pessoa como posse. Não o amor que deixa livre. E agora vi o mesmo em Frank. Ele não pode dar este passo, assim como eu não pude.

Mesmo assim, quando penso nisso meu coração se enche de ternura. E a peça de Elgar representa esse amor terno. Mesmo que ninguém mais saiba, é minha ode a Frank, minha maneira de agradecê-lo por tudo o que fez.

De fato, ternura é o que há de mais difícil de transmitir na música, todo regente sabe disso. Mas agora eu tinha a sorte de poder explicar isso pras mulheres. Que diferença enorme. Como elas estavam

---

22. Em tradução livre: saudações de amor. (N. E.)

entusiasmadas pra acertar no ensaio. Estou tão orgulhosa delas. O que quer que aconteça, pra mim todo o projeto já é um sucesso. Porque estou fazendo as instrumentistas felizes também, não só a mim mesma.

A porta do meu camarim se abre e Robin enfia a cabeça pra dentro.

— Como está lá fora? — pergunto.

— Um grande espetáculo! — Robin responde com um enorme sorriso no rosto e me deseja sucesso.

Sei quanto orgulho Robin sente de mim. Já falamos tantas vezes disso. Como quero muito ver com meus olhos quantas pessoas vieram, vou pra coxia. Todas as integrantes da minha orquestra já estão prontas ali, a maioria com seus instrumentos já a postos. As garotas usam bonitos vestidos pretos com detalhes brancos aqui e ali. Estão lindas. As melindrosas foram eficientes em ajudá-las com os penteados e a maquiagem.

Dolly alugou um vestido de gala preto pra mim. Não queria de jeito nenhum que eu fosse novamente citada como a mais malvestida. Ela tinha certeza de que escreveriam sobre nossa aparência.

— Deixe isso para os homens — acrescentou.

Tenho que admitir que ela escolheu bem o meu vestido. É simples, mas cheio de estilo, e eu me sinto bem nele.

Quando, da coxia, olho pra massa de pessoas na plateia, fico totalmente estarrecida. Não podia imaginar que haveria este turbilhão. No balcão, a primeira-dama é acompanhada ao seu lugar por duas funcionárias. Que honra ela querer estar presente. Ela desce pra se sentar na primeira fila do balcão. Mas, antes que isso aconteça, vejo aparecer alguém pra cumprimentar a sra. Roosevelt. Ninguém menos que a sra. Thomsen! Então ela veio! Posso até adivinhar o que a sra. Thomsen tem a dizer pra nossa patrona. Pelo visto está bajulando. Eleanor Roosevelt se limita a poucas palavras. A sra. Thomsen vai se sentar um tanto desgostosa e agora também vejo o sr. Thomsen e Emma. Por um instante, sinto um nó no estômago de tanto nervosismo.

As integrantes da orquestra entram. A plateia aplaude com entusiasmo. Acredito que nenhum dos presentes jamais viu isso: noventa instrumentistas mulheres entrando no palco. Elas se posicionam e começam imediatamente a afinar seus instrumentos. As funcionárias e os porteiros trabalham a todo vapor pra manter a ordem, mesmo tendo que ser duros e mandar pessoas embora. Não gostaria de estar na pele deles.

Robin está ao meu lado e faz um aceno com a cabeça. Chegou o momento de entrar. O holofote me segue enquanto vou da coxia até o pódio. Todas as musicistas se levantam. O aplauso é caloroso. As pessoas estão ansiosas.

Olho sorrindo pra plateia quando passo pela orquestra em direção ao pódio. Vejo meu pai e minha mãe sentados em algum ponto da quarta fila. Capto seus olhares. Que extraordinário eles também terem vindo. Tive que conter um risinho quando pensei que com certeza é porque o concerto é grátis, mas logo afastei este pensamento. Meu pai e minha mãe estão tão radiantes que me sinto comovida.

Umas duas cadeiras depois está Miss Denise, lindamente vestida e maquiada. Indistinguível de qualquer outra mulher. Ah, se meus pais soubessem! Perto deles também estão os músicos da banda de Robin e as garotas do teatro de revista. Quanto eu devo a eles.

Cumprimento minha spalla e subo no pódio. Olho pra cima pra nossa primeira-dama e faço uma reverência respeitosa. A sra. Roosevelt se levanta e acena imponentemente, inclinando a cabeça. Só então dou as costas pra plateia.

A orquestra se senta. Abro a partitura, ergo minha batuta e olho encorajadora para as mulheres. Todas estão extremamente concentradas. Ah, o sagrado e mágico silêncio pouco antes do concerto.

Um pesado baque ressoa pela sala. O barulho vem de trás de mim. Foi uma porta que bateu? Alguém que as funcionárias tiveram que colocar pra fora? Ouço um burburinho crescente.

Troco olhares com a spalla, pois não posso olhar pra plateia, mas em seu rosto vejo apenas que ela está confusa. Deixei de cumprir algum ritual ao cumprimentar a primeira-dama? Serão por isso os sussurros indignados atrás de mim?

Então ouço passos que se aproximam pelo corredor central... O som de uma cadeira dobrável de madeira sendo montada e colocada no chão... Alguém veio se sentar bem atrás de mim. Abaixo a batuta e me viro. Na cadeira está Frank. Minha sombra recai sobre ele. A plateia fica em silêncio. Todos aguardam tensos o que vai acontecer.

Frank me olha. Eu o olho. Ele deve ter corrido muito, pois percebo que ainda tenta controlar a respiração. Ele sorri como se pedisse desculpas e eu devolvo o sorriso, feliz por ele estar ali. Nossa troca de olhares parece durar uma eternidade no tempo que parou por um instante. Tenho certeza de que ninguém aqui sabe o que isto significa. Só nós dois. *Ele pode me deixar livre.*

A música é um idioma. Às vezes pode expressar muito mais do que palavras. Alegria e tristeza, medo e inveja, culpa e vergonha, esperança e aflição, raiva e surpresa, felicidade e desespero. Mas a música que agora preenche a sala de concerto fala o idioma do amor. Os sons de "Salut d'Amour" vão direto ao coração. Dirijo a minha New York Women's Symphony Orchestra. Estou orgulhosa de minhas musicistas. Reger me faz feliz. Este concerto me fará voar alto, e depois sem dúvida vou cair fundo de novo. Isso faz parte do jogo. Mas, bem, pelo menos estou fazendo o que quero. Sou uma heroína? Talvez ninguém ache isso. Só eu mesma... Às vezes isso é o bastante.

Posfácio

A New York Women's Symphony Orchestra apresentou-se com sucesso durante quatro anos. Quando Antonia Brico passou a contratar também músicos homens, o interesse do público desapareceu e a orquestra deixou de existir.

Já naturalizada como cidadã americana (1938), Antonia se estabeleceu em Denver, Colorado, onde em 1941 lhe fora prometido o posto de regente titular da Denver Symphony Orchestra. No último momento, o acordo não foi consolidado porque ela era mulher. Mesmo depois, ela nunca conseguiu uma posição fixa como regente titular.

Antonia devotou toda a sua vida à música e continuou ativa como maestrina convidada de orquestras famosas. Em 1947, ela se tornou a regente efetiva de uma orquestra semiprofissional: a Denver Businessmen's Orchestra.

Ela também se sustentava dando aulas de piano, entre outros, para a jovem Judy Collins, que mais tarde seria uma famosa cantora *folk* e faria um documentário sobre Antonia, indicado ao Oscar em 1975.

Antonia viajou muitas vezes à Holanda, onde manteve um contato afetuoso com a família de sua mãe, que conheceu bem e que a acolheu em seus corações. Uma de suas tristezas foi nunca ter regido a Orquestra Real do Concertgebouw. Na Holanda, chegou a reger a Radio Filharmonisch Orkest.

Em 1949, Antonia também conheceu Albert Schweitzer. Ele se tornou um de seus mais caros amigos. Entre 1950 e 1964, ela viajou ao menos cinco vezes ao seu hospital no Gabão para passar ali suas férias de verão.

Antonia faleceu no dia 3 de agosto de 1989, em Denver. Em sua lápide está escrito: *Do not be deflected from your course.* [Não desvie do seu curso, em tradução livre.]

A amplamente respeitada revista *Gramophone* publicou em 2008 uma lista das vinte melhores orquestras do mundo. Nenhuma delas jamais teve uma mulher como regente titular.

Em 2017, a *Gramophone* publicou novamente uma lista, desta vez com os cinquenta melhores regentes de todos os tempos: nenhuma mulher foi escolhida.

Agradecimentos

Meus especiais agradecimentos vão para Rex Brico, ex-jornalista e primo de Antonia Brico. Ao escrever este romance, beneficiei-me muito da detalhada pesquisa sobre Antonia que ele registrou para mim quando fiz um longa-metragem sobre ela.

Rex conheceu muito bem sua prima Antonia. Eles compartilhavam a paixão pela música clássica e ele a chamava de sua "segunda mãe" não apenas porque tinham vinte e seis anos de diferença de idade, mas também porque ela foi uma confidente para ele, com quem frequentemente viajava, tanto na América quanto na Holanda. Seu relato biográfico sobre Antonia foi de valor inestimável para mim.

Agradeço pela liberdade artística que me deu para, em benefício da história, adicionar elementos fictícios na forma de acontecimentos e personagens. Sua confiança em mim e o sincero apoio que me deu, também em meio a contratempos, significaram muito para mim. Sem Rex Brico eu não poderia ter escrito este livro.

Meus grandes agradecimentos também vão para Stef Collingnon, que esteve envolvido como regente e diretor musical do filme e também esteve ao meu lado com bons conselhos durante o trabalho neste livro. Seu entusiasmo e enorme conhecimento da área de regência e da música clássica foram indispensáveis para mim.

Também agradeço a todo o elenco e equipe do longa-metragem *Antonia: uma sinfonia*. Seu talento me deu uma visão ainda melhor desta história. E agradeço a Jan Eilander por seus conselhos em relação ao roteiro.

Na verdade, existe apenas uma mola propulsora por trás deste livro e ela é Frederika van Traa, da editora Meulenhoff Boekerij. Junto com Maaike le Noble e Roselinde Bouman, ela se mostrou entusiasmada por esta obra mesmo antes da realização do filme e desde então diversas vezes insistiu para que eu a escrevesse. Sem a inspiração e confiança delas eu talvez jamais tivesse escrito, por isso sou lhes muito grata.

Também quero agradecer muito a Frederika, Roselinde e a todo o time da editora por me guiarem na entrada deste novo mundo.

Quero dirigir uma palavra especial de agradecimento a Judy Collins, que com seu documentário *Antonia: A Portrait of the Woman* me deu uma visão da alma de Antonia Brico. Foi esse documentário que me inspirou a fazer um longa-metragem sobre ela e a escrever estas páginas.

Agradeço de todo o coração a minha filha, Tessa, e a meu marido, Dave Schram, por lerem meu livro em construção e por seus comentários sempre tão profícuos.

Fontes

Bibliografia

Beth Abelson Macleod – *Women Performing Music, the Emergence of American Women as Classical Instrumentalists and Conductors* – McFarland & Company, Inc., Publishers/Jefferson, Carolina do Norte e Londres.

Rex Brico – *De odyssee van een journalist, een levensverhaal over pers, religie en homoseksualiteit* – Editora Ten Have.

Norman Lebrecht – *De Mythe van de Maëstro, Dirigenten en Macht* – Editora J.H. Gottmer.

Elke Mascha Blankenburg – *Dirigentinnen im 20. Jahrhundert* – Editora EVA, Europäische Verlagsanstalt.

E. Bysterus Heemskerk – *Over Willem Mengelberg* – Editora Heuff.

Diane Wood Middlebrook – *Maatwerk, het dubbelleven van jazzmusicus Billy Tipton die na zijn dood een vrouw bleek te zijn* – Editora Arena.

Judith van der Wel – *Stemmen, het geheim van het Koninklijk Concertgebouworkest* – Editora Querido/Van Halewijck.

Roland de Beer – *Dirigenten* – Editora Meulenhoff/De Volkskrant.

Roland de Beer – *Dirigenten en nog meer dirigenten* – Editora Meulenhoff/De Volkskrant.

Luuk Reurich – *Hans Vonk, een dirigentenleven* – Editora Thoth, Bussum.

Melissa D. Burrage – *The Karl Muck Scandal* – Editora University of Rochester Press.

Albert Schweitzer – *Aan den zoom van het oerwoud* – Editora Tjeenk Willink, Haarlem.

Prof. Albert Schweitzer – *Uit mijn jeugd* – Editora Tjeenk Willink & Zoon, Haarlem.

Albert Schweitzer – *Eerbied voor het leven* – Compilado por Harold E. Robles – Editora Uitgeverij Mirananda, Haia.

Ben Daeter – *Albert Schweitzer, een pionier in het oerwoud* – Editora Tirion Uitgevers, Baarn.

David B. Roosevelt m.m.v. Manuela Dunn-Mascetti – *Grandmère, een persoonlijke geschiedenis van Eleanor Roosevelt* – Editora Elmar.
Michael Barson (editor) – *Flywheel, Shyster, and Flywheel: the Marx Brothers' Lost Radio Show* – Editora Pantheon Books, Nova York.
Ronald van Rikxoort e Nico Guns – *Holland-Amerika Lijn, schepen van 'De Lijn' in beeld* – Editora Walburg Pers.
Moses King – *Notable New Yorkers of 1896-1899* – Editora Bartlett & Company, the Orr Press, Nova York.

Documentários

Antonia: A Portrait of the Woman (1974), documentário de Judy Collins & Jill Godmilow.
Bloed, zweet en snaren. De mensen van het Koninklijk Concertgebouworkest, de Olaf van Paassen para AVROTROS.
Jaap van Zweden, een Hollandse Maestro op Wereldtournee, série documental em sete episódios de Feije Riemersma & Inge Teeuwen para AVROTROS.
Apocalypse – La première guerre mondiale, de Isabelle Clarke & Daniel Costelle.
The Battle of Passchendaele (100th Anniversary of the Great War), de Timeline.

Fontes na internet

Lisa Maria Mayer – por Wolfgang Reitzi https://www.wolfgangreitzi.eu/20erjahre/lisa-maria-mayer/.
Gifgas – de chemische oorlogvoering in de Eerste Wereldoorlog – por Leo van Bergen. https://www.wereldoorlog1418.nl/gasoorlog/gifgas.html.
Witness to History the Met Orchestra Musicians – por Susan Spector http://www.metorchestramusicians.org/blog/2017/5/6/witness-to-history.

Textos de canções citadas

"The Dumber They Come the Better I Like 'em" – Letra de Stephen DeRosa.
"Oh! Boy, What a Girl" – Letra de Bud Green, Música de Frank A. Wright & Frank Bassinger.
"Can You Tame Wild Wimmen" – Letra de Andrew B. Sterling, Música de Harry von Tilzer.

**Acreditamos
nos livros**

Este livro foi composto em Dante MT Std
e impresso pela Geográfica para a Editora
Planeta do Brasil em fevereiro de 2021.